U0074927
轉生就是劍 3
"I became the sword by transmigrating" Story by Yuu Tanaka, Illustration by Llo
棚架ユウ
插畫／るろお
Kadokawa Fantastic Nov

轉生就是劍 3

"I became the sword by transmigrating" Story by Yu Tanaka, Illustration by Llo

棚架ユウ
插畫／るろお

Kadokawa Fantastic Novels

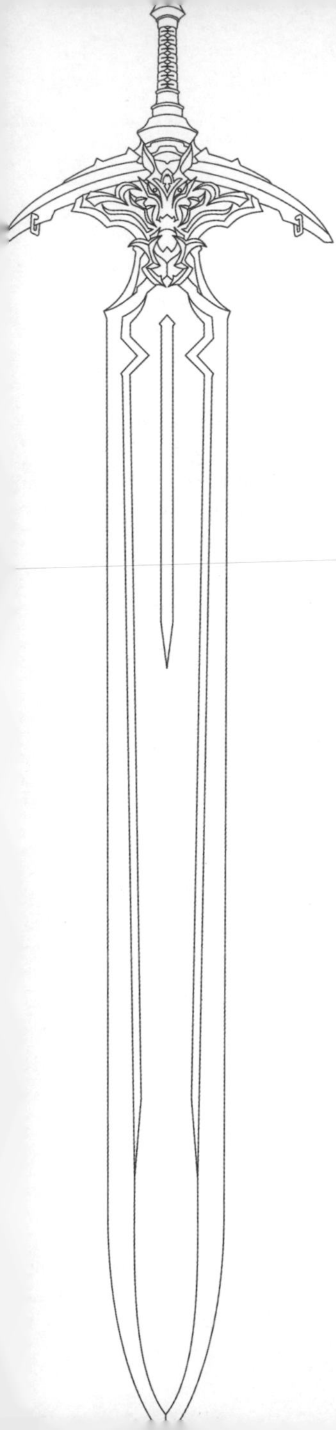

CONTENTS

"I became the sword by transmigrating"
Volume 3
Story by Yuu Tanaka, Illustration by Llo

第一章　貓咪散步遇騷動

摘錄自高等精靈族的歷史研究者維洛·馬格納斯的著作《神話傳承考察》。

話說，邪神是什麼樣的存在？

惡神？曾與諸神交戰的神？的確，這些說法都對，但也沒有說中大部分的真相，不過是舉出極少部分關於邪神的要素罷了。

首先欲知邪神為何物，必須先從諸神探究起。

有件事知道的人並不多，那就是這個世界的諸神，原本似乎是其他世界的眾神。

這是我向身懷神諭技能之人，或是那些將偶爾降臨人間的諸神話語一絲不苟地記錄下來之人詢問到種種情報，再從中推測得出的結論。

這些情報指出在原本的世界當中，曾經有過多達八百萬的神明，實在教人驚異。

據說原本的世界由於神明增加太多而變得地窄神稠，一些神明離開那個世界另尋新天地，就成了我們世界的諸神。不同於人類光是離開村子都是一件大事，神明這種高等存在一動身就是離開整個世界。踏上旅程的神明共有八十九尊，就是我們所知道的諸神。

接下來的內容雖是老生常談，不過還是容我簡單地整理一下。

諸神抵達了沒有其他神明的新天地之後，立刻開始創造全新的世界。

大地神將自己的身體變作大地，其他諸神則逐步為大地添上種種事物。

等同於大地本身的大地神居於大地，身為海洋的大海神棲身於海中，太陽神則穩坐於太陽。至於其他諸神為了盡量減輕大地神的負擔，都將住處遷移到銀月神創造的月亮去了。

在這世界創生的過程中，有一尊神並未完成重大職責，就是戰爭之神。他表示自己將在世界創造的最後階段賜與加護，自始至終輔佐其他神明。而就在自己以外的神為了創造世界而用盡力量的瞬間，他造反了。究竟是早有預謀或是鬼迷心竅，只有諸神才知道。我們只知道墮落成為邪神的戰神力量極強，力量衰弱的諸神不是他的對手。

即使如此，邪神仍敗給了團結一心的諸神，身體遭到切斷並封印於世界各地。然而這時來不及封印的邪神肉體當中生出了邪人，全世界被迫與他們交戰不休。

這不知是真是假，不過當諸神與邪神交戰之際，似乎有一尊神從原本的世界召喚出冠有自身之名的神劍對抗了敵人。而據說以這把劍為起源，我們的世界也開始鑄造出了神劍。

這項傳說的重點不只在於神劍現於人世的事實，還有一點，就是異界與我們的世界其實很容易產生聯繫。當然，我絕不是在說我們能夠仿效神明召喚神劍。

不過，如果是神劍以外的事物呢？例如人物呢？

絕不可能？為何能如此斷言？真要說起來，諸神就是從異界來到這個世界。

神明以外的人，也不是完全不可能來到這個世界。

從讓恩的研究所出發後，到了第二天。

在小漆的努力下，已經可以看到我們的目的地港都達斯了。

其實應該早就到了，但因為與讓恩他們一同前往浮游島，使得預定行程大幅延遲。

我們的目的是從達斯這個地方搭船，前往南方的港都巴博拉。最終目標則是從巴博拉前往地下城都市烏魯木特。

『看到了！』

「喔喔——」

從離城鎮稍遠的山丘上，可將達斯的全貌盡收眼底。

湛藍耀眼的海洋，以及詩情畫意的港都，還有停泊於港口，大小各異的木造船隻。

真是好一幅海港風情畫。

城鎮的規模，與我跟芙蘭相遇後第一個造訪的亞壘沙鎮相比，或許比較小一點。

「嗷嗷嗷！」

『怎麼啦，小漆？』

小漆突然好像興奮起來似的開始咆哮。

起初我還以為有敵人來襲，確認了四下各處，不過好像是我弄錯了。

「牠看到海很高興。」

『對喔，小漆好像是第一次看到海？』

情緒。

「嗷嗚！」

小漆兩眼發亮，注視著海洋。牠似乎是面對有生以來初次看見的特大水窪，而抑制不住興奮

『那等一下去沙灘看看好了？』

「嗷！」

聽到我這麼說，小漆把尾巴搖到快要搖斷。牠現在處於巨大化狀態，因此尾巴當然也很大。

大尾巴被高速搖擺，變得有點像電風扇。

芙蘭也像是心情愉快地瞇起眼睛。

「好期待。」

『芙蘭也是嗎？』

「因為我沒去過沙灘。」

對耶，芙蘭雖然在當奴隸時坐過船，但可能也沒有到海邊玩的經驗。

這可不行！絕對不行！海洋的樂趣可說有一半都在沙灘上啊！

好，在搭船出發前往巴博拉之前，就先徹底享受一下沙灘的樂趣吧。

『那麼，要不要去野餐什麼的？帶著便當。』

「咖哩？」

『咖哩未免太不搭了吧？』

在海邊店家吃的那種粉粉的咖哩雖然莫名美味可口，不過野餐吃咖哩營造不出氣氛。

『這種時候應該吃三明治之類的吧？』

「咖哩三明治？」

『……好吧，我也會準備咖哩口味。』

看是要做成乾咖哩夾在裡面，還是用麵包夾起咖哩粉調味的肉，我得想想才行。

「嗯！」

「嗷嗷？」

小漆抬頭看著開心地點頭的芙蘭，像在主張意見似的叫了一聲。

『我知道啦，我也會幫小漆做點什麼的，帶骨肉之類的可以嗎？』

「嗷嗷嗷！」

到底是在高興可以野餐，還是只要有得吃就高興啊……

誰教芙蘭跟小漆都完全屬於捨華求實的那一型呢。

不管了，總之先找旅店，我看至少得在這裡住上一晚。

再考慮到找船所需的時間，說不定會耗上幾天。

得認真找好旅店才行。

『那麼，小漆你就先變小吧，接下來我們用走的過去。』

「嗷！」

一隻巨大魔獸忽然現身，搞不好會引發恐慌場面。要是搞到士兵什麼出動的話，會惹來一堆麻煩。

帶領著變成狗狗模式的小漆，芙蘭徒步走下山丘。

一下去，我們馬上就發現了通往城鎮的道路。

到了這附近，就可以看到一些旅人的身影。不過，所有人看到我們都急忙讓路。其中還有人躲到路邊，想等我們離開再走。

我有點太過習慣成自然了，不過現在想想，小漆畢竟是狼嘛。

雖然我們了解牠的本性，只把牠當作是隻大型犬，但看在一般人眼裡卻是黑漆漆又長相恐怖，而且還是頗具魄力的一頭狼，當然會躲得遠遠的了。

儘管因為項圈上縫有從魔證，芙蘭又走在旁邊，所以沒有人轉身拔腿就跑，但似乎還是對周圍造成了相當強的威嚇感。真對不起，嚇到大家了。

我們一路無意識地對周遭旅人帶來壓力，抵達了城鎮的入口。

「咦？冒險者？而且是D級？咦？」

我們在入口處出示芙蘭的公會卡，結果把士兵嚇了一大跳。

光是這麼小的孩子當冒險者就已經夠驚人了，而且階級還是公認為中堅的D級，難怪士兵會懷疑是自己看錯了。

士兵重看了好幾遍公會卡後，打起精神重新受理申請業務。

接著，我們付了三百戈德，出示從魔證之後就搞定了。

「你們可以進城了。」

還以為士兵會問更多問題，想不到還滿容易放行的。

在亞壘沙也是這樣，看來只要持有身分證，想進入城鎮還滿簡單的。

『好，那就先來找旅店吧。』

「海邊呢？」

『等找到旅店再去。不過話說回來，這個城鎮還真有活力呢。』

城鎮規模雖然不比亞壘沙，行人卻多出將近一倍。是因為港都的關係嗎？感覺起來，果然是商人或水手占大多數。

『希望能找到不錯的旅店。妳總不會想露宿街頭吧？』

「當藍不想。」

『妳從哪裡學到這種講法的……』

「嗯？」

『唉，之後也得去公會，所以還是趕快找個地方投宿吧。』

就跟在亞壘沙的時候一樣，只要沿著大道走，就可以看到很多旅店。由於太便宜的店讓人不放心，因此我們想找稍微貴一點的旅店，然而……

「又失敗了。」

『怎麼會這樣？』

我們跑了五家旅店，竟然連一間空房間都沒有。起初我以為可能是芙蘭年紀太小，或是因為我們帶著小漆，但旅店人員不像是在說謊，第五家的老闆娘還滿懷歉疚地低頭向我們賠罪，好像是真的沒有空房間。

是因為這裡是港都嗎？因為人員進出頻繁，所以旅店經常都是客滿狀態嗎？

可是，人會多到所有旅店都客滿嗎？

『沒辦法了，先去公會吧，到公會問哪家旅店有空房可能比較快。』

「嗯。」

我們向人問路，很快就抵達了冒險者公會。整棟建築比亞壘沙的公會小很多。

「午安。」

「歡迎！」

打開冒險者公會的門，就聽到氣勢十足的男子吆喝聲。

一位體格健壯的肌肉男在櫃檯等著客人上門。

男子額上繫著擰緊的頭巾，肌肉結實的上半身只穿著一件汗衫，一副魚販叫賣哥的穿著打扮。因為是港都嗎？呃，不至於吧。

不過不是我要說，人家亞壘沙是櫃檯正妹，你們卻……落差也太大了。達斯的各位冒險者真是可憐啊。

「小妹妹來冒險者公會有什麼事啊？」

「我想賣素材。」

「不好意思，我們這裡只跟冒險者收購素材喔。」

「沒問題，我是冒險者。」

芙蘭將公會卡遞給櫃檯人員。男子大概以為芙蘭是剛登錄的初級冒險者，沒多想就把卡片接了過去。
然而，他很快就變得大驚失色。
「什、什麼？Ｄ級？」
他看到芙蘭遞出的公會卡，嚇了一大跳。
「是造假的嗎？不，不管怎麼看都是真的……妳、妳等我一下。」
跟城鎮入口的士兵反應一樣呢。
男子板起臉孔，將芙蘭的公會卡放在水晶上。
它跟我們登錄成為冒險者時使用的水晶很像，不過這顆小多了。這顆水晶似乎也具有讀取公會卡資訊的功能。
水晶讀取了芙蘭卡片的資訊後，表面映照出芙蘭的名字與階級資訊等等。這就表示公會卡是真貨。
「是、是真的！也就是說，小妹妹妳真的是Ｄ級冒險者啊！」
肌肉男驚愕地站了起來。大概是聽到了他的叫聲，公會裡的冒險者紛紛聚集過來。
這裡的公會採取建築物內附設酒館的形式，似乎有相當多的冒險者待在公會裡。
轉眼間就有二十來名的冒險者把我們包圍起來。
「喂喂，莫吉，你開什麼玩笑？」
「反正一定是造假的吧？」
都是這種反應。然而名叫莫吉的櫃檯人員反駁他們，說這是真貨。哎，畢竟他都親眼確認過了嘛。

不過被冒險者們這樣一鬧，害我們沒辦法繼續辦正事。

「可以收購了嗎？」

「啊，喔喔，抱歉。沒問題，可以收購。」

「嗯，那我可以放在那邊嗎？」

「可、可以。」

芙蘭完全不理會吵鬧的冒險者們，往收購櫃檯走去了。

收購區鋪設的皮墊上，堆起了越來越多的素材。包括一路上獲得的幾件下級魔獸素材，以及在地下城從不死者身上剝取的少量素材。

不死者素材當中有些好像可以當成調合材料，那些就賣給讓恩了。因此我們現在拿出來的，都是只能做成武具的素材。

每當素材往上堆起，公會裡的喧鬧聲就跟著變大。然而，當達到一定的標準時，卻反而變得越來越安靜了。

最後當我們拿出D級魔獸的素材時，已經沒人說半句話了。

公會當中，只傳出芙蘭堆疊素材的聲響。

我看了看冒險者們的神情，看樣子是不會發生被人渣冒險者糾纏不放的老套事件了。這樣省得麻煩，很好。

是不是每次都該當著冒險者們的面賣素材啊？

不，那樣可能只會引來想撈錢的笨蛋。

「全部就這些了。」

「……」

「？」

「……」

「吶。」

「……啊！抱歉！我一時太驚訝了！」

儘管知道芙蘭是D級冒險者，但因為她的稚嫩外貌，可能還是不免把她當成小孩子看待吧。

「喔，嗯。因為數量很多，所以要花上大約一小時……妳能等嗎？」

（怎麼辦？）

『趁現在問他旅店的事，找到空房間再說吧。』

（知道了。）

於是我們向櫃檯的莫吉大叔打聽了哪家旅店可能有空房間，然而……

他的回答卻讓我們失望了。

「這個時期很難找旅店喔。」

大叔用苦瓜臉這麼告訴我們。

「為什麼？」

「再過不久，不就是月宴祭了。」

「嗯。」

「我們鎮上是用普通方式慶祝，但在巴博拉，每年三月的月宴祭都會舉辦盛大的祭典。由於搭船參加祭典的遊客都會聚集在我們鎮上，所以每年到了這個時期，旅店都是客滿。」

「原來如此。」

嗯——這下可能不太妙喔，搞不好真的得考慮露宿街頭了？

還有，月宴祭是什麼啊？芙蘭好像知道，所以在這個世界應該是稀鬆平常的節日？

『我說啊，月宴祭是什麼啊？』

（祭典。）

『這我知道。』

都叫月宴「祭」了嘛。

（可以看到所有月亮的日子。）

『不是，可以看到所有月亮的日子，不是滿多的嗎？』

（不對，月亮只在那天會全部都是滿月。）

後來，我們又進行了類似的幾次對話，我設法整理一下芙蘭的說明。

月宴祭是每三個月舉行一次的祭典。

在這世界裡有個巨大的銀色月亮，以及環繞它周圍的六個小月亮，不過照她的說法，只有在月宴祭的這一天，可以同時看到銀色月亮與六個小月亮全部變成滿月。

七個月亮只會在三、六、九、十二月的最後一天變成滿月，也就是說，一年當中只有四天是滿月。

今天是三月二十五日，換言之，六天後就是月宴祭了。

從莫吉的說法聽不出規模有多大，不過巴博拉的月宴祭似乎是相當大的祭典，足以吸引全國百姓前來一遊。

「有滿多人訂不到旅店的。妳如果願意在酒館牆角跟其他人擠著睡，我可以借妳毛毯。」

嗯——我不太想這麼做耶。

然而我們趁素材審定的等待時間離開公會，去了莫吉告訴我們可能有空房間的旅店看看……卻還是訂不到房間。

其中甚至還有旅店整間被貴族包下來，根本是忽視別人的權益。我們又跑了三家旅店，但全都碰了釘了。

『沒辦法了，先回公會收錢吧。』

「嗯。」

這下搞不好真的得像莫吉跟我們說的，借用公會酒館的牆角了。

「哦，妳回來啦，怎麼樣？」

「找不到。」

「這樣啊，真可惜。噢，先把素材的費用付給妳吧。」

「嗯。」

一共十二萬戈德啊，算得上一筆大數目吧。

再來要是能找到旅店就更完美了。

「對不起喔——今天客滿了耶——」

今天這樣就碰了九家的釘子了。

嗯——找不到旅店耶，這下怎麼辦呢？

我們試著尋找其他旅店，找著找著，就來到了位於城鎮中心的市場。

稍微看看入口處的攤販，發現販賣著許多港都特有的珍奇食材。

『要不要隨便逛逛市場，轉換一下心情？』

如果有海鮮之類的話，那可是一定要買。

「嗯，好啊。」

我們逛過市場的攤販，如同我的期待，攤子上擺著各種魚貝類。不愧是港都，光是魚類就有幾十種。

在這樣的市場當中最吸引我目光的，是深藍色的食鹽。令人驚訝的是，定價竟比已經屬於高級品的白鹽還要貴十倍以上。

向擺攤的大姊（推測有五十歲）一問之下，大姊連珠炮似的講個不停，給了我們很多資訊。

我們一面修正動輒轉為抱怨媳婦或丈夫的話題方向，一面盡力問出情報，得知這種食鹽是從達斯附近海底的地下城採得的特產品。

聽到地下城讓芙蘭整個亢奮起來，然而聽完細節之後，似乎立刻失去了興趣。

畢竟那座地下城總共就一層樓，半小時就能走到最深處，除了藍鹽之外也沒啥特別值錢的產物。魔獸也只有小怪，而且出現數量很少，完全就是座G級地下城。難怪芙蘭會失去興趣了，我也不會想鑽進去看看。

假如那座地下城位於水底，能打水戰的話或許還有點樂趣。然而聽說儘管到達地下城需要水中呼吸能力，但地下城內有空氣，就跟普通的洞窟沒兩樣。而且特產品的藍鹽在市場就能買到。

好吧，這次就跳過了。

後來，我們一邊逛遍市場，一邊一一蒐購各種物品。

我一路上鑑定芙蘭感興趣的物品，把詳細內容講給她聽。

「那是什麼？」

『是一種叫作比拉食人魚的魚型魔獸，肉好像還滿好吃的喔。』

「那邊那個呢？」

『是蟹腳嗎？不過還真大耶！』

「咕嗚。」

『小漆想要這個嗎？』

不過話說回來，魚貝類好便宜喔。比起亞壘沙鎮賣的河魚，這裡的價錢便宜了一半以上。

哎呀～～買得真過癮～～

不過，怎麼找就是找不到旅店。

「抱歉啊，我們這兒沒空房間。」

這已經是第十家了耶，怎麼搞的啊。

「小漆——」

「嗷嗚。」

芙蘭好像也找膩了？她開始拉著小漆的耳朵或尾巴玩。

「師父，我想去海邊。」

很明顯是膩了！

『可是旅店還沒找到耶。』

「借住公會就好，現在海邊比較重要。」

「咕嗚。」

小漆，你也是嗎！你們一起用這種眼神注視我，我怎麼忍心拒絕啊！

「海邊——」

「嗷嗚——」

『唉，真拿你們沒辦法～』

就暫時停止找旅店，去海邊吧。

聽到芙蘭他們海邊海邊喊個不停，害我也想去看海了。

因為我也覺得有點憂鬱，想放空一下嘛。

『好，就去海邊吧！』

「嗯！」

「嗷！」

去到海邊一看，沙灘上沒幾個人。大概是因為這個季節天氣還冷，所以沒人想來沙灘玩吧。等於是被我們包場了。

近距離看到大海，似乎讓一人一狼情緒亢奮了起來。芙蘭他們兩眼閃閃發亮，喊叫著：

「大海！」

「嗷嗷！」

芙蘭脫掉鞋子與外套等等，朝著大海一直線飛奔而去。

小漆也跟在後頭衝進海裡。

沙灘上留下兩人的腳印，真是一幅美景啊～

小漆有毛皮，芙蘭則是能用魔術，就算海水有點冰也不會怎樣，不過……

『喂——太急著衝進海裡的話會——』

「嗚啊——」

「啊嗚——！」

所以我不是說了嗎？芙蘭他們被海浪撲個正著，呸呸地吐出鹽水，整張臉皺成一團。

然後——

啪唰——

「咕啵啵。」

「汪嗚——！」

一人一狼被大浪淹沒，沖到了岸邊來。他們全身濕透，滾倒在沙灘上。

嗯——簡直跟溺水死屍沒兩樣。

竟然能把能力值超越人類極限的芙蘭，以及身為黑暗野狼的小漆弄成那副慘狀，我感受到大自然的強大力量了。

『海洋全部都是鹽水，所以喝到嘴裡會很鹹啊！』

「我都不知道。」

「咕嗚……」

芙蘭他們弄得滿身沙子爬起來，情緒低落到谷底。原本還那麼期待的說。

「而且，感覺好不舒服……」

「咕嗚嗚……」

芙蘭跟小漆皺起臉孔，注視著腳下。

『怎麼了？』

「腳會被吸走。」

「嗷嗚……」

對啊，海岸邊真的會那樣，就是好像跟沙子一起被拖進海裡的感覺。芙蘭他們似乎是覺得那種感覺很不舒服。

『不玩了嗎？』

「嗯……」

「嗷……」

兩人滴著水滴，有氣無力地回來了。情緒低落到簡直像在守靈。
首先我用魔術造出純水，叫他們把身體與皮毛洗一洗。
不然可是會全身黏答答又滿是沙子。
特別是小漆可要做好心理準備，有好幾天都會覺得身上沙沙的。
盡量把沙子弄掉之後，再來吹乾頭髮就結束了。
只是，芙蘭他們還是一副鬱鬱寡歡的神情。
芙蘭抱著雙膝愣愣地望著大海，小漆則坐在她身邊，眼光飄遠。
看來對海邊的期待落空，讓他們受到了不小的打擊。
『好嘛好嘛，吃個飯拋開壞心情吧。』
本來是想在來海邊之前先找好旅店，做了便當再來看海的。
不得已，只能從次元收納空間中取出做好擺著的料理了。
「咖哩……？」
『哎，反正沒能準備便當，就先吃個咖哩吧。』
「嗯。」
『小漆你吃這個。』
「嗷。」
我拿出特大肉塊給小漆。
只希望這樣能讓他們稍稍打起精神就好……

清爽宜人的海風，以及萬里無雲的藍天。像這樣在海邊吃飯，對芙蘭來說應該是前所未有的體驗。

真要說起來，芙蘭他們都還沒享受到海邊的半點樂趣，我認為這樣不行。

我得讓他們知道享受海邊樂趣的方式不只有玩水才行。

首先是這個。

「釣竿？」

沒錯，就是我親手製作的釣竿。好吧，其實就是拿根長度適中的竹子，裝上針線罷了。芙蘭在至今的旅途當中，也曾經用這根釣竿在河邊或湖邊釣過魚，不過我覺得磯釣又別有一番樂趣。

『我們到那邊釣魚吧。』

走完沙灘之後，周圍開始變得滿是磯岩，似乎是很適合釣魚的環境，不容錯過。

就這樣，吃過飯的芙蘭靜靜地開始垂釣。

我也創造出分身握住釣竿。

仔細想想，我在這邊這個世界還是頭一次釣魚，因為平常都是用技能輕鬆抓魚嘛。呵呵呵，看我大顯身手。

「我要釣大魚。」

『好，加油喔！』

「嗷嗷！」

一小時過後。

「唔喔——」

「嗷嗷嗷嗷！」

『很好，拉啊拉啊！』

等了半天都沒釣到，把我緊張死了。要是再這樣下去，就要留下「海邊＝無聊的場所」這種最糟糕的回憶了。

被芙蘭釣竿釣到的笨魚，謝謝你！

「成功了。」

「嗷喔——！」

『還挺大隻的嘛。』

雖然長得有點醜，但差不多有八十公分長吧，無可挑剔地是條大魚。

咦？那我呢？反正芙蘭釣到了，我的釣況好不好沒差啦，哈哈哈哈。

『那就現釣現殺，吃了吧！』

要吃魚就要趁剛釣起來立刻料理。

「嗯！」

「嗷嗷！」

回到沙灘上，我立即著手開始烹調。我用土魔術做出爐灶，再用魔術生火。只要到了我的手上，空無一物的沙灘也會搖身一變，成為廚房啦。

『我做料理的時候，你們可以去玩沙沒關係喔。』

「玩沙？用沙子玩？」

看來她沒玩過沙子。不過畢竟她是第一次來海邊，無可厚非啦。

『是啊。』

「……拿沙子互丟？」

『喔，妳是說打沙仗啊……呃，不對！我不准你們玩得那麼瘋！是叫你們用沙子堆城堡，或是挖洞之類的啦。』

海沙裡夾雜了石頭或貝殼碎片，打到人還滿痛的。芙蘭這種等級的冒險者要是跟小漆拿沙子互丟，一定有一邊會受傷。

哎呀——不愧是野性少女芙蘭，想到的遊戲還挺暴力的。

「原來如此……我懂了，我試試。小漆，我們走。」

「嗷。」

聽我這樣說，芙蘭似乎就明白玩沙是什麼樣的遊戲了。她大大地點了個頭，就跟小漆一起跑向了沙灘。

『不要跑太遠喔！』

「嗯！」

好了，來看看我要煮什麼吧。生魚片是一定要的嘛。再來就是魚骨湯，然後做個簡單的鹽烤好了。

我試著鑑定了一下長相醜陋的魚，看來可以吃沒問題。不是魔獸，就只是普通的魚。總之我試著切成三片，發現魚肉是淡雅的白肉。而且富含油脂，彈性適中。

『首先是生魚片。』

彈性十足的魚肉看起來挺美味的。不過身為魔劍的我不會產生食欲，所以只是基於前世的標準來看罷了。

至於鹽烤，就來試用一下剛剛才買到的藍鹽吧。

『嗯，味道就是普通的鹽嘛。』

分身可以嚐味道，真不錯。不過缺點是舌頭的感覺遲鈍很多，必須謹慎品嚐才不會煮太鹹。

魚骨湯裡面，我試著加了剛才在市場買到的，類似蛤蜊的貝類以及蟹腳，調味當然是用味噌了。根據我藉由料理技能獲得的知識，這裡的味噌似乎比日本的甜上許多。不過放在味噌湯裡應該沒問題，反正高湯已經夠鮮美了。

『好，完成了！』

半小時過後。

做完料理的我，正打算叫芙蘭他們過來……

『啊？』

我不禁蠢笨地叫了一聲。呃，不，我是做料理做得太專心了沒錯，但他們那樣是我的錯嗎？是我監督不周嗎？

在稍有一點距離的地方，蓋起了高度有五公尺以上的巨大西式城堡。

當然，犯人是芙蘭。

她似乎是使用土魔術與風魔術，進行了成型與挖掘的工程。是啦，我是叫妳堆城堡沒錯，但是……

這已經超出玩沙的範圍了，根本是沙雕藝術的領域。

幸好這裡是無人的沙灘，真的。是說做得會不會太精緻了一點？芙蘭搞不好有藝術方面的才華呢。這樣看來身為監護人，也許我有義務繼續發掘她這方面的才藝了。

芙蘭用來建造城堡的大量沙子，八成是來自一旁小漆挖的洞。這邊也一樣玩過頭了，挖出了一個隕石坑似的超大洞穴。

靠近過去一看，只見小漆心無旁騖地在那裡不停挖洞。對耶，狗的確都喜歡挖洞嘛。

「汪呼汪呼汪呼汪呼——」

只見牠開心得要命地不停挖洞。

弄得滿臉滿身都是沙子。

好不容易才洗乾淨的，這下豈不是得再洗一遍？

不，更大的問題是，這個洞也不能就這樣擺著吧？

『這該怎麼處理啦？』

半小時過後，盡情享受過沙灘樂趣的我們為了找旅店，回到了鎮上來。

沙堡？當然就留在那裡了。因為我一打算弄壞，芙蘭就一副快哭出來的樣子啊。

不過小漆挖的洞，倒是被我用魔術填回去了。

沒想到在沙灘會花這麼多時間。太陽已經快下山了，不如放棄大道上的旅店，試著往暗巷的便宜旅店進攻看看好了。

就這樣，當我們在後街裡徘徊找旅店時……

（師父。）

『嗯。』

芙蘭似乎也注意到了。

自從進入小路之後沒多久，就有人在跟蹤我們。

來者保持著不遠不近的距離，應該是兩個男人。氣息完全沒隱藏住，鍛鍊程度似乎也不夠高。

我稍做確認，發現對方沒躲好，身體都從隱蔽處露出來了，而且經過鑑定之下，坦白講弱得很，大概只比哥布林強一點點吧。

（要動手嗎？）

『或許可以……可是，對方還沒完全表示出敵意……』

也有可能只是以這附近為地盤的一些小混混，在監視進入後街的人罷了。

稍微確認一下好了。

『再往人少一點的地方走吧。』

「嗯。」

這樣假如他們在打壞主意，一定會付諸行動。

『小漆，你在影子裡待機吧。』

（嗷。）

芙蘭一轉過轉角，正巧來到一處死巷。

果不其然，見芙蘭走進無人的道路，兩個藍貓族的男子現身了。連自己上鉤了都不知道，真是些白痴。

「小妹妹，妳迷路了嗎？」

「我們來幫妳帶路吧。」

上前搭訕搭得這麼熟練，八成是打算用甜言蜜語讓對方掉以輕心，以防獵物忽然開溜吧。

「我沒事。」

「好嘛好嘛，別這麼說嘛。」

我試著重新鑑定一下兩名男子。

『果然是小咖。』

不管是能力值還是技能都遠遠不及芙蘭。職業雖然是戰士與商人，但技能當中含有扒手、捕獲、暗殺、拷問等項目。

單看技能組合，就鐵定不是善良老百姓。

「這附近很容易迷路的喔。」

「不用你們雞婆。」

「……別這麼說嘛。」

危機察知起了反應，這下只是長相凶惡的好人說法完全不成立了。

「你們再靠近我，我就將你們視為敵人。」

「啊？」

「到時就別想全身而退，要溜就趁現在。」

芙蘭如此告訴他們後，事情發生了。

兩名男子摘下好人的假面具，發出沒品的笑聲。

「哇哈哈哈哈哈！好潑辣啊！」

「囉哩八嗦的！廢話少說，過來就對了！」

「喂，別弄傷她了，價錢會打折扣的！」

「知道啦！」

藍貓族真的盡是這種貨色耶，怎麼至今遇見過的藍貓族，百分之百全是人渣？

芙蘭無言地舉起了我。

「怎麼～～？想打嗎？」

「小鬼少逞英雄啦！」

兩名男子一副瞧不起芙蘭的嘴臉。

你們得意不了幾時了，我們很快就會摧毀你們那種從容態度，讓你們跪地求饒。

看到這兩個人渣竟敢說要把芙蘭賣掉，我也已經怒上心頭了。

「我警告過你們了。」

以這句發言為信號，我誦唱了魔術。多虧有並列思考技能的幫助，同時詠唱兩種咒文不成問題。

『——石牆術。』

『——寂靜術。』

我用土魔術做出擋牆，堵住兩名男子背後的路。兩側也有牆壁，兩名男子別想開溜。另外，我又用風魔術做了隔音。這下不管發生什麼事，旁人想必都不會發現。

沒錯，不管發生什麼事。

兩名男子看到魔術突然發動，都困惑不已。

「怎、怎麼回事？」

「咦？咦？」

他們連架式都沒擺出來。畢竟是除了欺負弱小什麼都不會的小咖，本事也不過如此罷了。

『不要殺了他們喔。』

（為什麼？）

被對方說要當成奴隸賣掉，芙蘭似乎也相當憤怒，聽到我說不准殺他們，顯得很不服氣。

『我有點事情想問他們。』

（我知道了。）

然後，芙蘭一口氣衝了過去。

「呼！」

「嘎啊！」

「噓！」

「咦……？」

兩人都被打昏，倒在地上。

好了，搞定。

「要怎麼做？」

『總之先綁起來好了。』

我用魔絲生成技能做出絲線，把兩人綁了起來。

雖然不能做出多強韌的絲線，不過只要做足分量多綁幾圈，應該就能獲得相當於麻繩的強度。首先是小腿，接著將雙臂放到前面交疊，把手腕綁起來。

我在意的是這兩個傢伙的人事背景。

他們剛才表示要把芙蘭賣掉，再加上身為藍貓族這項事實。這兩個傢伙跟強行擄人賣作奴隸，未經許可的黑市奴隸商人必定是一夥的，就跟抓住芙蘭的那幫人一樣。

而這裡是港都，從整個克蘭澤爾王國誘拐來的黑市奴隸們會不會都是被帶到這裡，然後遭人用船送走？因為芙蘭也說過商人是用船隻運送他們。

藍貓族的黑市奴隸商人們，對芙蘭而言是仇敵，對我而言也是勢不兩立的敵人。

既然是有朝一日可能會正式宣戰的對手，相關情報自然是越多越好。如果可以趁現在取得情報，我想盡量多問一點出來。

『就是這麼回事。』

「原來如此。」

那我來用分身問話，芙蘭就在外面把守著好了——我本來是這麼想的，然而芙蘭冷不防地開始抬腳猛踹兩名男子。

「給我起來。」

「唔嗚……這是在搞什麼？」

「究竟是怎麼回事……」

兩名男子被踢醒，但似乎還沒弄懂發生了什麼事。畢竟是在一瞬間內被打倒的，無可厚非就是了。

「啊，喂，死小鬼！這是在搞什麼啊！」

「妳這傢伙幹了什麼好事！小心我殺了妳喔！」

明明好像完全沒跟上狀況，卻還能鬼吼鬼叫，就某種意味來說挺強的。

然而芙蘭無視於兩名男子的鬼叫，叫出了小漆。

「小漆，出來。」

「嗷。」

「噫咿！」

「哇啊啊！」

一頭三公尺長的野狼冷不防出現在眼前，當然會把人嚇死了。兩名男子前一刻的氣焰徹底消失，一臉驚慌地拚命想逃跑。然而他們的手腳都被絲線綁住，站都站不起來。

「我有事情要問你們。」

即使他們害怕小漆，芙蘭的命令口氣似乎仍惹惱了他們。

「妳、妳這傢伙！跩屁啊！」

都什麼狀況了，竟然還敢出言恐嚇芙蘭。這種不識時務的反應，讓人真心覺得這些傢伙實在只是小角色。

「妳、妳對我們做出這種事，別以為能活著離開這個城鎮——啊噁！」

哇啊，芙蘭一抬腳，把鬼叫商人的臉孔踢出了一個大洞，整個鼻血狂噴。我還是頭一次看到那麼猛烈地往外噴的鼻血呢。

「少囉嗦，問你什麼回答就對了。」

看到芙蘭下手毫不留情，兩名男子似乎都怕了，一下子乖了起來。

我看芙蘭小姐一定是佯裝平靜，其實怒火中燒吧。仔細想想，我這樣還不算什麼，芙蘭必定對藍貓族的奴隸商人們抱持著比我多出數倍的敵意，甚至可以說是恨意。

她冷眼傲視著兩名男子，並再度開口質問：

「你們是黑市奴隸商人嗎？」

「妳、妳在說什麼？我什麼都不知道。」

「我、我可是正經的生意人喔。」

好，確定是說謊，謊言真理已經告訴我這些都是假話了。好吧，其實他們這麼好懂，我想就算沒有技能也聽得出是假話吧。

『芙蘭，錯不了，這些傢伙跟黑市奴隸商人是一夥的。』

「在這鎮上有沒有哪個地點，讓你們把抓來的奴隸關在裡面？」

「就說了，我們不知道。」

『這也是在撒謊。』

還真是死不認罪呢。

「嗯。你們還有其他黑市奴隸商人的同夥嗎？」

「跟妳說了，妳講的這些我們都不知道！」

『嗯，他說謊。』

受到芙蘭這樣逼迫居然還能撒謊，真是佩服。

好吧，不過也因為這樣，你們確定是要受點皮肉痛了。

芙蘭略微皺起了眉頭，讓我知道她是非常的不高興。

「只要你們一五一十地招出來，我就不會對你們怎樣……或許吧。」

「就說了，我不知道妳在說什麼耶？」

「就是啊。現在我們還能饒過妳，還是快點把我們放了吧？」

「……小漆。」

「嘎嚕嚕嚕嚕嚕！」

「噫！」

看到小漆的巨大下顎逼近眼前，兩名男子嚇得發抖。芙蘭淡定地告訴他們：

「這頭狼最愛吃人，特別喜歡大口吞噬活人的肝臟。」

「嘎嚕！」

小漆聽從芙蘭的話語，玩得起勁地大舔一口戰士的臉孔，喉嚨咕嚕作響。簡直就像在說「這傢伙的生肝臟好像很美味」似的。

兩名男子似乎也有同感，鐵青著臉直發抖。

「不想被活生生吃掉的話，勸你們還是全部招了吧。」

「就說了，我不知道妳在——嘎啊！」

見戰士死到臨頭還想裝傻，芙蘭把我刺進了他的大腿上，然後略為扭轉劍身，挖開他的大腿肉。

「嘎啊啊啊啊！」

「喂，你還好嗎！妳這死小鬼——呃啊！」

「學不乖嗎？」

「呼噫……」

腳踢再次陷進商人的臉上，我看鼻子應該完全粉碎了。

「——大恢復術。」

「咦？」

「高階的回復魔法……？」

芙蘭把我從戰士的腿上拔出來後，用回復魔法治療傷口。洞口瞬間癒合，傷痕也消失了。兩名男子見狀，臉上浮現出抱持些微希望的神情。

我猜他們一定是在痴心妄想，以為「這個女孩並不想殺了我們。想也是，這麼小的孩子不可能會樂意殺人」吧。

然而，芙蘭的下一句話粉碎了他們心中的希望。

「恭喜你們，你們別想死得痛快。」

「咦？」

「比方說，就算我對你們這樣做——火箭術。」

「嗚咕啊啊嘎啊啊啊啊啊啊！」

戰士遭到芙蘭的火魔術焚燒，發出了淒厲尖叫。

「——大恢復術。」

芙蘭再度誦唱回復魔術，讓戰士燒成焦炭的手腕以下部位瞬間痊癒。

雖然手腕的絲線也被一起燒掉了，不過我想這兩個傢伙是不會逃走了。

「別想死得痛快，知道嗎？」

「——啊啊……」

「——噫……」

兩名男子的口中冒出了絕望的嘆息。他們逃不出這名少女的手掌心，只要有回復魔術，想死都死不了，只有永無止盡的痛苦折磨等著他們。

我想他們是明白到這點了。

「我、我說啊，我們來做個交易吧！要錢的話我有！」

「我不要。」

「那妳要什麼——」

「你是白痴嗎？只需要說出情報就好。」

「就窩了，偶們——嘔喔！」

在第三次腳踢之下，商人的門牙全斷光了。

「回答我的問題，廢話就免了。」

兩人似乎知道已經無計可施，於是開始誠實回答芙蘭的問題。

一如所料，他們說這座城鎮裡有黑市奴隸商人使用的祕密據點。從克蘭澤爾各地非法擄來的黑市奴隸，都會經由這裡送往其他國家。據說以前是以巴博拉為據點，但那裡大約在五年前遭到搜查，據點被搗毀了。

「因、因為在同一個國內脫手，容、容易被查到，所以……帶、帶到雷鐸斯王國的話可以賣到好價錢。」

「嗯、嗯是，厭在——」

芙蘭把商人的臉孔踢得太慘，使得他咬字變得亂七八糟，但我們還是勉強向兩名男子問完話了。

雖然最終目的地是雷鐸斯王國，但是從敵國克蘭澤爾王國這裡很難直接前往雷鐸斯。因此途中似乎會取道名為錫德蘭海國的國家，將奴隸送往雷鐸斯王國。

「錫德蘭……沒聽說過。」

「是、是個很小的島國。最近換了個國王，政局很亂，所以像我們這種人就很好行動。」

原來如此，新王才剛登基是吧。

據說在那之前，他們為了避開克蘭澤爾王國巡邏船的耳目，都是在險象環生的外海航行。好像是說外海會出現大型怪物，所以用小船航海會很危險。但是大船太醒目，必須用小船才不會被巡邏船發現。

據我的推測，我認為芙蘭是在其他國家被擄為奴隸，用船隻運送到巴博拉的。而當她被囚禁在巴博拉的祕密據點時，國家進行搜查，於是奴隸商人將他們暫時移至克蘭澤爾國內的其他據點，而芙蘭可能就是在被運往達斯的途中遇見了我。

儘管也有可能是預定在亞壘沙附近地區脫手，不過雷鐸斯王國會高價收購奴隸，據說這十年來，有相當多的奴隸被送到達斯。芙蘭也很可能是這條路線。

我們從兩名男子口中問出了祕密據點的位置、成員人數，以及受囚的奴隸人數。

聽他們說，大約有十名從這鎮上擄來的孤兒或一些孩童關在那裡。

「吶、吶，我都告訴妳了，妳會放我一馬吧？」

「我們會改過向善！」

雖然兩名男子這麼說，不過……

『風刃術。』

我用風魔術砍下了兩人的頭。

要是在這裡放走他們，黑市奴隸的組織就會知道芙蘭的事情了。我們絕不能陷入讓黑社會一路追殺的狀況。

反正這兩個傢伙是誘拐兒童賣錢的人渣，在這裡除掉他們才叫為民除害。

屍體我就先收納起來了。

總覺得次元收納的內容物變得越來越混亂了。

「嗯，謝謝師父。」

『反正我剛才什麼忙都沒幫，做這點小事是應該的。』

「接下來怎麼做？」

『芙蘭想怎麼做？』

「當然是來個大掃除。」

也是啦，我就知道照芙蘭的個性會這麼說。

其實我很想找個地方讓芙蘭待機，我跟小漆去殲滅那個組織比較安全，可是……都是因為在海邊長時間做料理時用分身做障眼法，害我要等到後天才能再創造複數分身。

再說，照芙蘭的個性，一定會想自己打擊那些奴隸商人。

『要動手就等入夜再行動吧。』

「嗯。」

『在那之前，至少得找好旅店才行。』

後來，我們勉強在廉價旅店租到了一個房間，然後靜待襲擊的時刻到來。

到了深夜時分，居民完全進入夢鄉，連酒客都踏上了歸途。

『我們走。』

「嗯。」

我們人在從那兩個傢伙口中問出的，黑市奴隸商人的祕密據點旁邊。

由於同時使用了小漆的闇魔術與隱密隱蔽術，我想應該不會輕易被發現。芙蘭也用蒙面布遮住了臉以策安全，萬無一失。

祕密據點是一棟正對著港灣地區的不起眼建築物，一樓是倉庫，二樓是住家。

只不過，從內部傳來相當多的人類氣息。

我們觀察了一下狀況，發現入口只有兩名看守。

一個是淫樂拷問狂，一個是淫樂殺人狂，都不是什麼好東西。

『花太多時間會被發現喔。』

「閃電進攻。」

「嗷。」

『對，先解決看守。』

「嗯！」

於是，芙蘭展開了行動。

我用風魔術的寂靜術做消音，芙蘭閃電進攻，斬殺了兩名看守。

他們恐怕連芙蘭的影子都沒看到。而屍體被我立刻收納起來。

雖然地上的血跡沒辦法處理掉，不過晚上應該不會太顯眼。

只是到了屋子裡面，或許就得設法因應了。

『從樓上開始好了。』

「知道了。」

沒必要老老實實地從正面攻堅。

芙蘭運用空中跳躍，無聲無息地奔上了屋頂。空中跳躍在與巫妖交戰時，被播報員小姐統合到操風技能裡了。看起來在運用上毫無問題，實際上正在使用的芙蘭，發動時應該也沒感覺到太大的差異。

只是，魔力消耗量變得比以前多。複數技能經過統合，重生成為高階技能，但相對地也變得更難操縱。

這也只能慢慢習慣了。

芙蘭一面運用全身的肌肉彈性吸收衝擊力，一面以雙手雙腳著地，不需使用技能也沒發出半點聲音，不愧是貓族獸人。

『芙蘭，先從這個房間開始。』

（我知道了。）

芙蘭砍破閣樓的窗戶，侵入屋內。當然，我有用寂靜術隔音。房裡的床上睡著某人，不過似乎沒發現我們進來。

試著鑑定一看，是黑市奴隸商人的同夥。

這人擁有脅迫與詐術的技能，稱號有詐欺師與黑市奴隸商人，肯定不清白。

『是敵人。』

（嗯。）

芙蘭隨便把我舉起來，捅進躺在床上的黑市奴隸商人的心臟。

「——！」

男子因劇痛而醒來，但寂靜術的效果使他連叫都叫不出聲音。於是心臟被刺穿的男子就這樣斷了氣。

只要趁著鮮血噴出之前將屍體與床鋪收納起來，連證據都不會留下，完全就是刺客玩法。

『再來嘛，聽說奴隸是關在地下……』

「先掃蕩這個樓層。」

『也是，想救那些奴隸的話，這樣做會比較好。』

髒東西要立刻消毒！事情就是這樣，於是我們化身為暗殺者，到處宰殺了這些奴隸商人。

不過他們統統都在睡覺，所以一點都不費事就是了。

以我們在不死者巢穴鍛鍊出來的實力，就算正面攻堅八成也不會有問題。之所以採取祕密行動，純粹只是因為多一事不如少一事。

要是奴隸商人們團結起來反抗的話會增加麻煩，若是被他們跑了又是另一種麻煩。最糟的情況下，他們可能會抓我們要救的小孩當人質。

『這是最後一個房間了。』

乾淨俐落地解決掉八人左右後，我們來到了二樓的最後一個房間，其間耗時五分鐘。

只不過，這個房間有燈光流洩出來。

裡面只有一人的氣息，但好像是醒著的。

使用寂靜術消除聲音衝進去的方法，可能會被察覺到異狀。

『小漆，你可以嗎？』

（嗷！）

『要保持安靜喔。』

（嗷嗚——）

幾十秒過後，小漆回來了。

『動作好快喔，已經搞定了嗎？』

（嗷！）

不愧是活在黑暗中的野狼，我們在外頭等待時，幾乎沒聽到任何聲響。

進去一看，屋內感覺跟其他房間不一樣，看樣子是一間書房。

一名藍貓族的男子靠在辦公桌旁，已經魂歸西天了，似乎是被小漆的暗黑魔術無聲無息地奪去了性命。

不同於我們一路上除掉的那些奴隸商人，此人穿著料子較好的衣服，看樣子是幹部階級。

『唔嗯，來翻翻看這傢伙的桌子好了。』

說不定能夠獲得某些情報。

我們打開抽屜翻了一下，找到了各種文件或資料，上面記載了已送往雷鐸斯王國的奴隸人數等等。再來就是……這是與錫德蘭海國之間的交易情報嗎？上面羅列著蘇亞雷斯以及尤里烏斯之類像是人名的字詞，旁邊寫著一千萬或兩千萬等等。該不會是賄賂的金額吧？這金額還真大，搞不好是相當有來頭的人物的名字。

這些文件可能比我們想像的更重要？

如果可以，我是很想把它們送交給相關單位……

好吧，總之現在就先收起來吧。

除此之外，還翻出了大約七張蘊藏魔力的羊皮紙。這玩意兒我有印象，是可恨的奴隸契約書。很不幸地，上面已經寫了某人的名字。既然放在這個祕密據點裡，一定是可憐黑市奴隸被迫簽下的契約，這些也帶走好了。

另外，房間角落還放了個小型保險箱。保險箱是鐵做的，一看就覺得裡面放有貴重物品。在男子屍體身上翻找之下，從懷裡找到了鑰匙。

從保險箱當中感覺不到魔力，好像也沒設什麼陷阱。

「這就是它的鑰匙？」

『大概吧，我開開看，妳離遠點以防萬一。』

雖然陷阱感知沒有起反應，但為了安全起見，我還是請芙蘭離遠點，由我用念動打開保險箱。

果然沒有設陷阱等機關，很正常地打開了。

『喔喔——』

「金銀財寶。」

芙蘭興趣缺缺地低喃。看來她雖然明白這些東西很值錢，但並沒有多大興趣。

現金大約有十萬戈德，再來就是珠寶首飾類，的確可稱為金銀財寶。

『反正跟盜匪的祕密據點差不多，這、這些我們收下也不會怎樣吧？對吧？』

「嗯。」

『也是呢～～』

我高高興興地把保險箱的內容物收進了次元收納空間。

因為芙蘭不感興趣，所以必須由我代替她斤斤計較一點才行。絕不是因為我看到寶石的光輝而財迷心竅喔。

『二樓已經沒人了。』

（嗯。）

好，再來輪到一樓了，不過那裡人好像很多，想必也有人值夜班當看守。

而且一樓好像是倉庫，說不定沒幾個地方可以藏身。最糟的狀況是芙蘭的臉被人看到，又讓對方跑了。我想盡量不讓人知道襲擊者是小孩。

能在一夜之間擊潰犯罪組織祕密據點的小孩並不多，只要稍微經過調查，想必很快就會揪出芙蘭在這附近出沒。這樣一來，要把襲擊據點的小孩與芙蘭聯想在一起就不是件難事了。

因此，行動時必須將隱藏真面目當成首要考量。

『嗯——該怎麼辦呢？』

由於情報指出祕密據點裡關著奴隸，所以不能用廣範圍殲滅的手段。據說地下室有密道，一旦發生嚴重騷動，想必會有人從那裡溜走。我們用全方位察知與全存在感知，調查樓下的情況。

『唔……』

這兩項也是經過播報員小姐統合的高階技能，但果然很難用。接收的情報太多，不經過取捨選擇的話根本一團混亂。

情況講得明白點，就是想竊聽時，會聽見多達幾十種的聲音，必須從那當中聽出自己要的哪一個才行。

要不是我藉由分割思考技能提升了情報處理能力，恐怕根本運用不來。

雖然花了不少的時間，不過成功掌握到了一樓裡的人員位置。

以格局來說，有一個似乎是當成倉庫的大房間，後面還有三個小房間，好像是管理員室。

最棘手的應該是大房間裡的五人，這幾個傢伙就擺最後吧。至於三個小房間裡，則分別有兩人、一人與一人。

『從外面繞過去好了。』

（嗯，好。）

我們先到外面去，然後悄悄繞到一樓的房間窗外。

這裡面只有一名男子。

我用寂靜術消音，芙蘭砍破窗戶入侵室內。然後，當男子嘴巴一張一合想喊叫出聲時，小漆咬住他的咽喉送他上西天。

我們用同一招，把其餘的一人房間與兩人房間都清掃乾淨。

『那就繼續一鼓作氣，把所有人都殲滅掉吧。』

一樓只剩下五人，不過不知道地下還有幾人就是了。

『以寂靜術與小漆的闇魔術「黑紗術」為基本戰術。』

「嗷。」

黑紗術是操縱黑暗，覆蓋一定範圍空間的魔術。我們要用這招奪走敵人的視野，趁對方還沒逃走前一口氣打倒他們。

於無聲的黑暗空間中，只感受得到男子們動搖的氣息。

在這當中，擁有氣息察覺技能的芙蘭，與擁有生命感知技能的小漆大顯神通，無人能擋。幾個男人還搞不清楚發生了什麼事，就被殺得一個不剩了。

『一樓、二樓都壓制住了。』

「再來剩地下。」

『昨天聽說到的成員人數總共有二十四名，也就是說，至少還有可能剩下四人。』

「嗯，了解。」

芙蘭躡手躡腳地走下通往地下的階梯，看來下面似乎打造成了地牢。

地牢入口雖然有兩名看守，不過一瞬間就死在我們手裡。誰教他們無心工作，在那裡玩牌。

剩下的兩人不見蹤影，也沒有氣息，似乎不在祕密據點內部。

『再來只要救出受囚的小孩就行了。』

如同事前得知的情報，有七個小孩被關在牢裡，已經戴上了奴隸項圈。這讓我回想起芙蘭與我初次邂逅時的模樣，對黑市奴隸商人更加怒火中燒起來。

『救出他們吧！』

（嗯，當然。）

芙蘭慢慢走向牢房。

「……是誰？」

可能是突然出現一個陌生小孩，讓對方吃了一驚。七人當中看似年紀最大的少年看著我們，怯怯地出聲問道。少年穿著上好的衣物，也許是貴族？長相跟躲在他背後的少女一模一樣，似乎是雙胞胎。

「正義使者。」

「咦？」

「我來救你們了。」

「可是，樓上有那些擄人犯……」

對方倒不至於把芙蘭當成黑市奴隸商人的同夥，但好像也完全沒想到芙蘭一路上會把商人們

全數殲滅，可能以為她是悄悄溜進來的。

「已經打倒了。」

「啊？」

聽芙蘭這麼說，少年神情一愣。

「我已經打倒屋裡那些奴隸商人了。」

「是、是妳打倒的嗎？」

「嗯。」

「……」

幾個小男生小女生面面相覷。嗯，信不過是當然的。誰會相信一個搞不好比他們還小的女生，打倒了超過二十名的罪犯？

但芙蘭毫不體察小男生小女生的困惑心情，踏著碎步走到了牢房前，伸手握住揹在背上的我的劍柄。

「離遠一點。」

「咦？」

「很危險，離柵欄遠一點。」

「呃，好。」

「呼！」

鏗鏘！

芙蘭俐落地將我拔出一揮，輕輕鬆鬆就切斷了柵欄。
「咦咦？」
「不會吧？」
看到鐵格柵掉在地板上，孩子們都呆住了，似乎不知該做何反應。
畢竟仔細想想，斬鐵比較類似劍術的奧義嘛，覺得沒有真實感也是無可厚非的。
然而芙蘭沒在管這些，一腳踏進了牢房裡。
「妳受傷了？」
好像有一個小孩的腳受傷了。傷口只用布包紮起來，處理得很隨便，擺著不管可能會引發感染症。
『看來最好幫她治療一下。』
「嗯。」
芙蘭幫這個女孩施加回復魔術。
「——中量恢復術。」
「咦？治好了？」
「是魔術師嗎？」
「好厲害！」
孩子們嘈雜起來，然而芙蘭沒有看著他們。
『芙蘭！』

（嗯！有人來了。）

因為我們感覺到了某人入侵建築物的氣息。是那幫人的同夥回來了嗎？糟糕，必須趁對方察覺到異狀前打倒來者才行。

「怎、怎麼了？」

「你們躲到裡面。」

「咦？咦？」

「在我回來之前，你們不可以出來。」

看到芙蘭突然仰望著天花板陷入沉默，孩子們顯得很不安。芙蘭將他們推向牢房深處後，火速折返階梯那邊。

『對方在一樓晃來晃去呢。』

「在找什麼嗎？」

『一定是在找同夥吧。先別說這了，別忘了把臉遮起來喔。』

「嗯。」

我們登上階梯，悄悄偷看發出氣息之人。

嗯——是個全副武裝的男子，不過看起來相當有本事，至少與我們所殲滅的其他黑市奴隸商人有著天地之別。

氣息消除得也滿漂亮的。我們是同時用上多種技能才能感覺到他的氣息，不然肯定不會發現他已經進入了屋內。

我試著鑑定看看。

名稱：沙路托．奧蘭迪　年齡：55歲
種族：人類
職業：闇騎士
Lv：31／99
生命：169　魔力：288　臂力：236　敏捷：127
技能：暗黑抗性6、暗殺4、威懾5、隱密3、鑑定妨害6、氣息遮蔽3、劍聖技1、劍技10、劍聖術2、劍術10、宮廷禮儀3、盾技7、盾術8、盤問4、毒素抗性4、毒素魔術3、暴風抗性6、捕獲5、麻痺抗性4、闇魔術5、氣力操作
固有技能：暗黑氣場
稱號：毀誓者、守護者
裝備：暗黑上等祕銀長劍、黑漆祕銀盾、黑漆祕銀全身鎧、黑天虎披風、魔術抗性手環、羈絆指環

果然很強，而且果然像是敵人。畢竟職業可是闇騎士耶，而且還有暗殺、盤問與捕獲等很有黑暗行業風格的技能。稱號有毀誓者。雖然與黑市奴隸商人直接相關的技能只有盤問與捕獲，但也有可能是專門負責戰鬥的保鑣。

他擁有鑑定妨害技能，不過似乎是擁有天眼技能的我鑑定效力較強，鑑定起來沒有問題。

「可惡，到哪去了！」

闇騎士不知怎地殺氣騰騰的，似乎是發現同夥都不見了。

『芙蘭，這個強敵不容小覷，小心點。』

（嗯。）

『小漆躲著待機，準備隨時發動奇襲。』

（嗷嗚！）

觀察了一會兒後，男子轉身背對了我們。芙蘭趁著這瞬間空檔，衝了出去。

（我要上了！）

男子似乎果然是個高手，第一時間發現到冷不防現身的芙蘭的氣息，立刻就進入了戰鬥態勢。看來是見識過場面的人。

「什麼人！」

「噓！」

「唔！竟連名字也不報上，卑鄙小人！」

「喝啊！」

芙蘭無視於對方說的話連連猛攻，然而男子巧妙運用劍與盾，勉強一一化解了芙蘭的攻擊。

不愧是擁有劍聖術之人。

「唔呀啊啊！」

「喝！」

豈止如此，還用劍回砍了過來。雖然只論劍法的話是芙蘭略勝一籌，但對手是並用盾牌的騎士，守備相當堅實。而且論戰鬥經驗的話恐怕是男子壓倒性領先，不是能夠簡單取勝的對手。

沒想到會在這種地方遇上意外的強敵。假如用上小漆的奇襲攻擊或是我的念動彈射，要取勝應該不難，但我想盡量活捉。這人本領這麼高超，不太可能是嘍囉。如果能加以盤問一番，想必能夠獲得各種情報。

『芙蘭，我們要盡量活捉他。』

（嗯，知道了。）

「唔呀啊！」

「喝啊！」

芙蘭與闇騎士男子以刀劍相搏，火花四散，金鐵聲激烈交鳴。

「唔喔喔喔喔！」

「喝！」

可能是殺不死芙蘭，又想試圖援救同夥，闇騎士將重點放在防禦上。

看來只用劍決勝負可能會拖很久。而且男子還擁有暗黑氣場這項祕招技能，能夠以生命力為代價，在短時間內爆發性提升戰鬥力。我想在對方使用之前分出勝負。

好，先搶他的劍吧。

「喝！」

「唔啊？」

我們同時使用操風技能與屬性劍・雷鳴。可以想像一定有股驚人的衝擊力襲向了對手握劍的手。

果不其然，男子抵擋不了手部的麻痺，把劍弄掉了。

「咕唔……！」

但這男的還真是不肯死心，一面用盾抵禦劍擊，一面開始詠唱咒文。

「──黑箭術！」

不過沒意義就是了，因為我們擁有從惡魔身上取得的暗黑無效技能。

黑色騎士放出的漆黑箭矢在射中芙蘭的前一刻，就像被隱形牆壁擋住般煙消雲散了。

「怎麼可能！」

用劍本領贏不過我們，闇魔術又會遭到無效化，看來芙蘭就像是闇騎士的天敵。

「有破綻。」

「咕啊！」

男子的身手因驚愕而變得遲鈍，芙蘭沒錯失這個破綻。她用劍脊打斷了男子的腿。

而當男子單膝跪地時，芙蘭用我對準了男子的頸項。勝負分曉了，男子心有不甘地抬頭看著芙蘭。

「……悔恨啊！」

「你是什麼人？」

「我沒必要向妳這種人報上名號！」

好有活力的大叔啊。總之先痛打他一頓，問出情報好了。

『小漆，出來。』

「嘎嚕嚕嚕嚕……」

「唔喔！這、這是什麼？」

哼哼，嚇到了吧。就用小漆威脅他，然後先砍個一條手臂——正在這樣想的時候，不知何時那些孩子們已經上樓來了。

由貴族雙胞胎帶頭，孩子們從階梯入口處偷看著我們。

好吧，我能體諒他們被我們拋下而感到不安，但幸好不是在戰鬥中。

「很危險，你們不要過來比較好。」

聽到芙蘭發出警告，七個小孩帶著多少有些畏怯的表情停下腳步。然而帶頭的貴族少年看到闇騎士，表情驚愕地叫道：

「沙路托！」

「王子！您平安無事嗎！」

啊？王子？你說這個少年？

「你來救我們了……」

「公主殿下也在！」

奇怪？難道說這個人不是敵人嗎？我們都把他腿打斷了耶……

總之先施加個恢復術好了？

十分鐘過後。

我們幫騎士治好傷後，正在聽他們如何解釋。

「王子殿下與公主殿下？」

聽芙蘭這麼問，闇騎士點個頭。

「唔嗯，這兩位正是菲利亞斯王國的第六、第七王儲！」

「而你是他們的護衛？」

「正是。」

「因為王族被誘拐，所以來救人？」

「正、正是。」

聽起來似乎是王子殿下他們偷偷溜走，結果遭人誘拐了。把錯怪在這個人頭上就太可憐了。

「不過這些賊人真是太可恨了！竟然給兩位殿下戴上這種東西……真教人心疼！」

王族被套上奴隸項圈當然是一大問題。搞不好這個人的腦袋都會不保。

「而且，連這些小小年紀的孩子們都被當成奴隸……這位少女，我必須感謝妳。若不是有妳的幫助，恐怕無法這麼順利就救出王子與各位。」

「沒什麼，我是為了我自己。」

「但我還是得道謝，因為多虧有妳，我才能救到殿下與各位。話說那些奴隸商人呢？我連屍體都沒找到。」

果然會問到這點呢。該怎麼解釋才好呢……
我正在煩惱時，芙蘭坦率地回答：
「收拾掉了。」
「那麼多的賊人，妳是如何處理掉他們的屍體……」
「嗯？靠技能。」
「這……不，我就不追問了，強行逼問技能內容是違反禮儀的嘛。」
「嗯。」
「以妳的本事，我想不會是在說謊。」
太感激了，看來他並不介意芙蘭的年紀幼小，反倒因為她是本領強過自己的戰士，而將她與自己等同視之。
不過他似乎將受囚的孩子們視作保護對象，這邊倒是當成小孩子看待了。
『我說啊，總之我們先離開這裡吧，那幫人的同夥搞不好會回來這裡。』
「嗯。」
『只是，如果撞上奴隸商人就麻煩了，最好先把項圈拿掉。』
小孩子有七人，方才入手的奴隸契約書也有七份，我想有一試的價值。
芙蘭拿出契約書。
「這、這是？」
「在樓上找到的。」

沙路托似乎一看就知道這疊羊皮紙是什麼了。他睜大雙眼，注視著芙蘭握在手裡的契約書。

芙蘭向小男孩們一問，得知他們似乎是在各種惡言惡語的威脅下，被迫簽下了契約書。

看樣子這七份契據，果然是這裡的小男生小女生們的奴隸契約書。寫在上面的名字跟所有人統統吻合。

『動手吧！』

「嗯！」

芙蘭確認過名字後，啪的一下把契約書拋到空中，然後大動作把我揮了幾下，將契約書斬成碎片。

緊接著，套在孩子們脖子上的奴隸項圈，發出啪鏘一聲裂成兩半。

跟我幫芙蘭脫離奴隸身分時的狀況一模一樣。

大概是沒想到這麼簡單就能拆掉吧，包括沙路托在內，所有人都用驚愕的表情看著芙蘭。不過，驚愕似乎隨即變成了喜悅。

可想而知，當他們想到今後可能將作為黑市奴隸度過最糟的人生，正在因為絕望而發抖時，卻隨即獲得搭救，連奴隸項圈都有人幫忙拆掉。

被人喚作王子的少年握住芙蘭的手，發出了喝采。

「謝謝妳！」

他這麼高興，我們也很開心，是很開心沒錯——

「嗯，總之先離開這裡吧。」

芙蘭似乎很清楚，大家還沒完全脫險。得趕快逃走才行。

「說、說得也是。」

王子殿下好像也想通了，馬上就神情嚴肅地點了點頭。

「那麼，就到我們住宿的旅店去避難吧。」

「是！那就由在下為各位帶路。」

王子殿下他們似乎願意在包下的旅店提供一間客房給我們使用。

既然是王族要住宿，為了安全考量，的確是把整家店包下來比較好。

不過也就是因為這種貴族太多，才會害我們找旅店找不到就是了！

我們一邊讓芙蘭、小漆與沙路托護衛著孩子們，一邊從祕密據點脫身，前往王子等人的下榻處。

大家保持著高度戒備，不過並沒有碰上組織餘黨。

起初孩子們看到小漆時相當害怕，不過看著牠那親近人類的模樣看久了，好像就習慣了。雙方在前往旅店的路上已經打成一片，最後甚至有小孩摸了摸小漆。

「各位，再走一段路就到旅店了，大家都還好吧？要堅持下去喔。」

「請大家再撐一下就好。」

王子畢竟是王族，態度高高在上，不過跟其他地方的人渣貴族可不能相提並論。他關心庶民的孩子們，而且胸襟寬大，能夠率先帶領眾人前進。儘管年紀尚小，但似乎有心完成身為王族的責任。

公主給人一種穩重大方的感覺，舉止優雅有禮，對孩子們講話也很溫柔。

不過他們會溜出旅店被黑市奴隸商人抓到，所以兩人似乎都還有一點小孩子的任性部分。也許是現在正在反省，才會這麼懂事。

我們抵達了一家專做貴族生意的超豪華飯店。抱歉，我剛才不該把找不到旅店的事怪在王子殿下一行人身上。我壓根沒想過能住到這麼棒的旅店。

孩子們也好像有點退縮。

「咦？要進去這家店嗎？」

「好大喔～～」

看到一群衣衫襤褸的小孩在門前吵鬧，門房用一種奇怪的眼神看著我們。

不過對方似乎認識王子等人，並沒有特別說些什麼。

「怎麼了？快點過來啊。」

「來，請進吧。」

王子殿下與公主殿下催促著孩子們，走進了飯店。孩子們不敢違抗王公貴族說的話，戰戰兢兢地穿過了飯店大門。

「這不是殿下嗎？恭迎各位回店。」

結果明明是深夜時分，飯店人員卻排好隊伍出來迎接。有看似飯店總管的老先生，還有像是女僕的一群大姊姊，差不多有二十人整齊排排站。畢竟是在迎接王族，也許這點小事是應該的？

飯店總管用恭敬的態度，對比自己年輕的王子等人低頭致意。

然而他看到從後面跟來的孩子們，似乎仍然難掩困惑之情。

「這幾位小朋友是……？」

「講起來有點複雜，但總之請你們為他們備妥房間與餐點，還有入浴的準備。」

「呃，可是……」

「當然，他們的住宿費我們都會支付，有問題嗎？」

「真對不起，為飯店人員添麻煩了。」

哦哦——不愧是王子殿下，即使面對大人也好有威嚴！而公主殿下還是一樣，態度很謙虛。該說是蜜糖與鞭子嗎？說不定是很好的組合喔。面對命令與懇求的輪番攻擊，飯店總管似乎無法再多說什麼了。莫非這兩人是心知肚明，而故意分別扮演不同角色嗎？

「我明白了，我這就去準備。」

飯店人員隨同總管一起離去後，這次換成王子的隨從來了。

來者是個留著白鬍子的老人，看起來神經兮兮的。身穿的長袍式服裝做了珠光寶氣的裝飾與刺繡，一看就知道是頗有身分地位的人物。既然是王族的隨從，這位老人本身說不定也是一位貴族。

「這是在吵鬧什麼！」

「席里德，我們回來了。」

「哦哦，王子！微臣好擔心兩位啊！」

「唔嗯，抱歉了，我們有點迷路了。」

「您說……迷路嗎？」

「是啊，幸好有沙路托來迎接，我們才回得來。」

也是啦，總不能說「我們被奴隸商人抓住，還被套上了奴隸項圈」嘛。王子好像很欣賞沙路托，這樣會害他被問罪。

「那麼，這幾個小孩是怎麼回事？您買了奴隸嗎？」

「不是，是我們迷路，請他們帶路。」

「喔，是這樣啊。」

席里德老先生一面這麼說，一面用輕蔑的目光環顧孩子們。

「那麼，已經不需要他們了吧。喂，我賞你們跑腿費，你們可以走了。」

看來這個叫席里德的老頭，是個標準的混蛋貴族。

他一定是想盡快讓髒兮兮的小鬼們遠離王子殿下身邊吧，不過也有可能是他自己不想跟這些人為伍。總之他毫不隱藏厭惡感，一句話就想趕人。

然而席里德的這種態度，讓王子殿下不悅地斥責他：

「住口，席里德！我要對他們待以賓客之禮，注意你的口氣。」

「什……！微臣可不會准許殿下這麼做！您在想些什麼啊！竟然將這些骯髒的平民——」

「我叫你住口了，他們可是我們的恩人喔。」

「唔……！」

活該！我們這邊可是有雙胞胎撐腰喔！

席里德一臉憤懣地瞪了我們一眼後，轉身逕行離去。
孩子們似乎也不怎麼放在心上，反而顯得一副「那就是貴族的正常反應，本來就是這樣吧？」的神情。
「抱歉，我們的侍從冒犯了。」
「我不在乎。」
「他能力是很優秀，但就是比較死板。」
竟然連溫柔對待平民的公主殿下都這麼說，那傢伙到底是多死腦筋啊？
「妳怎麼打算呢？若不嫌棄，我是希望妳能住個一晚。」
王子殿下好意希望我們務必留下。
（怎麼辦？）
『反正原本那家廉價旅店連浴室都沒有，就接受好意在這裡住下吧？』
雖然是跑了半天才找到的旅店，但那家店破爛到感覺床鋪都會湧出跳蚤。
如果能在這種高級飯店下榻，我很希望能讓芙蘭住在這裡。
「嗯，那就叨擾你們了。」
看芙蘭點頭，王子與公主高興地叫了起來。
「喔喔，是嗎！那麼，我立刻叫人準備房間！」
「真高興妳給我們答謝的機會。」
就這樣，我們決定在王子等人包下的高級飯店住上一晚。

「那麼，妳就先去洗澡，沖掉汗水吧。」

「我讓人為妳帶路喔。」

浴場既寬敞又豪華。

石材用的是名為寒雪大理石的雪白礦石，水龍頭是龍形雕塑，而且浴室四面種植了觀葉植物，讓人還以為來到了哪家植物園呢。不只如此，牆壁以及天花板上還繪製了神話主題的壁畫，舀水盆等器具則施加了防腐的魔術。最驚人的應該是以魔藥調合而成的超昂貴香皂類吧。美如藝術品的玻璃瓶裡，裝滿了洗髮精以及沐浴乳等清潔液。

真的豪華到連貴族官邸都無法相比。好吧，其實我沒看過，完全只是我的想像。

至於我為什麼會對浴室裡的情形這麼清楚，是因為我跟芙蘭一起進了浴場。

令我意外的是，芙蘭居然說要幫我洗乾淨。真是個善良女孩！就算說是世界第一也不為過。

嗯？你說就算我是一把劍，原本畢竟是個男人，跟芙蘭一起洗澡太不應該了？

不不，我可是她的監護人耶！

真要說起來，反正我是劍嘛，又沒有性慾。

沒有任何問題的啦！

「小漆，不要動。」

「嗷嗚～～」

『不要搖尾巴啦！』

「咕嗚～～」

首先我們兩個一起幫小漆洗澡。

先洗背部，再來我擦洗後腳，芙蘭擦前腳，最後讓牠仰躺著刷洗肚子。

牠好像覺得很舒服，但也因為這樣而猛搖尾巴。每次搖尾巴就把泡沫噴得到處都是，濺到我或芙蘭身上。

之後，雖然弄得所有人一身泡沫，但總算是把小漆洗好了。

「嗷呼。」

『喔哇！』

「小漆……」

「咕嗚……」

小漆的甩水轟炸，把芙蘭弄得一身毛與泡沫。頭髮也亂糟糟的，簡直就像剛剛遭遇過一場暴風雨。

被芙蘭半睜著眼一瞪，小漆迅速調離目光，逃也似的跳進浴缸。這樣又弄得熱水猛烈往四處噴散，不用說，當然被芙蘭瞪了。真是學不乖的傢伙。

「嗷呼～～」

小漆把下巴擱在浴缸邊緣，軟趴趴地放鬆全身的力道在休息，簡直跟漂浮在浴缸裡的長毛地毯沒兩樣。在熱水裡款擺搖盪的黑毛，看起來有那麼點像海藻。

『那麼，接著換芙蘭了，妳坐這裡。』

「嗯。」

接著輪到芙蘭了，我用海綿幫她刷背。

『有沒有哪裡會癢啊～～？』

「嗯……沒有，很舒服。」

『那麼接下來要洗頭嘍～～？』

「嗯。」

『嘿，我幫妳抓抓。』

「啊嗚，跑到眼睛裡了。」

『什麼！等……不要動啊！喏，用這個洗洗眼睛！』

「嗚——」

明明被劍砍傷都還能保持鎮定，不過是洗髮精跑到眼睛裡，竟然就驚慌成這樣。

不過她讓我看到這種孩子氣的一面，會讓我有點安心呢。

『這次要把眼睛閉好喔。』

「嗯，我會緊緊閉好。」

芙蘭照她說的緊緊閉起眼睛，我仔細地幫她洗頭。

大概是眼睛被水刺痛得太難受了，直到我最後用熱水沖掉洗髮精之前，芙蘭都卯足了勁把眼睛閉著。

「洗好了？」

『嗯，洗好嘍～』

「那麼，接著換師父。」

就這樣，攻守交換。

芙蘭拿海綿用力幫我擦洗刀身。

可能是因為好歹擁有低等級的鍛造技能，芙蘭幫我洗得很舒服。也或許是因為她很認真，為了我在努力吧。該怎麼說呢？就像讓人捶肩膀的感覺。

『啊啊～那邊那邊。』

「這邊？」

『那邊也不錯～』

我一時之間沉醉在芙蘭的海綿技巧當中。

就這樣，我們互相幫對方洗澡，然後一起泡進浴缸。若是換成其他的劍，八成已經生鏽了吧。

芙蘭把肩膀以下泡進水裡，熱水就發出啪唰一聲，從浴缸中滿出來。

不愧是高級飯店，熱水沒在小氣的。

「呼～」

芙蘭把下巴擱在浴缸邊緣進入放鬆模式，瞇起眼睛呼一口氣。

她把摺好的毛巾放在頭上，看起來真的很享受。

『怎麼樣？舒服嗎？』

「嗯～～」

「嗷呼～～」

結果芙蘭與小漆一直享受泡澡的樂趣，泡到差點頭暈為止。

『浴室已經夠驚人了，但餐點也好豐盛啊。』

明明是深夜時分，飯店餐廳卻備妥了堪稱豪華的大餐。

有料多味美的海鮮湯、柔軟的奶油麵包、大塊的雞腿肉排，以及色彩繽紛的各類水果。

一洗完澡出來，這份宵夜就已經準備好了。而且連突然多出來的孩子們都能吃到這份大餐，高級飯店真是不容小看。

以原本是個大叔的我來看，會擔心份量有點太多，不過對於餓著肚子的小男生小女生們來說似乎不多不少恰恰好。起初還客氣著不敢吃的孩子們，吃了一口就停不下來了。大家都心無旁騖地埋頭猛吃。

即使在這種時候，雙胞胎仍然對大家關懷備至。

他們問孩子們有沒有歸宿，答應有家可回的孩子明天送他們回家，回答沒有的孩子則加以安撫，保證絕對會善待他們。一般的十三歲小孩很難做到這樣無微不至。

而對於救出了他們的芙蘭，兩人也不忘低頭致謝。

「妳今天救了我們一命。」

「謝謝妳。」

「嗯。」

王子的名字叫福特，公主名叫薩蒂雅。兩人一齊低頭致謝的模樣不愧是雙胞胎，相當有默契。

芙蘭似乎也很喜歡他們，雖然簡短，但都有仔細回答他們的問題。哎呀——我太高興了，芙蘭跟年紀相仿的少年少女如此感情融洽地聊天。光是能看到這種場面，這兩個人就沒白救了。

後來，芙蘭被分配到一間豪華的單人房。我連上輩子都沒住過這麼豪華的房間耶，有水晶吊燈、天篷床，還有柔軟蓬鬆的地毯。住一晚不曉得要多少錢。

「好軟——」

「汪呼——」

啊，你們兩個！芙蘭還有小漆，不可以就這樣跳到床上啦！如果弄髒了要賠償的話，誰知道飯店會索取多少錢啊！

雖然我能體會你們興奮雀躍的心情啦，應該說我也好想在那個被窩裡睡睡看喔！

「晚安——……」

「嗷……」

『好啦，晚安。』

芙蘭他們已經睏得睜不開眼睛，抵抗不了高級寢具的魔力，轉眼間就沉入了夢鄉。

一小時過後。

好的，我是現場記者師父。現在從高級飯店的閣樓為觀眾報導。

在我的眼前，有一隻消除氣息，偷偷摸摸地四處竄動的老鼠～～經過鑑定之下，發現職業是暗殺者。這下罪證確鑿了呢～～牠完全沒發現到我的存在～～

事情就是這樣，於是我施加寂靜術之後用風魔術俐落地打昏對方，將其逮個正著。這人雖然擁有氣息察覺技能，但似乎沒厲害到能察覺我這個無生命物體的存在。

我直接將暗殺者帶進了分配給芙蘭的房間。

『逮到嘍——』

「大魚。」

從各種意味來說都是。

『先逼問出這人的背後靠山，再交給王子他們好了。』

「嗯。」

這傢伙是人類，而且跟黑市奴隸商人似乎沒什麼關係，但還是先問過話再說。萬一跟藍貓族有關係，那可有得問了。

芙蘭拍打了暗殺者的臉頰好幾下，把他打醒。

會不會太用力了？兩邊臉頰都紅腫了耶。雖然我能體會妳睡到一半被吵醒，心情很不好就是了。

「嗚啊……？」

「醒了嗎？」

「！妳對我做了什麼！」

「把你打昏，綁起來了。」

「什麼時候做的……！」

暗殺者立刻就想逃跑，但無法掙脫我製造的魔絲。

一醒來就發現自己遭到綑綁，似乎讓暗殺者慌了手腳。

「該死！」

「我有幾件事要問你，只要你從實招來，我就不會給你苦頭吃喔。」

「嘎嚕嚕嚕嚕。」

不但幾乎無法動彈，有一把劍對準了自己的眼前，還有一頭巨狼低頭看著自己。

大概是領悟到無計可施了吧。

「——！」

『啊！這傢伙竟然服毒了！』

他似乎吞下了藏在臼齒裡的毒藥。但沒想到真的有人會這麼做耶，我只有在漫畫裡看過。

不過話說回來，大家不覺得藏在臼齒裡的毒藥好像很容易誤吞嗎？這也是要經過訓練的嗎？

經過鑑定之下，發現他的生命力正以驚人速度減少中，似乎在嘴裡藏了藥性滿猛的毒藥。

『——中量恢復術。』

「——解毒術。」

不過在我們的面前，這種東西是不具意義的。

毒素消失，生命力也恢復了。

「很遺憾，你辦不到。」

「怎麼可能……竟然能讓王毒失效……？」

「我很擅長回復魔術。」

「咕——」

還真是不肯死心耶，他這次把舌頭咬斷了。

「——中量恢復術。」

「該死！」

「想吃點苦頭嗎？」

「噫……」

結果，暗殺者把知道的事情全招出來了。看來即使有一死的覺悟，卻沒有長時間接受拷問的覺悟。

跟我想的一樣，這人跟黑市奴隸商人沒有關聯，是個自由接案的暗殺者，說是依據委託內容來暗殺王子與公主的。

他說他不知道委託者是誰，只是事前接受過入侵路線等指示，很容易就溜進了飯店裡。委託費已經先收下了，關於委託人則知之不詳。

『這人對我們來說沒什麼用呢。』

「嗯。」

『就交給沙路托處置吧。』
「小漆，你看著他。」
「嗷！」
我們先將暗殺者打昏，再前往王子等人位於一樓的房間。
房門口有全身裝備齊全的沙路托，以及幾名士兵擔任步哨。雖然再過不久就要天亮了，不過他們似乎還在守夜站崗。
「芙蘭，這麼晚了有什麼事？」
「我抓到老鼠了。」
「哦？」
光講這樣，沙路托似乎就聽懂了。
他將站崗工作交給士兵們，直接跟著芙蘭走。然後，他神情驚訝地注視著被放在芙蘭房間地上，被我們用被子捲起來的暗殺者。
「此人就是暗殺者嗎？」
「嗯。」
就這樣，沙路托開始對暗殺者進行盤問。
可能是已經徹底死心了，暗殺者對於大致上的問題都據實以答。
「唔嗯……看來不像是在說謊。究竟是誰派來的呢……」
沙路托的腦中，一定是在推敲各種不同的可能性吧，必定是在想像我們所不知道的各路可疑人物。

「總之這名男子就由我領走了。」

「嗯。」

很高興他願意這麼做，繼續讓我們抓著也不是辦法。他說明天他們就會將暗殺者交給達斯的衛兵法辦。

「今後的事情明天再商量吧，我會支付謝禮的，妳可以好好期待一下。」

看來他願意支付禮金感謝我們捕獲暗殺者，真是大方。不過芙蘭看起來絲毫不感興趣就是。

「比起這個，我比較期待早餐。」

「哈哈哈，早餐是吃到飽的，妳就盡情享受吧！」

隔天早上。

芙蘭由於昨晚的騷動而起得很晚，表演了同時攝取早餐與午餐的野蠻技巧，讓大家大為驚嘆。

她用料理把臉頰塞得鼓鼓的，讓人不禁懷疑她或許不是貓族而是松鼠族獸人。餐點簡直就像扔進次元收納空間般不斷消失，連沙路托都看傻了眼。

雙胞胎對這樣的芙蘭說：

「芙蘭，妳今後有什麼樣的預定行程？」

「？」

「有沒有什麼目的地呢？」

「喔五物樂。」

「……抱歉，我們等妳用完餐之後再問吧。」

「柰。」

等到芙蘭把將近十人份的餐點裝進胃裡，輕輕拍打著鼓脹的肚子時，福特王子重新開口了：

「芙蘭，妳說妳在旅行，那這段旅程有目的地嗎？」

「嗯，烏魯木特。」

「那麼，是打算坐船去了？」

「嗯，先去巴博拉。」

「這樣啊……」

聽芙蘭這麼說，王子沉思了一下。然後他重新開口，告訴了我們一件驚人的事實：

「妳訂好船了嗎？由於有很多人要前去參加月宴祭，我想客船應該已經客滿了喔。」

「真的？」

「畢竟巴博拉的月宴祭規模很大，在克蘭澤爾可說是數一數二的嘛。」

「祭典可是比王都還要熱鬧喔。」

我都不知道。那也就是說，還要等個幾天才能前往巴博拉了？其實在旅店都客滿的時候，就應該要想到這點了。

像這種國內首屈一指的大型祭典，我實在很想讓芙蘭體驗一下……但看起來似乎是沒希望了吧？

「我都不知道。」

「不過，還有其他方法可以搭船喔。」

「？」

「妳願不願意受僱成為我們的護衛？只到巴博拉就夠了。」

「我們會支付酬勞。而且因為我們的目的是巴博拉的月宴祭，所以趕得上看祭典喔。」

福特王子與薩蒂雅公主紛紛提議。

聽起來還不錯耶。

就算我們現在開始找船，也不見得能找到像樣的船。再說，難得能夠認識與芙蘭年紀相仿的孩子，這麼快就說再見太可惜了。

「特別想拜託妳的，是針對魔獸的防備工作。」

「不是有沙路托在嗎？」

「其實是這樣的——」

據他們所說，似乎有人在近海確認到大型魔獸的蹤跡。他們說普通魔獸是不會有問題，但大型魔獸就多少有點不放心了。

因此為了保險起見，他們表示想招募到本事夠高強的戰士。於是實力比沙路托強，又沒有暗殺者嫌疑的芙蘭就中選了。

「殿下！您這樣擅作主張，豈不是在為難微臣！怎麼能僱用這種來路不明的人物擔任護衛呢！」

侍從席里德大概是事前什麼都沒聽說吧，突如其來的狀況讓他憤怒地叫道。

「喂，妳這毛丫頭！妳是怎麼哄騙了殿下的！」

「住口！芙蘭是我的朋友，我應該說過不許對她無禮了吧？」

「唔……！」

席里德被王子他們一瞪，懊惱地閉上了嘴巴。他死瞪著我們不放耶。

（師父，可以接受嗎？）

哦哦，芙蘭很有幹勁呢。看來芙蘭也捨不得這麼快就跟同為青少年的幾個好朋友告別。

『沒什麼不好吧？有船坐很吸引人。』

「嗯，可以接受。」

「喔喔，那真是幫了我們一個忙。」

福特王子與薩蒂雅公主都高興地拍手。儘管雙方身分地位有差，但芙蘭完全不在意，王子他們似乎也不是會介意這方面問題的類型。我非常希望他們能相處融洽，芙蘭很需要年紀相仿的朋友。

「事後可別怪微臣沒提醒過殿下！」

「呸——」

席里德撂下狠話之後逕行離去，芙蘭對著他的背後吐舌頭。不過他還真討厭我們耶，在船上就盡量不要跟他碰面好了。

「請妳多多關照了。」

「真高興能跟妳一起旅行。」

「嗯。」

就這樣，我們接下了王族的護衛工作。

第二章　海洋食客

『嗯——天氣真好。』

「嗯。」

湛藍的海水與白雲朵朵，無邊無際的水平線。黏答答的海風，還有會曬傷肌膚的紫外線。這才叫大海！

我們現在正在搭乘王子等人租下的船隻。雖然只有中等大小，但不愧是王族包下的船，內部裝潢可比豪華郵輪，房間水準也與高級飯店無異。不只如此，船隻還搭載了魔導發動機，擁有渦輪等級的推力。

芙蘭在這艘船的甲板上，讓太陽曬得暖烘烘的。她一邊吹著海風，一邊癱在木椅上放鬆。旁邊放著熱帶色彩的果汁，完全進入了度假狀態。

船隻的護衛工作？當然有好好在做啊，小漆很認真。

瞧，牠正好打倒了靠近船隻的魚型魔獸回來了。由於牠擁有空中跳躍技能與闇魔術，因此幾乎不會在戰鬥中弄濕身體。只有銜著獵物拉到船上時，會把臉弄濕而已。

呃不，芙蘭也是有在做事喔。當小漆在對付魔獸時，如果反方向遭到襲擊，芙蘭會用魔術等招式轟飛牠們。

不過除此之外就是度假狀態了。

「嗷嗷！」

「小漆，歡迎回來。」

『魔獸肉我先收起來，之後再做點什麼給你們吃喔。』

「嗷！」

『魔石也累積了不少呢。』

小漆打了五隻，芙蘭打了兩隻。從出海到現在才過了幾小時，兩人已經解決了這麼多的魔獸。

因為不能在大家面前吸收魔石，所以魔獸都沒解體，就直接收在次元收納空間裡。

船長大哥他們說碰上這麼多魔獸，船隻都沒受損根本是奇蹟，還跟我們道謝呢。

侍從席里德起初還凶巴巴地瞪著懶洋洋的芙蘭，當面口氣帶刺地叫她好好做事，但看到我們解決了這麼多魔獸，也就不再多說什麼了。

不過還是繼續咬牙切齒地瞪著我們就是。

那傢伙真的很煩耶，吃飯的時候也是囉嗦個沒完，從餐桌禮儀等方面挑我們毛病。

不過我們火大起來，用宮廷禮儀技能表現出完美的用餐規矩給他看之後，他就懊惱地閉上了嘴巴。

他跟沙路托關係似乎很惡劣，而我們跟沙路托關係良好，所以他好像對我們懷有敵意。

（師父，點心。）

芙蘭小姐要討甜點吃了。

『好好好，妳要吃什麼？』

（嗯——餅乾。）

我把在亞壘沙買下的大量餅乾拿給她。

因為我還沒做太多點心，所以人多都是市售品。平常做的都是鬆餅。

例如這些餅乾，也是貴族專用商店賣的點心，所以聽說很好吃，但我還是覺得地球製造的點心看起來比較可口。之後我可要找機會大量生產蛋糕或布丁。

「好吃好吃。」

「咕嗚——咕嗚——」

『喏，小漆你吃這個。』

「嗷！」

出現的魔獸都是小怪，芙蘭跟小漆又這麼放鬆，真是接了份輕鬆差事呢～

慵懶放鬆了一會兒後，薩蒂雅公主過來了。

隨著海風飄動的金髮，反射著太陽光閃閃發亮。薩蒂雅公主與黑髮黑眼的芙蘭正好形成對比，擁有金色長髮與藍色眼睛，相貌五官較為類似西方人。兩人站在一起，感覺就像是太陽與月亮。雖然現在容貌還屬於可愛類型，但絕對是個美人胚子。

「芙蘭小姐，大家說要釣魚，妳要一起來嗎？」

「嗯，我要去。」

前往甲板後面一看，福特王子與三個小孩手上拿著釣竿，在那裡笑鬧著。

有兩個小男孩，以及一個小女孩。在芙蘭救出的孩子們當中，這幾個孩子原本過著流浪兒的生活，無家可歸。

王子他們說相逢也是有緣，似乎決定將他們帶回去當見習佣人。

只是，王子他們說過雙方還不是正式的僱傭關係，告訴孩子們旅途中可以將他們當成年紀相仿的朋友相處。

或許因為如此吧，孩子們並沒有因為身分貴賤而感到惶恐，轉眼間就跟雙胞胎玩在一塊兒了。乍看之下，還真的就像幾個好朋友。雖然侍從席里德忿忿地碎嘴個沒完，不過那種人不要理他就好了。

「芙蘭也要釣魚嗎？」

「嗯，我很拿手。」

咦？是這樣的嗎？

「哦，這樣啊？」

「那麼，大家來比賽吧！」

「釣到的魚大家一起吃！」

我很驚訝拿到的釣竿居然附有捲線器，據說是能夠用魔法捲線的最高級款式。魚竿本身似乎也用魔法做了強化，不愧是王族御用的特級品。

孩子們並不知道釣竿的價值，大家從甲板放下魚線垂釣。

一放下去沒過多久，大家就開始釣到魚了。
「成功了！釣到了！」
「很大喔～～！」
「好棒喔——！」
孩子們互相展示釣到的魚，比比看誰的大或是誰的稀奇，都玩得很開心。
沒參加釣魚的公主也笑咪咪地看大家玩。
目前只有芙蘭沒有魚兒上鉤，王子與孩子們紛紛出聲挖苦她：
「不是說很拿手嗎？」
「只有芙蘭沒釣到耶！」
「我可是釣到了三隻呢！」
「沒關係，我們的魚可以分給妳！」
聽孩子們這樣說，芙蘭顯得有點愉快地回嘴：
「哼，我不把小魚放在眼裡。我要釣大魚，讓你們擺出哭喪的臉來。」
「哈哈哈！那真讓人期待！」
我是覺得照正常方式釣魚就可以了。
芙蘭堅持要釣特大號獵物，別人說什麼也不聽。
她用次元收納空間中擺著沒用的石頭蠕蟲當魚餌。這是以前在亞壘沙鎮附近消滅的小怪魔獸，但除了魔石之外毫無用途，所以一直收著沒動。這種魔獸又臭又硬不能吃，皮膚則是一乾掉就會變得脆弱，不能做成防具。頂多只能打碎成粉末，當成肥料吧。

芙蘭將牠切成約一公尺長的小段，勾在超巨大釣鉤上當成魚餌使用。魚餌大到除非是鯊魚、魔獸或鯨魚等尺寸的生物，否則連吃都吃不下去。芙蘭究竟打算釣起什麼樣的東西啊？

好吧，反正芙蘭說這樣可以，只要她開心就好了。

就這樣，大概享受了一個小時的釣魚時光吧。孩子們各自釣到了大約十隻魚，卻只有芙蘭依然毫無收獲。

起初拿她開玩笑取樂的孩子們，也漸漸露出了擔心的神情，心裡一定是在祈禱芙蘭也能釣到魚。

芙蘭很享受這種一團和氣的氣氛，並沒有感到半點不高興，然而她沉默寡言又面無表情，似乎讓大家誤以為她心情不好。

不過，大家期盼已久的時刻終於到來了。

「嗯！」

「喔喔，在拉線了！」

「釣竿彎曲得好大！」

「是大魚！」

大家都像是自己釣到魚一樣高興。

不過，釣竿彎曲得好誇張啊。明明借用的應該是最堅韌的釣竿，卻好像隨時會啪嘰一聲折斷似的。

該不會是釣到了旗魚之類的吧。

「唔唔。」

「加油啊！」

「捲啊捲啊！」

「嗯！」

芙蘭都在卯足全力捲線了，魚線卻猛烈地往外滑。我想起來了，以前有在什麼釣上全世界那種電視節目看到過這種光景。

「嗯嗯嗯！」

「加油！」

「不要讓牠逃了！」

芙蘭．邊弄得滿頭大汗，一邊拚命捲動捲線器。

其實只要我出手幫忙，這還不簡單。只要偷偷從海裡減弱獵物的力量，或是讓牠昏睡過去就行了。但是這樣做太不知趣了，就算要做，也得由芙蘭自己來。

後來過了半小時，上鉤的魚持續抵抗，怎麼樣就是釣不起來。芙蘭也開始顯現出疲憊之色。真的變得越來越像拖釣了。芙蘭對於完全釣不上來的獵物，似乎也逐漸失去了耐性，終於開始用起了技能。

她用屬性劍．雷鳴通過魚竿電擊獵物，然後以水流操作與水魔術將獵物引向船邊，再用肉體操作法技能與補助魔術提升臂力，進入最後衝刺。對付一條魚，竟然拿出真本事來了。

十分鐘後，從水面開始可以看見一個巨大的魚影。

呃，不會太大了點嗎？

這絕對比小漆還大，全長恐怕有將近十公尺吧。

「哇——！那是什麼啊！」

「芙、芙蘭！妳還好嗎？」

「這很不妙啊，絕對很不妙！」

孩子們開始吵吵鬧鬧，但芙蘭不予理會，繼續捲線。

巨大魚尾拍擊水面，海水像驟雨一樣淋在甲板上。

有時候可以看到閃光啪茲啪茲地爆開，應該是因為使用了屬性劍。但對手居然還能這樣頑強抵抗……怎麼想都不會是普通的魚吧？

名稱：碎艦鮪

種族：魔魚

Lv：29

生命：356　魔力：109　臂力：207　敏捷：108

技能：硬化6、水流操作6、游泳5、嗅覺強化、甲殼硬化

解說：頭部覆蓋著硬如祕銀的衝角。名稱取自此種魔魚以超高速度衝刺，頭部衝角就連船艦都能撞碎

的能力。能力值雖只有威脅度E的程度，但依據在海中的棘手性質，威脅度為D。其肉質非常美味，被稱為特級品。魔石位置：頭部。

『芙蘭！是魔獸！而且還滿強的！』

「嗯！」

芙蘭運用風魔術與臂力，將浮上水面附近的碎艦鮪一口氣往上扯。

其巨大身軀以驚人氣勢躍上半空。

「哇啊～～！」

「呀——！」

「慘了——！」

巨大魔獸往船上墜落下來。

不只是孩子們，甲板上的船員們也都發出慘叫。

嗯——一團混亂呢。

『芙蘭，如果魔獸就這樣掉下來，船會被打壞喔。』

這條巨大鮪魚如果在甲板上大鬧，肯定會對船身造成傷害。應該說光是墜落在船上，說不定就已經夠危險了。

「嗯！我會解決掉牠！」

芙蘭把我舉好，振臂一揮，然後朝著以魔力感知探測到的魔石，用力將我投擲出去。

『呀哈——！』

「嘰咿咿咿！」

以風魔術進行了加速的我，準確地貫穿碎艦鮪的魔石。

無論鱗片多麼堅硬，終究沒能擋下我的劍刃。

一命嗚呼的魔獸由芙蘭以風魔術接住，輕輕放在甲板上。

全長恐怕超過十公尺以上，超出了船身的橫寬，尾鰭都跑到甲板外面了。這就像是只用一根釣針釣起較大的鯨鯊，在地球是無法想像的。

「釣魚比賽是我贏了。」

「呃不……那個……」

「現在不是說這個的時候……」

「嗯？」

儘管甲板上仍然鬧成一團，芙蘭卻完全沒放在心上。對現在的芙蘭來說，鮪魚的滋味與鮮度似乎比較要緊。

『芙蘭小姐？』

「嗯？」

芙蘭當場開始將魔獸解體。好吧，其實就是把頭砍掉，挖出內臟後再切成三塊而已。只要使用技能，一分鐘都花不到。

我以前在壽司餐廳看過鮪魚解體秀，不過這個比那有魄力了一百倍。

『為什麼要把牠解體？』

（說好了釣起來的魚要跟大家一起吃。）

『噢，對喔……』

不過話說回來，連這麼巨大的魚都能兩三下輕鬆解體，解體技能真是可怕。

周圍的船員們，也都睜圓了眼緊盯著芙蘭的解體表演。

反正這好像算是高級品，等大家靜下來之後就來請客吧，當作是驚擾到各位的賠罪金。

不過不知道大家要等多久才會靜下來。

但話說回來，還真大啊。不曉得能捏出幾人份的握壽司。

自從來到這個世界之後，我每次看到魔獸的巨大肉塊或是將近一公尺大的鳥蛋都很興奮，但這次心情更激動。畢竟堂堂擺在眼前的，可是恐怕能供幾百人食用的整塊巨大鮪魚大腹喔！

光是看到夾有白紋的巨大鮪魚大腹，日本人的熱血就快沸騰了。呃不，雖然我體內已經沒有血液了就是。但烙印在靈魂中的熱愛鮪魚精神，縱然身體變成劍也不會消失。

頭部也超大一個，如果要把這個做成烤魚頭，恐怕需要一個巨型烤爐。大到這種地步與其說是魚頭，根本是帳篷了。

「小妹妹，妳在做什麼？」

一名船員問了跟剛才的我一模一樣的問題，聽到芙蘭回答：「釣到的魚要跟大家一起吃。」他就不說話了。

不知道是對芙蘭無底洞般的食慾感到害怕，還是得知可以吃到碎艦鮪這種高級食材而不想阻止了呢？船員們站得遠遠的，旁觀鮪魚咻咻咻地遭到超高速解體。

結果騷動要等到芙蘭把魚頭與骨頭等等收納起來，做完碎艦鮪的生魚片與握壽司之後，才終於平息下來。

只不過大家馬上又為了壽司，而開始興奮叫鬧起來。

「好好吃喔——！」

「這、這就是碎艦鮪？」

「我要一次吃夠一輩子的份！」

「雖然早就知道芙蘭實力很強，但竟然會強到這種地步……」

「真的比沙路托還強呢，好厲害喔。」

我們也招待手邊有空的船員吃鮪魚料理，使得船上熱鬧得像在辦祭典。不同於剛才的慌亂場面，這次是歡欣鼓舞的喧鬧。畢竟所有人都忽然被請吃超高級食材嘛，我想是情有可原。

就連應該吃慣了美食的福特王子與薩蒂雅公主都笑得合不攏嘴了，看來一定相當美味。真羨慕大家能吃到這個。

「嗨，謝謝妳招待的大餐喔。」

想不到連船長都來跟芙蘭道謝了。

「我叫倫吉爾，尊姓大名是？」

「芙蘭。」

「妳是冒險者嗎？」

「嗯，D級冒險者。」

芙蘭一拿出公會卡給大家看，「哦哦——」水手們為之哄動起來。

大概是這個年齡就升上D級很讓人吃驚吧。

「真是了不起。呃不，妳都能獵捕碎艦鮪了，或許可說理所當然吧。不如說階級應該更高才對……哎呀，感謝老天讓我有緣認識妳。」

倫吉爾船長從懷中取出某個東西，交給芙蘭。

「這是？」

「這枚硬幣上面繪有我隸屬的露西爾商會的徽章。我們商會的本店位於巴博拉，只要出示這枚硬幣，就可以在各方面得到優待了。」

「這真是太厲害了！講到露西爾商會，那可是克蘭澤爾王國數一數二的大商會啊。妳竟然得到他們幹部的欣賞了。」

王子的一番話，讓我們得知這枚硬幣是相當了不起的東西。假如能接受大商會的支援，那一定很方便。不過倫吉爾船長竟然會看中芙蘭，還真有眼光呢。

「這樣好嗎？」

「當然。只要能結識前途無量的冒險者，這點代價不算什麼。」

「哦哦——」船員們又再度哄動起來。大概表示倫吉爾很少這樣大力讚賞別人吧。

「竟然能受到我們船長的賞識！」

「小小年紀就升上D級了，當然啦。」

「而且那麼輕易就打倒碎艦鮪了！」
「長得又可愛。」
「原來你是蘿莉控喔！」
「才、才不是好不好！」
「等到了巴博拉，務必請妳造訪一趟商會。」
「嗯。」
船長再次低頭致意後離去，接著水手們也陸陸續續地過來，向芙蘭道謝。孩子們看著這幅景象，都用豔羨的眼光望著芙蘭。
「芙蘭好厲害喔！」
「嘿嘿，這是當然。」
「我也好想變得像妳一樣強喔！」
「加油。」
「吶，借我看硬幣～～！」
完全成了朋友了嘛！要是這段時間能永遠繼續下去該多好。可是幾天後到了巴博拉，在那裡就要告別了。
『真是太可惜了。』
然而我的想法，以一種不好的層面落空了。
因為當天傍晚，我們被捲入海上風暴，變得無法動彈。

『嗚喔——船搖晃得超劇烈的。』

「嗯，滾來滾去。」

「嗷嗚。」

隨著船身的搖晃，芙蘭與小漆在床上滾過來滾過去。

在這種暴風雨當中不便上甲板，只能待在船艙裡待機。

『只希望暴風雨能早點停下來就好……』

這艘船應該不會沉吧？

到了黎明時分。

轟轟轟——

即使待在船艙裡，也能聽見激烈的風吼聲。

嘰嘰嘰——

受到風浪所擺弄，船體搖晃的擠壓聲響個不停。

這聲音真教人不安。

而且船身搖晃得實在夠激烈，有某個遊樂園的海盜船那麼誇張。

話雖如此，比起昨晚已經算好的了，搖晃以及聲響大概都只有一半吧？而且也沒下雨，現在感覺只是單純颳大風，昨晚那場可是大風大雨都超乎尋常的超大暴風雨。

「呼——呼——」

來。

連在這種狀況下都能呼呼大睡，真不愧是芙蘭。

太讓人敬佩了。

然而過了半晌之後，芙蘭眼瞼啪的一下睜開，在床上坐了起來。同時小漆也醒了，站起身來。

天才剛矇矇亮而已耶，你們是怎麼了？

『芙蘭？小漆？』

「有東西要來了……」

「嘎嚕嚕……」

『什麼？』

聽芙蘭這麼說，我以為是有人想闖入房間，但完全感覺不到那種氣息。

然而晚了芙蘭一點之後，我也能感覺到那個存在了。

有個巨大生物的氣息，在用相當快的速度接近這艘船。

竟然在睡夢中還能比我更早察覺……芙蘭與小漆的野生直覺真讓我驚嘆。

不對，現在不是佩服這種事情的時候！

『這也未免太大了吧！』

那個存在比這艘船還要大。

『是鯨魚嗎……？不，不對！』

沒那麼小！

逼近過來的巨大氣息，讓我深感戰慄。

應該說是細長型嗎？其輪廓可說比較接近蚯蚓或蛇，但光是牠的腰身就跟這艘船差不多大了。長度──老實說我無法準確掌握，大概有一百公尺以上吧。

我們得知這樣一隻巨大的怪物，正在衝著這艘船靠近過來。

『不妙！芙蘭、小漆！快去警告大家！』

「嗯！」

「嗷！」

芙蘭他們衝出了房間。小漆一邊跑遍整個客房區域，一邊用最大級的聲量不停咆哮，因為無論如何都得把大家叫醒才行。

芙蘭跑向倫吉爾船長的房間。船長的房間有魔導傳聲管，應該能夠對船上各處發出警告。

咚咚咚！咚咚咚！

芙蘭使勁猛敲倫吉爾船長的房門。

哦哦，沒在聽到應門之前就衝進去，成長了呢。

「什、什麼事？」

房內傳出船長驚訝的聲音，看來是起床了。

喀嚓。

「船長，有魔獸！」

結果芙蘭還是沒等倫吉爾回應就打開了房門。不過畢竟情況緊急嘛，這次就請見諒吧。

「芙蘭小姐？妳說……魔獸？」
「嗯！比這艘船更大的魔獸！正在靠近這艘船！」
「我、我明白了！」
船長對芙蘭這樣一個小姑娘說的話即刻做出反應，撲向魔導傳聲管。大概是因為她釣到過碎艦鮪，讓船長認同了她的實力吧。
船長的聲音響遍艦內空間。
『超大型魔獸接近中！重複一遍！超大型魔獸接近中！全體人員火速就定位！』
緊接在他的警告之後……
磅嗡！
劇烈的震動襲向船身。
「咕呃！」
「唔？」
若不是船長與芙蘭以手扶著牆壁等地方撐住身體，震動大到可能讓他們摔倒。
『是魔獸造成的嗎？』
統合樓下船員們的喊叫聲來判斷，似乎是舷側被魔獸弄壞了。好像剛好是載滿了糧食的位置開了個大洞。
可能是去追逐從洞口落海的食物了，魔獸暫時遠離了這艘船。畢竟食物之中也包含了不少魚露等氣味濃重的東西，嗅覺優異的魔獸，的確也有可能被氣味吸引走。

『快點，芙蘭！』
「嗯！」
我們十萬火急地前往甲板。
四下才剛開始射下朝陽的微光，還很昏暗。
太陽就快要從水平線上露臉，只要再過個半小時，早晨就會完全來臨了。
『在那邊！』
我看到與船隻相隔約五十公尺的距離，有一條又長又巨大的影子，一邊扭動著身體一邊游泳。
想必是藏身在黑夜與大浪中，所以站哨船員才會沒發現到。
實際上，船隻現在仍像漂於水面的樹葉般大幅搖盪。
對方可是比這艘船還巨大的魔獸，要是被牠再次接近會很危險。
「芙、芙蘭小姐！情況怎麼樣了！」
「船長，那個。」
上到甲板來的倫吉爾船長一看到芙蘭手指的方向，臉色鐵青地低語：
「中、中土巨蛇……」
「你知道那是什麼？」
「那、那是人稱海洋食客的大魔獸！」
唔——好像很強呢，隨便攻擊引起牠的注意或許不是好點子。

「牠又被稱為活天災，據說過去曾經讓一個大國的海軍全軍覆沒……」

「船長，有辦法趁現在逃走嗎？」

「浪這麼大，不可能的，因為中土巨蛇速度比我們快。」

也就是說，只能一戰了嗎？

正在猶豫之時，就發現中土巨蛇與我們的距離縮得越來越短了。

「看來是在追我們這艘船呢。」

倫吉爾船長說得沒錯，魔獸的頭似乎的確是朝著這艘船而來。

恐怕是真的逃不掉了……

『芙蘭，看樣子只能拚了。』

「先下手為強。」

『沒錯！用最強的攻擊痛打牠。』

「嗯！」

只是，攻擊能打得到海裡的對手嗎？就算能打到，衝擊或溫度也會被海面吸收，威力必定會大打折扣。

『小漆，你能夠跟那傢伙挑釁，把牠引到海面上來嗎？』

「嘎嚕嚕嚕！」

哦哦，幹勁十足呢。芙蘭也是小漆也是，這兩個傢伙還真好戰，雖然有幹勁是好事啦。

趁這時候，我與芙蘭必須做好攻擊的準備。對付那個龐然大物，不能夠有所保留。

『要一擊必殺——使用念動彈射。芙蘭，麻煩妳用風魔術、投擲技能與屬性劍增強威力。』

「了解。」

首先要做形態變形，改變我的形狀以進一步提升威力。

我想像的是子彈，削去多餘的部分，將螺旋溝紋刻於劍身。結果總覺得與其說是子彈，似乎變得比較像是細長的鑽頭？不過好吧，反正感覺滿具有貫穿力的。

接著，我發動屬性劍．火焰、風魔術、操風的超振動與硬化。多虧有並列思考的幫助，同時發動多種技能也不成問題。

雖然魔力急速減少，不過現在可不是能夠留一手的場面。

『芙蘭，準備好了嗎？』

（嗯，隨時都行。）

『很好！』

我也準備好了。

看到芙蘭蓄勢待發的模樣，船長驚慌地出聲叫她：

「芙蘭小姐！妳打算做什麼啊！」

他臉上寫著「該不會是要向那傢伙挑戰吧」。然而，芙蘭很乾脆地對他點點頭。

「我要打倒那條扭扭蛇。」

「妳、妳是認真的嗎？」

對船長來說，想挑戰那隻巨大魔獸似乎是無法想像的一件事。

可能是因為船長對那個存在有所了解，將對方認做是絕對無法與之抗衡的災害生物吧。
然而，我們不具備那種常識。是敵人就要打倒，很單純吧？
「嗯。」
芙蘭點頭回答倫吉爾船長後，很快地……
那個時刻終於來臨了。
「嘎嘎咯咯咯咯喔喔喔喔喔喔喔！」
「小漆辦到了。」
從水面頻頻騷擾魔獸的小漆，成功讓魔獸上鉤了。追趕著用空中跳躍不斷往上升的小漆，巨大生物的頭部從海裡飛撲而出，大到好像連藍鯨都能輕易地一口吞掉。
外形與其說是海蛇，或許比較像是蚯蚓。口腔就像排滿了尖牙的海葵一樣，呈現醜惡的形狀。
「我要上了！」
『好！』
朝著中土巨蛇暴露出巨大破綻的頭部，芙蘭用上技能與魔術，卯足全力將我投擲出去。光是這麼個動作，恐怕就具有能貫穿低階飛龍程度身軀的威力。
然而我釋放了長時間累積的念動力，做進一步加速。
『唔哦哦哦喔喔喔喔！』
緊接著，我這枚子彈伴隨著驚人衝擊力道，命中了魔獸的肉體。脖子？頭部？總之就在頭部附近位置打出了直徑約十公尺的撞擊坑。

其實我本來是打算開出個洞的……但厚實的皮膚與厚重的肌肉形成壁壘，似乎超乎想像地減損了念動彈射的威力。

『怎麼樣？打倒了嗎？』

狠狠撞上中土巨蛇的衝擊力道，把我彈飛到空中來了。刀身半毀，剩下的部分也冒出了細小裂痕。看來全面展開技能與魔力的特攻，造成的負擔還是太大了。

然而，我沒有多餘精神對自爆造成的傷害發愁。

『怎麼可能，這傢伙是怎樣……！』

因為魔獸的鑑定結果給我造成太大衝擊了。

名稱：中土巨蛇

種族：海蛇

Lv：60

生命：3591／38709　魔力：531　臂力：4019　敏捷：302

技能：吸收2、再生2、捕食

解說：被認為能夠無限成長的海洋食客。智能很低，只憑著本能生存。只要是會動的東西無一不放進嘴裡，吞入肚子。不具有特殊能力，純粹只是體型巨大，但巨大體型正是牠最為棘手而危險之處，甚至有軼聞描述牠曾經吞下過整個島嶼。擁有多個心臟，難以完全殺死。威脅度為A。魔石位置：心臟。

生命力超過30000？受到那麼重的傷，竟然連一成都沒削減掉……而且威脅度還是A？

技能很少，光從這點來看的話跟低階魔獸沒兩樣，就是個大而無腦的傢伙。

卻大得超乎常規。

『嘖……！真是棘手！』

「嘰哦哦哦哦哦哦喔喔喔！」

中土巨蛇在看著我。我是不曉得那個蚯蚓似的頭部哪裡有長眼睛，但確實感覺得到視線。牠大概知道是我傷到了牠的身體吧。

雙方明明都沒長眼睛，卻在互相瞪視。

『重新這麼一看，還真大啊……』

光是冒出海面的部分，就有三十公尺以上。

我一面回復刀身破損處，一面觀察牠。

『傷口竟然已經開始癒合了。』

雖然再生的等級不高，但大概是因為原本生命力就強，所以回復的數值也高吧。

「嘎咯嚕哦喔喔喔！」

『嗚喔！』

突然間，中土巨蛇吐出了某種東西。看來似乎是把消化液當成砲彈吐了出來，船身會開洞大

概也是被這個打出來的。瞄得也很準，要不是我有躲開，應該早就被打個正著。

『所以還活蹦亂跳的就是了啊。』

雖說威力遭到減損，但頭部可是開了個大洞耶。即使如此，巨蛇的動作仍然沒有半點遲鈍的樣子。

坦白講，要把這傢伙的生命力削減完恐怕很難。

不過要打倒這傢伙，可不是只有奪走生命力這個辦法。

比方說，可以痛擊牠的要害之類的。

如果可以，我很想破壞牠的魔石，但要從這個龐然大物身上找到魔石恐怕很難。不過，眼前就有一個更容易給予痛擊的要害。

『喝啊！看我打爛你的腦門！』

我再次運用灌注過剩魔力的狂飆化，施放了念動彈射。

驚人衝擊力道襲向我身上，刀身再次碎裂四散。

然而，牠的腦袋上也被打出了第二個撞擊坑。儘管因為沒有芙蘭的幫助，使得威力減少了快一半，但仍然開了個直徑約五公尺的洞。

『這下怎麼樣！』

「嘰嗚嗚嗚嗚！」

『嘖！還能動啊。』

那就來比耐力吧！

我一邊讓碎裂的刀身復元，一邊再次精煉念動力。魔力還剩下大約七成，即使考慮到用來回復的分量，算起來也還能再打個五發。

『看招吧！』

「嘰啊啊啊啊啊啊！」

『喝啊啊！』

「啾哦哦喔喔！」

『喝呀啊！』

「嘰嗚嗚！」

這傢伙真有夠硬的，頭部都已經被我削去一半了，竟然還像沒事一樣動來動去。

試著鑑定一下，發現中土巨蛇的生命力還剩下八成以上。難道這傢伙的弱點不在頭部？

不，總之就再賞牠一兩發吧。

『去死吧啊啊！』

「啾嘎啊啊啊啊——」

最後，中土巨蛇的頭部被我完全打掉，無論是嘴巴還是腦子都半點不剩了。是半點不剩沒錯，但是……

『怎麼還沒死啊！』

竟然還照樣動來動去。不，動作是遲鈍了點沒錯，但不像是快死掉的樣子。豈止如此，被炸飛的頭部斷面肌肉還向上隆起，開始再生了。

奇幻生物就是這樣才討厭！頭部被打爛就該嗝屁啊！

這種巨大體型，再加上異常的生命力與再生力——

『難、難道牠是不死之身嗎？』

單調地一味攻擊恐怕打不倒牠。

繼續這樣下去只會讓狀況惡化，我決定先回到芙蘭身邊。

況且我也想到如何打倒牠了……

如果可以，我不太想採用這種手段，但顧不了那麼多了。雖然我是真的很不情願……

我飛向船隻。

然後，我一面表現得像是被吸引到芙蘭手裡，一面落進她的手中。由於我想隱瞞我是智能武器的事，所以才假裝是芙蘭在操縱我。

（師父，怎麼樣？）

『用念動彈射不可能完全解決掉牠。』

想解決掉那隻幾乎是不死身的超級魔獸，天知道還得再打上幾百發……

（真有那麼強？）

芙蘭很驚訝。過去用念動彈射完全無法對付的對手，頂多只有巫妖而已。她大概是重新體認到這隻巨大魔獸是那種層次的對手了吧。

『不過，我有個點子。』

（怎麼做？）

『——』

（師父？）

『——使用具有即死能力的魔劍．死亡凝視者……！』

（原來如此。）

名稱：魔劍．死亡凝視者

攻擊力：880　保有魔力：600　耐久值：400

魔力傳導率：B+

技能：即死（斬傷對手時以百分之三的機率令其立即死亡）

這樣不管對手有多大，生命力有多高，只要砍中就可能令其立即死亡。儘管即死效果發動的可能性很低，但只要反覆多次攻擊，遲早會發揮效果的。

不過做這決定實在很掙扎……

身為一把劍的我，居然要依靠其他的劍！

該說就像廚師僱用比自己廚藝更了得的廚師為女兒辦婚宴，還是神經外科醫師將父母的心臟手術交給比自己更有名的心臟外科醫師執刀？總之我充滿了一敗塗地的心情。

只是，現在不是說這種話的時候。

不得已……我是不得已的，可惡！

（是，師父。）

芙蘭從次元收納空間中拿出死亡凝視者。船員們看到它，都倒抽了一口氣。

「那、那是？」

「總覺得有股寒意……」

畢竟它的刀身就像黑夜一般烏漆墨黑，還冒出血管似的紅線，整個散發出不祥的氣息嘛。

「這叫魔劍．死亡凝視者，具有即死能力。」

「原來如此，所以要用它來打倒那傢伙就對了吧。」

就是這麼回事。然而，倫吉爾船長面色凝重地陷入了沉思。怎麼了？

「妳這把即死劍，對那隻魔獸可能無效。」

「為什麼？」

「我聽說中土巨蛇具有多個心臟，就算使用即死能力，也有可能無法徹底殺死牠。」

用鑑定看到的解說內容也是這麼寫。的確，即死能發揮多少效用還是個未知數。不過管他的，牠總不可能有幾千個心臟吧。既然這樣，我們就打到牠死透為止。

（那麼，我要上了。）

『好。』

於是我再次出擊。當然要裝成不是我自己在飛，而是芙蘭在操縱我。

「操劍演舞。」

「哦哦——！」

芙蘭隨便瞎扯一個招式名稱並筆直伸出雙手，裝出一副集中精神的模樣。不時還扭轉身子，或是發出「唔唔」等聲音，演得起勁。

但其實都是裝的，只不過是我照平常那樣運用念動力，讓自己與死亡凝視者飛來飛去罷了。

看在旁人眼裡，想必就像芙蘭在運用謎樣技能讓寶劍飛天，操縱自如吧。雖然還滿缺乏防備的，不過只要小漆守在她身邊就不會有事。

（師父，加油。）

（嗷。）

『包在我身上！』

說歸說，其實我只是一面躲開中土巨蛇的攻擊一面砍個不停，等即死效果發動罷了。

『我寧願折損身為劍的自尊，都在使用其他劍了！我絕對要殺了你！這個大塊頭！這個混帳！』

「嘎喔啊啊啊啊啊啊！」

嘖！光用砍的砍不透厚皮，看來得用念動力加點力道才行。不過比起念動彈射，這點消耗微不足道就是了。

就這樣，當我用灌注了魔力的死亡凝視者劈砍了對手大約二十次時，死亡凝視者的刀身發出鮮紅光輝，即死效果發動了。

「嘎啊啊啊啊啊啊啊啊——」

中土巨蛇發出駭人的咆哮，連我的刀身都被震得啪啪響。

然後，中土巨蛇停止了動作。

『打倒了！』

然而，我的喜悅只維持了一瞬間。

該死，把我的歡呼還來！

「———咕咯咯……」

『什麼！牠沒死！』

「嘎哦哦哦哦哦喔喔喔！」

似乎被倫吉爾船長猜中了，看來即死效果不足以徹底殺死擁有多個心臟的魔獸。

『既然如此，我就擊潰你所有的心臟！放馬過來吧！』

「啾哦哦喔喔……」

『喂！你幹嘛啊？我在這裡啊！』

「嘎哦哦哦唔唔唔嗚嗚嗚嗚！」

想不到中土巨蛇居然無視於我的存在，開始往船那邊游去了。

『你這大塊頭！喂，敵人在這裡啦！』

我用死亡凝視者猛砍巨大身軀，然而中土巨蛇並沒有重新轉向我。

仔細想想，我畢竟是個無生命的物體。比起危險的無生命物體，這傢伙會對能夠輕易獵食的生命體產生興趣，或許是無可奈何。

我屢次用死亡凝視者攻擊牠，不久，即死效果再次發動了。大塊頭的動作停止了一瞬間，但短短幾十秒後，又像沒事似的繼續向前游。

而且速度相當之快。雖然船隻也早已採取逃離中土巨蛇的航行路線，但是再這樣下去，想必轉眼間就會被追上。

照這樣看來，要在中土巨蛇追上船隻之前用死亡凝視者徹底殺死牠，或許會很困難。

『可惡，該怎麼辦？毒素又無法期待有多少效果。』

我在使用死亡凝視者進攻的同時，也用我自己的魔毒牙進行攻擊，但牠完全沒有要中毒的樣子。牠應該沒有毒素抗性才對啊……大概是身體太過巨大，不管毒素再怎麼強勁，分量太少就是沒用吧。在這種時候，我再一次受到名為巨大體型的高牆所阻擋。

『嘖！那艘船上可是有芙蘭在耶！說什麼也不讓你去！這個混帳！』

我在焦慮與憤怒的驅使下，再次發動了念動彈射。我的刀身魯莽地向前猛衝，撞進了中土巨蛇再生到一半的頭部。

『不准忽視我！你看！敵人在這裡啊！我在這裡！』

我一次又一次衝刺，渾然忘我地殺向中土巨蛇。可能是因為太過憤怒，總覺得伴隨著陰暗混濁的感情，有種力量莫名地湧上全身。不知是不是心理作用，感覺流入我刀身的魔力也是黑色的。我任憑內心翻騰的激烈感情所驅使，用上全副力量打擊中土巨蛇。

『該死的東西——！』

伴隨著驚人的反作用力，我的刀身完全碎裂了。取而代之地，中土巨蛇的頭部開出了一個比之前都要更大的撞擊坑。

即使如此，牠還是完全不理我。

『其他辦法……沒有其他辦法了嗎？』

至少要是能拖慢這傢伙的速度的話……傷害牠沒用，牠能立刻治好……或者是加上某種重物？不不，要怎麼做啊？

最後，我靈光一閃。

我得快想！灰色的腦細胞，全速運轉吧！雖然我沒有大腦就是了！

『那個或許派得上用場。』

老實講，我是背水一戰，但現在只能想到什麼都試試看了。

『魔力障壁全開！解放念動力！』

我繞到中土巨蛇的面前，然後再次使用了念動彈射。不過，目標不是這傢伙的身軀。我瞄準的是即將再生完畢的口腔，以及它的內部。

『命名為一寸法師作戰！』

作戰內容就是——外面不行就打裡面。

『哇啊！好噁！』

中土巨蛇的體內一整個內臟外露，噁心到了極點。

不只如此，我的耐久值還以駭人速度不斷減少。看來不只是胃，整個體內都在分泌消化液。要不是有魔力障壁，我早就被融化光了。

本來是想在牠體內亂打亂鬧的，看來必須早早達成目的逃出去，否則真的會很不妙。

不過，我想到的作戰或許必須潛入得深一點再執行比較好。
我再度釋放最大念動力，在這傢伙的體內衝刺。
耐久值降到一半以下了。本來是想潛入更深處的，但沒辦法了。
『給我爆開吧！次元收納發動！』
我從次元收納空間中取出的，是擊碎墜落浮游島時收納的那些巨石。我連續不停地拿出收藏在次元收納空間裡的大量巨石。
由於在口腔附近拿出岩石可能會被吐掉，所以才想盡量在體內深處進行。從這個位置要吐出去可不容易！
至於以前就一直收納著占空間的毒池水，我決定現在先不用。
雖然比起大海來說水量只有一點點，但我認為還是不要冒險比較好。
『哇啊！耐久值撐不住了！——短距跳躍！』
中土巨蛇的消化液，再加上巨石在牠體內用力摩擦造成的壓力，使我的耐久值更快速地減少。我趕緊誦唱時空魔術傳送到外面。
撲通！
一如我所料，我成功傳送到了海裡。
耐久值大約只剩一百，真是千鈞一髮。
『只可惜沒能把這傢伙的肚子撐破。』
中土巨蛇的肚子有一部分膨脹了十倍以上，但沒有要破裂開來的跡象。好吧，畢竟蛇類也可以把比自己大上許多的獵物整個吞掉，這點程度對這傢伙來說似乎也不算什麼。

但是有那麼多巨岩塞在體內，動作鐵定會變遲鈍。

我從海上確認一下，看到牠游泳的速度確實變慢了。

這樣在牠消化完那堆岩石之前，我們應該可以開船逃走。

『好耶，早早逃離這片海域吧！』

不曉得各位知不知道有句話叫一波未平一波又起，或者是屋漏偏逢連夜雨？說成禍不單行或許也行。

我想說的——

就是這樣。

「海、海盜船來了——！」

瞭望台上的船員，一邊鏗鏗敲響警鐘一邊喊叫。

我們現在偏離原本的南進航線，正在往北航行。

目的地是錫德蘭列嶼此一群島上的小國，稱為錫德蘭海國。

為的是修理船隻，以及補給物資。

因為中土巨蛇的襲擊不但造成船身開了個大洞，還讓我們失去了大半糧食與水。

再加上從昨晚持續到現在的大風浪以及中土巨蛇害我們大幅偏離預定航線，因此我們沒有折返出發地達斯，而是決定前往錫德蘭海國。

位置上來說，該國正好位於至今我們活動的克蘭澤爾王國等等的所在地的吉耳巴多大陸、在其北方的布羅丁大陸，以及吉耳巴多以西的庫洛姆大陸這三個地方連成三角形的中央地帶。據說就在吉耳巴多與布羅丁之間的魔海偏西南邊的位置。從目前位置來看，在稍稍偏北的地方。

但有件事讓我有些在意，就是黑市奴隸商人正是利用錫德蘭海國作為中繼站……

不過總不可能整個國家都在參與犯罪行為吧，況且事到如今也沒辦法了。

「全體人員，火速就定位！」

一看到海盜船的蹤影後，倫吉爾船長喊叫出聲，船員們急忙展開行動。

好不容易才逃離中土巨蛇，大夥兒正在用碎艦鮪壽司慶祝的說。

原本開開心心的孩子們，都再次露出不安的神情。福特王子與薩蒂雅公主也是一樣。

該死！難得芙蘭也跟大家一樣開心的說！饒不了這些海盜！

倫吉爾船長與沙路托立刻來到雙胞胎身邊，準備解釋情形。

「我們被海盜船隊逮住了。」

「船隊？對方有幾艘船？」

「四艘。」

「有辦法逃走嗎？」

聽福特王子這麼問，船長搖了搖頭。

「沒辦法，因為以目前的船隻狀況，無法全速航行……」

「那麼，看來只能一戰了。」

王子用決心堅定的表情喃喃說道，但沙路托否定了他的看法。

「不，若是以目前的狀態進行砲擊戰，我方可能反遭擊沉。不過，聽說海盜除非情況特殊，否則不會殺害投降者。是這樣吧，船長？」

「對，海盜的確是一群莽漢，會襲擊船隻，也會殺害反抗之人，但不會傷害投降之人。」

「是這樣嗎？」

「是的，因為襲擊船隻是風險非常高的生意。他們時常遭到冒險者護衛或傭兵的抵抗，而且也不確定襲擊的船上裝載了什麼東西。」

說的也是，視情況而定，也有可能支出大於收入嘛。

「所以他們會劫持人質，索取贖金，因為這樣一定能賺到錢。相對地，他們會保證人質的安全。說海盜講信用是有點奇怪，但支付贖金這件事講求的是雙方互相信任。」

「原來如此。」

「然而以這次的情況來說……」

倫吉爾船長講到這裡，表情一沉。

「有什麼問題嗎？」

「這次我們大幅偏離了航道。一般來說，海盜都會將據點設置在船隻往來頻繁的航道附近。所以照常理來說，本來是不可能在這種地方碰上海盜的。」

「所以到底是怎麼回事？」

「我們的常識可能不適用於那些海盜，也不知道他們是否真的不會傷害我們，以索取贖金。」

這的確很難判斷。

戰鬥也有危險，投降也有危險。也就是說兩者都有可能危害到王子等人的性命了？

「因此，我想請殿下與各位乘坐逃生艇逃走。」

「不能用你說的逃生艇讓大家都逃走嗎？」

聽王子這麼說，沙路托搖搖頭。

「逃生艇是夠多，但需要有人留下來戰鬥，將海盜引開。請兩位殿下與孩子們，再加上包括我在內的幾名隨從，與負責操縱逃生艇的船員一起逃走。」

他們說錫德蘭海國已近在眼前，即使搭乘逃生用的小船也能在今天內靠岸。但王子與公主不接受。

「這樣一來，其他人的生命安危呢？」

「請放心，在下會命他們戰鬥到一定程度後就投降。」

儘管沙路托這麼說，但王子等人臉色都很憂鬱。沙路托雖然要他們放心，但臉上也露出嚴峻的表情。也是啦，我不認為那些海盜會大方地接受抵抗者的投降，而且也有可能為了殺雞儆猴而將他們折磨至死。

「不行，我們絕不能拋下臣民自己逃命。」

「是呀，要逃就大家一起逃。」

嗯——真有志氣。一般來想，這種時候應該拿部下當誘餌逃走才對，我認為這是王族的職責。他們兩個太未經世故了。

但我很喜歡他們。有這種對別人太好的王族又有何不可？

「老夫也反對。」

侍從席里德不知道什麼時候來的，以這句話加入討論。

「席里德也這麼覺得嗎？我就說應該大家一起逃走嘛。」

「不，微臣認為此時應該投降。」

「說什麼傻話！剛才的解釋你都沒在聽嗎！船長已經說過他們不見得會接受我們投降了！」

「但是，老夫可不認為在這汪洋大海上划一艘小船能夠平安脫險。既然如此，不如表明我方的身分並投降，對方應該也不會想與一個國家為敵才是。既然如此，只要支付贖金，應該就能獲得釋放了。為此，我們絕不能做無謂抵抗。若是胡亂抵抗惹惱了對方，恐怕連談判都談不成。」

這樣說也有道理，但是……有可能這麼順利嗎？

「我反對！」

「不許放肆，沙路托，這不是一介騎士可以插嘴的問題。」

「我是兩位殿下的護衛！有權在這種場合當中做裁奪。」

這兩個人關係還是一樣惡劣呢。

「只不過是擔任殿下的護衛，就自以為了不起了！」

「在下並沒有自以為了不起！保護兩位殿下的生命安全是在下的使命！在下只不過是為了達成使命而傾盡全力罷了！」

「不過就是個向王妃殿下阿諛諂媚的外國人！誰知道你這些話是不是發自內心！」
「席里德閣下！你這是在侮辱在下嗎！」
「你刻意主張危險的作法，老夫當然要懷疑了！你說你逃離雷鐸斯王國，也不曉得是真是假！老夫看你八成是想得到我國的神劍吧？」
「嗯？你們有神劍？」
芙蘭對神劍兩個字起了反應，介入兩個大叔的爭吵當中。真佩服她敢岔入現在這兩人之間。
「是、是啊，我國是有神劍沒錯。」
「不准你說什麼我國！雷鐸斯人！」
「你說什麼！」
兩個大叔又開始爭吵了。嗯——真沒建設性，應該說我覺得是在浪費時間。
『芙蘭，太麻煩了，還是趕快收拾掉吧？然後再慢慢問關於神劍的事。』
（嗯，就這麼辦。）
『而且飯也才吃到一半嘛。』
（壽司好吃。）
『小漆就留下來保護王子殿下他們好了。』
（嗷！）
（還要幫我保留一份壽司。）
（嗷嗷！）

『呃，妳這麼喜歡壽司啊？』

（嗯！壽司的美味僅次於咖哩，堂堂登上亞軍寶座。）

但比不上咖哩就是了？

看到芙蘭踏著小碎步走向船邊，福特王子出聲叫她：

「芙蘭？妳要去哪裡？」

「嗯？我去把船擊沉就回來。」

「啊？等一下！妳這是有勇無謀啊！」

王子試著阻止，但芙蘭一溜煙躲過他的手，一腳踏上了船緣。

「那麼，我去去就回。」

然後，她一躍而出。

「呀——芙蘭小姐！」

「芙蘭！」

孩子們急忙奔向船邊，似乎是以為芙蘭跳海了。你們想太多了，就算是芙蘭，也很難游泳爬上海盜船。

他們從甲板往下俯瞰，看到的不是漂浮於海浪間的黑貓族少女，而是芙蘭以神奇力量在半空中飛躍的模樣。接著芙蘭又把我往前一扔，然後跳到浮在半空中的我身上。

「哇啊！」

「好厲害！」

「芙蘭在天上飛耶！」

我順勢發動念動滑空，芙蘭就像玩衝浪一般在空中前進。

用不到三十秒就抵達了海盜船的上空。

『旗幟上竟然畫了骷髏頭，想不到真的有這麼老套的海盜活在世界上耶。』

「嗯。」

雖然有失體統，但我忍不住有一點興奮雀躍。

只是，那船看起來破破的。就好像已經在別處戰鬥過似的，船身滿是傷痕。

進一步觀察，會發現大砲或投石機之類的裝備也很少。看看船隻的側腹，也找不到大砲用的孔洞。

怎麼看都不像是戰艦。豈止如此，這個大小與形狀看起來……

『這個……原本應該是漁船吧？』

我試著鑑定一下海盜們。

結果他們好像真的不是以海盜為正職。不但職業寫著漁夫或船夫，技能組合也盡是釣魚或撒網之類。能用在戰鬥上的，頂多就只有投擲或擲槍吧。

『這是怎麼回事？』

「不知道耶？」

『嗯——可是他們掛起了海盜旗，又持有武器，不能放過他們。』

「留下最大的船，其他都擊沉呢？」

『該怎麼做呢……他們是海盜，卻又不是海盜……』
「只鎮壓就好，不要奪人性命。」
『也是，就這麼辦吧。』
「嗯。」
事情就是這樣，芙蘭首先前往看似旗艦的船隻。海盜們都張口結舌，呆若木雞。
「我要上了。」
『好，不要殺死他們喔。』
「嗯。」
芙蘭從我身上跳下去。
我隨後跟上，收進空中的芙蘭手裡。
然後，芙蘭降落在海盜船隊的旗艦上。
「哈——？」
「啊——？」
突如其來出現的美少女，讓海盜們驚訝地僵在原地。芙蘭順勢揮動收在劍鞘裡的我，轉瞬間就將周圍的海盜們打趴在地。
有的海盜臉孔遭到毆打，噴灑著鼻血飛出去。有的海盜手腳被打斷，痛得滿地打滾。
一瞬間就有好幾人被打到無法再戰。
「哇啊啊！」

「咕嗚嗚！」

我只說不要殺人，卻忘了說不要讓他們受重傷。

好吧，就請他們做好折斷幾根骨頭的心理準備吧。

「怎麼回事……」

這些海盜果然是外行人，都發生這麼大的問題了，卻幾乎沒人反應過來。他們連武器都沒拿起來，只是瞠目結舌地看著。

再來就是蹂躪的時間了。

等到又有幾個人被打得落花流水，海盜們才終於展開行動，然而——

射出的箭被魔力障壁彈開，芙蘭一轉守為攻，他們就一個接著一個被一擊打倒。

「妳、妳是什麼人！」

「冒險者。」

「咕……太扯了吧！」

「去死吧！」

「你才去死。」

不不，我們沒有要奪人性命啦！

「哇啊！」

「咿呀——！」

轉眼間，站著的只剩下船長一人了。

「可惡！妳、妳這怪物！」

嗯──不滿意，太不滿意了。

（師父好像很不滿？）

『因為妳看嘛，這傢伙的打扮！』

「？」

講到海盜就會想到眼罩、義肢手或是畫有骷髏圖案的帽子等等，應該有很多選擇才對吧！最理想的是虎克船長，其次為傑克．史派〇。結果你看看這傢伙！

『不管怎麼看都只是個普通的大叔！』

沒錯，這個船長就穿戴著普通的鎖甲與普通的頭盔，全身裝扮一點趣味都沒有！不得不說看起來實在不像海盜船長。要不是我有鑑定技能，搞不好還不會發現他是船長呢。

「該死的東西！放開我！給我放開！」

吵著吵著的時候，芙蘭已經拿下船長了。嬌小的芙蘭輕鬆壓制住一個大男人的模樣，看起來一定相當怪異。

『趕快把問題問一問吧。』

（先從什麼問起？）

『例如這傢伙是不是這個船隊的老大？』

好了，來到盤問的時間了。不過也就是由芙蘭訊問，再用謊言真理判斷是真是假罷了。有沒有其他同夥？祕密據點在哪裡？想問的問題多的是。

然而，由於其他船隻開始對這艘船發動砲擊，使得盤問就此中斷。明明老大在我們手裡，他們發射大砲卻完全沒在客氣。

「那些傢伙，竟然背叛我！」

喔喔，就是那種老哏吧？「老大死了就換我們做老大啦！」那種？

『先擊潰其他船好了。』

「嗯。哼！」

「嗚噁！」

芙蘭朝著船長的脖子砍下一記手刀。

呃不，剛才那聲慘叫會不會有點不太妙？與其說是被打昏，他都口吐白沫翻白眼了耶。

『妳做了什麼？』

「？帥氣動作，大成功。用手刀打脖子讓人昏倒。」

『……好吧，只要沒死就好。把這傢伙捆起來吧。』

「嗯，那我要上了。」

芙蘭把捆起來的船長夾在腋下後，再次跳到我的身上。雖然砲彈也有飛向我們，但目標太小完全打不中。

「那我要動手了。」

於是芙蘭登上其他船隻，接二連三地將船員們打趴在地。

不用五分鐘，四艘海盜船就全被鎮壓下來了。

幾乎所有海盜都被打昏，躺在甲板上不動。

『總之先帶著海盜船長回船上吧。』

「嗯。」

我們鎮壓了海盜船團一回來，席里德就用一陣怒吼迎接我們。

「妳竟敢如此肆意妄為！」

「？」

「誰說妳可以擅自攻擊他們了！」

「全都鎮壓完成了，沒問題。」

「妳拋下護衛工作，擅自採取了戰鬥行動！這可是一大問題！假如那幫人一氣之下做出反擊，讓兩位殿下有個三長兩短，妳打算怎麼辦！」

我看芙蘭不管做什麼他都不滿意吧，難道是故意這樣貶低她，以減少她的功勞嗎？沙路托也不幫她說話。

『總之先道歉吧。』

遇到這種人，隨便低頭賠個不是就對了。假如都道歉了他還有意見，到時候再考慮用實力讓他閉嘴就好。

「嗯，對不起。」

「哼，妳知錯就好！」

竟敢給我一副耀武揚威的嘴臉！要是能一拳打在他那張臉上，一定大快人心吧～

「……嗚啊？」

「你醒了？」

可能是被吵醒了，躺在我們腳邊的海盜船長睜開了眼睛。

「妳、妳這傢伙是……！這裡是什麼地方！」

「船上。」

「我的部下都怎麼了？」

現在就先嚇嚇他好了，他如果知道不會被殺，可能會得寸進尺起來。

『芙蘭，妳騙他說妳把其他傢伙跟船一起擊沉了。』

「擊沉了，現在已經成為海底亡魂。」

『海底亡魂！』

「嗯，亡魂。」

「真、真的假的……」

海盜用一種刺探的表情，抬頭看著芙蘭。他似乎因為看過芙蘭方才發威的模樣，而將她說的話當真了。

可能是知道芙蘭是在嚇唬海盜以試著問出情報，倫吉爾船長與沙路托都沒說什麼。

「我有幾件事要問你，只要你老實回答，就不用步上同夥的後路。」

「我、我才不會招呢！」

海盜嘴上逞強，臉色卻一片鐵青。看來他果然很怕芙蘭，只要再威脅個兩下，應該很快就會一一招來了。

然而有個傢伙毀了現場氣氛，不懂得察言觀色。

「喂，妳在跟他閒扯什麼！什麼擊沉了海盜船，胡說八道！那幫人明明就好端端的！看是要拷問還是什麼，快點就是了！」

席里德不耐煩地，對正在跟海盜說話的芙蘭破口大罵。

這傢伙實在是……乾脆先把這傢伙丟到海裡好了？

可能是因為知道不會被殺，海盜的態度明顯地變得不把我們放在眼裡。

大概是認為我們很好講話吧。

都是席里德，害事情變得麻煩起來了。

如果可以，本來是不想用拷問這種手段的。

『芙蘭，雖然很麻煩，但沒辦法了。』

「嗯，沙路托，拜託你把孩子們帶去下面。」

「……知道了。」

沙路托大概也猜到芙蘭接下來要做什麼了吧，他說服王子還有孩子們，從甲板下到船內去了。福特王子身為王族，似乎能諒解這類行為的必要性，不過他表示這裡就交給芙蘭等人，坦率地跟著離去了。

這下就能毫無顧忌地問話了。

「那麼……」

「妳、妳想怎樣！」

海盜被芙蘭的氣勢壓倒，臉孔發僵。因為不認識的人看到芙蘭的眼神，會以為她是冷血無情的傢伙。

「其他同夥還有幾艘船？你們在哪裡藏身？」

「我、我不會說的！」

「這樣啊。」

於是，芙蘭的盤問——並沒有開始。

我們只不過是叫變回原本大小的小漆去嚇嚇海盜，同時語帶威脅地稍微割傷他的臉頰，他就完全變乖了。

這幾名男子果然不是海盜。

據說他們原本是錫德蘭海國的漁夫，因為繳不出重稅而逃出了祖國。

他們沒有能稱為祕密據點的藏身處，似乎只是一邊在這附近的小島輾轉流浪，一邊靠捕魚與幹海盜維持生計。

聽了海盜的說法，倫吉爾船長沉吟道：

「我只聽說那個國家新王登基後政局陷入混亂……沒想到居然動盪不安到讓人民待不下去。你所說的重稅，是所有國民都必須繳納的嗎？」

「是、是啊。自從王太子繼位成為國王，稅金就加倍了耶。而且還突然想出一些莫名其妙的稅目，強行徵收呢。」

「這樣竟然還不會有人起義？」

「哼！因為軍方是王太子的走狗啊，就算拿起武器挺身而出，也只會立刻遭到鎮壓就結束啦。」

海盜大概是完全豁出去了，當場盤腿而坐開始抱怨起來。

一副好像自己跟同夥也是被害人的態度，但是……

「但也不能因此就選擇逃亡，當起海盜啊。」

「要你囉嗦！該死！要不是大公主發生那種事……」

「你說的大公主是什麼人？」

「就是第一王女賽麗梅爾公主殿下啦！她總是站在我們這些窮人這一邊！但是有一天突然失蹤了……」

他說第一公主以慈悲為懷聞名，實行了種種濟弱扶貧的政策。又說她不只開辦煮飯賑濟貧民的活動，還開設免費診所、補助漁船的修繕費用等等，曾經嘗試充實各項社會保障機制。

然而自從現任國王即位之後，她就下落不明，據說有些人懷疑她是被暗殺了。

事實上，當今君王幾乎刪減了所有的社會保障費，好像是挪用成了軍事費用。

「不過話說回來，在離錫德蘭國土這麼近的地方，能當得了海盜嗎？都沒有人進行緝捕嗎？」

「海軍那些傢伙，只要塞點錢就沒事啦。」

「也就是說軍方已經腐敗到會收賄放過海盜了啊……」

想問的事情大致上都問完了吧。我們也問過這幫人平常在哪裡停泊船隻，但他表示那裡幾乎沒有存糧。

話雖如此，但只有擁有謊言真理的我能夠判斷真假，知道他說沒有糧食是真的。

為了確認真假，大家決定前往海盜們當成停泊地的小島。

「假如那裡沒水也沒糧食呢？」

「這個嘛，該怎麼辦呢……」

對於芙蘭的問題，倫吉爾船長露出煩惱的神情。

畢竟那個國家混亂到連人民都想逃亡了，他大概是在猶豫該不該停泊在那種地方吧。

由於我們這邊有王子等人在，判斷起來更是極其困難。

「……想繼續航海，糧食是不可或缺的。」

看來他已經決定如果情況糟到極點，也只能前往錫德蘭了。

我們將來襲的海盜們全數綑綁起來，讓他們搭乘我們的船。這樣假如決定要前往錫德蘭，可以把這些傢伙交給衛兵。

在重稅逼迫下逃出祖國或許很可憐，但後來成為海盜，是這些傢伙自己的決定。而且他們也的確襲擊了我們，沒有同情的餘地。

再說假如能證明我們逮到了亡命的國民，還能對錫德蘭政府示好。倫吉爾船長可能是打算盡一切所能確保王子等人的安全吧。

一小時過後。
在海盜當成據點的小島上，倫吉爾船長等人垂頭喪氣。
「幾乎都沒有糧食呢。」
「看來還是必須前往錫德蘭海國了……」
因為別說糧食，連水都沒找到。
在這當中，倫吉爾船長的部下驚慌失措地跑來呼喚船長。
「船、船長！有船影出現了！」
「方位是？」
「北方！來自錫德蘭的方向！是一艘很有規模的大型船艦，因此懷疑可能是錫德蘭海軍的軍艦！」
「這樣啊……讓大家盡速準備出港！我們不知道對方來意為何，不可以放鬆戒備！」
「是！」
船員慌忙離去後，船長臉色嚴峻地轉向芙蘭。
「芙蘭小姐也是，麻煩妳提高警戒。」
看來他並不認為這樣就得救了。
畢竟不知道錫德蘭海國會採取什麼樣的態度。
既然是徵收重稅的政府的海軍，會拿什麼問題來找我們都不知道，的確需要提高警戒。

「嗯。」

「我得再三叮嚀妳，千萬不要主動攻擊對方喔。」

「我知道。」

「那就好。」

儘管只認識了一小段時間，船長似乎已經很了解芙蘭的好戰個性。

不過就算是芙蘭，也不會找一國的軍隊打架啦。

呃，應該不會吧？

「嗯？」

『沒什麼。總之就以防禦為優先，別攻擊他們吧。』

「嗯！放心交給我。」

『小漆也聽清楚了吧。』

「嗷！」

你們這種過度有活力的回答，反而讓我莫名地不安耶……

如果有什麼萬一，就由我挺身而出，擱下這一人一隻吧。

想著想著，軍艦已經接近小島了。

高掛的紋章是七個頭的海龍，似乎正是錫德蘭海軍沒錯。

「好吧，就來看看對方是何等人物吧。」

海軍船艦出現後過了二十分鐘。

「我已經說過了，我們跟海盜不是一夥的。」

「不要再抵賴了！都在使用海盜的停泊地了，還說不是海盜？」

「不是，我們只是抓到海盜，問出了這個地方而已。」

「哼，竟然出賣同夥想藉此脫罪，真是難看。」

倫吉爾船長與軍艦的負責人，一直在吵著同樣的內容。

軍艦的男性負責人——自稱德懷特，長得有點像半獸人的微胖艦長，看來從一開始就沒打算相信我們的說法。

起初我以為他是把我們錯當成海盜了，但看樣子並非如此。

他擺明了是刻意想把我們當成海盜。

無論倫吉爾船長將逮到的海盜交給對方處置，或是席里德高高在上地表明他們是菲利亞斯王國的重要人物，艦長都沒有改變態度。

他臉上浮現著讓人發毛的詭異笑意，完全沒把倫吉爾船長的解釋聽進去。

由於不知道對方葫蘆裡賣的是什麼藥，因此不能說出我們之中有王子與公主，但席里德都已經解釋過自己是貴族階級了，德懷特態度卻仍然強硬。

倫吉爾船長也暗示過願意行賄，但他一樣充耳不聞。

「海盜說什麼藉口都沒用！就算你們真是菲利亞斯之人，那也是侵犯領海！」

「什……！我們的船擁有錫德蘭的入境許可證！」

「反正一定是偽造的吧！」

看來他果然是想把我們當成海盜，逮捕歸案。

但我總覺得有點太強硬了。不管怎麼說，不當扣押貴族乘坐的船舶並搶奪錢財，日後就是會留下種種禍根。

難道他誤以為席里德是假冒的貴族？

還是說他認為就算是貴族，只要滅口了就沒事？但那樣賭注太大了。雖說地球上有句成語叫死無對證，但在這個有著死靈魔術的世界恐怕不太可靠。假如菲利亞斯那邊因為貴族遲遲未歸而起疑，叫出死靈問出真相呢？勢必引發國際問題，弄不好還會發展成戰爭。

雖然也可能是德懷特笨到連這些問題都不懂……

既然我們不知道對方背後有什麼陰謀，如果可以，最好談到最後能讓我們快快離開這裡，不要靠近錫德蘭就好了。

對我來說，最重要的是芙蘭的生命安全。因此我也想過可以在這裡斬殺德懷特，並趁亂攻擊軍艦。這傢伙說是提督，實力卻弱得很，戰鬥方面也只會使用低等級的劍術與風魔術，要殺死他想必不難。

國際問題？關我屁事！

我本來是這麼想的——但行不通。

「不准動。」

「！」

部。

原因出在德懷特身邊一名貌似戰士的男子。他此時出現在芙蘭的正後方，用劍抵著她的背部。

『什麼！這傢伙是什麼時候……？』

這個男人身穿色彩暗沉的外套，以及重視輕便性，類似功夫裝的黑色戰鬥服，乍看之下穿著打扮就跟一般冒險者沒兩樣，跟緊緊守在德懷特周圍的其他護衛戰士相比，頂多只差在裝備不是槍矛而是刀劍。此外，不同於戰士們具有紅銅色的肌膚，這人的膚色與五官比較接近黃種人。未經修剪的灰褐色頭髮隨便在後面綁成一束，臉上留有鬍渣，雙目睡眼惺忪。臉頰彷彿因為削瘦而凹陷，坦白講看起來一點也不強。但只不過是外觀如此罷了。

我們由於提升了劍聖術的等級，變得更能夠感覺出他人的實力，尤其是這名男子，更讓我感覺到一種危險的氛圍。外貌像個名不見經傳的初級冒險者，但實力恐怕正好相反。

經歷過與多種強大魔獸的戰鬥使我自視過高，以為不會輕易輸給隨便一個人類。看來在不知不覺間，我開始驕傲自大起來了。然而這下我完全醒悟了，就像被人拿桶冷水當頭澆下一樣。

『芙蘭，絕對不可以動手。』

（嗯。）

穿在身上的裝備也是，乍看之下像是量產品，但全都讓人感覺到相當強大的魔力。它們都是以魔獸素材製成的魔力物品。

名稱：巴魯札　年齡：41歲

種族：人類
職業：閃劍士
Lv：45／99
生命：309　魔力：135　臂力：217　敏捷：251
技能：閃避8、弓技2、弓術4、氣息察覺7、劍技10、劍術10、劍聖技2、劍聖術4、柔軟6、瞬發7、游泳6、水上步行5、船上戰鬥7、投擲5、攀登5、毒素抗性4、反應速度上升5、麻痺抗性5、氣力操作、痛覺鈍化、反射神經
獨有技能：閃劍
稱號：戰士長、殺人狂
裝備：水魔鋼長劍、海龍皮軍服、海龍皮軍靴、魔鯨外套、水中呼吸手環、鷹眼指環

果然是個本領了得的高手，甚至還擁有劍聖術技能。

光論破壞力的話應該是我們為上，但在經驗差距上卻大幅落後，所以才會落入現在這種困境。輕忽大意的結果就是被抓住破綻，讓他摸到背後來。

不同於魔獸，這是身為人類的強悍。是在進行鑽研與鍛鍊、累積經驗之後，所獲得的強悍實力。

他剛才能逼近到芙蘭的背後，恐怕也不是靠特殊步法或技能。那是不斷苦練以消除平時動作上的多餘部分，達到能夠在每個瞬間灌注力量，將預備動作減少到極限的身手。由於那種動作對

男子來說純屬理所當然，所以毫不緊張而且極其自然，才會讓我們來不及察覺到異狀。

（……好厲害。）

『芙蘭？』

（我完全沒能反應過來，好厲害。）

芙蘭非但沒有不甘心，還對男子的身手佩服有加。大概是見識到厲害的人事物，就坦率地覺得很了不起吧。

畢竟沒錯，那的確是現在的我們絕對學不來的身手。

即使如此，對方目前並不知道我的存在，想抵抗還是有辦法的。

但我們見識到這麼大的經驗差距，對方又身懷船上戰鬥技能。而且芙蘭在與中土巨蛇大戰一場後消耗了體力，無法保證一定能得勝。

再加上如果想戰勝這傢伙，必須使出渾身解數應戰。嗯，我敢肯定船會被打沉。可是如果因為保留力量而解決不了對手，對方更會一口咬定我們是海盜，其他士兵可能會殺害王子等人。

結果看來現在只能乖乖就範了。

不過只要芙蘭有危險，我絕對會拋開一切，跟他們拚了。

「發生什麼事了？」

「啊啊，福特殿下。」

大概是聽到船上的騷動了。

福特王子帶著沙路托來到了船面上。

只希望問題不要越鬧越複雜就好。

「是這樣的，我們遇到了錫德蘭的軍艦……」

「喂！你們在竊竊私議些什麼！」

看到倫吉爾船長向福特王子解釋情形，德懷特趾高氣昂地怒罵他們。

沙路托一聽，表情憤怒地回嘴了：

「你這是什麼態度！這位大人可是菲利亞斯王國的王子福特殿下啊！」

「哦……你是說一個王族，在搭乘連國旗都沒掛的船嗎？」

「是身為雇主的殿下要求這麼做的，以免在航海過程中引人注目。」

「我很難相信……假如你們說這個小孩是菲利亞斯的王族，那就拿出證據給我看看。」

「就是這個！」

沙路托拿出一張金屬小卡。

好像說是菲利亞斯王國發行的特別身分證。

但德懷特用興趣缺缺的表情瞥了一眼卡片後，就瞧不起人似的用鼻子哼一聲。

「看起來是有那麼點像真貨……」

「是真的！」

看到德懷特事到如今還在語帶懷疑，讓沙路托怒形於色。

我很想知道德懷特的目的，於是用了一下謊言真理，結果如我所料，德懷特似乎明白這張身分證是真貨。但他仍然裝出一副懷疑的樣子，擺明了是在向我們挑釁。

由於王子等人出面了，席里德似乎打算反過來利用王子的身分脫困。

「喂！這艘船上可是有我們菲利亞斯的王族在啊！這已經是外交醜聞了！」

他高高在上地宣稱。

然而，德懷特的態度不變。

「這是我要說的，就算你們所言屬實，我方並沒有接獲有王族即將蒞臨的報告。假若王族未經許可就進入我國近海，這叫作侵犯領海。」

「我已經說過了，我們有入國許可證！」

「我國與菲利亞斯目前處於國交暫停狀態。就算這艘船有入國許可證，也不可能光憑這樣就准許此種國家的王族入國！」

「暫、暫停？老、老夫只知道兩國的確為了新的貿易比率，在談判上得不到共識……」

席里德呻吟著說。看來新王即位，似乎對兩國的關係帶來了微妙的變化。假如當今國王真的是個昏君，想必在貿易等方面也對其他國家處處為難吧。如果跟這個國王的談判還沒結束，雖然這樣推測相當勉強，但或許可以說兩國外交的確處於不正常的狀態。

「可、可是，這次應該能算是緊急避難吧？」

在海上誰也不知道會遇到什麼事，對於很多水手來說，突然遭逢事故而難以繼續航海的狀況，並不是事不關己。據說大家都有默契，縱然遇到敵國的漁船也不會逮捕或是擊沉，而是會伸出援手。錫德蘭海國的國民多半為水手，他們那裡的人不可能不知道這項常識。

「臉皮可真厚啊。」

「我們也並不打算請你們免費幫助我們。身為露西爾商會的人，我絕不會忘了表示謝意。當然謝禮會格外豐厚，我也會重重酬謝艦長閣下。」

「哦？」

倫吉爾船長的這番話，讓德懷特的眼睛閃出了光芒。

看這樣子是成功了嗎？然而，德懷特卻說出了令人意想不到的話。

「你這話明顯是想買通我吧？」

「啊？」

「面對可敬的錫德蘭海國提督，竟敢想行賄……這是重大的犯罪情事！」

「請、請等一下！我只不過是在說，想表示一點謝意罷了！」

倫吉爾船長也只能這麼說了。好吧，我是覺得他的意思完全就是「我給你錢，所以請你放我們一馬」，但他又沒有明講嘛。

即使如此，德懷特仍然用不懷好意的笑臉，對部下命令道：

「將這些傢伙抓起來！誰敢抵抗，一律就地正法！不管是誰都一樣。」

錫德蘭的兵士們一齊拔劍，衝到了我們的船上來。

然後，就在手臂被抓住的菲利亞斯士兵想掙脫時，巴魯札冷不防一刀砍死了那個士兵。

速度實在太快，恐怕除了芙蘭之外誰也沒看見。

他那一刀就是如此之快，而且毫不遲疑。這個男人恐怕不管砍誰都不會遲疑吧，就算是自稱菲利亞斯王族的少年少女也一樣。

巴魯札的壓倒性強悍實力，以及從剛才那種無名小卒般不起眼的神貌絲毫無法想像的冷血目光似乎嚇壞了大家，所有人都閉口不語，呆站原地。在這股壓迫感當中，只有芙蘭跟福特王子還能做出反應。

不知是出於王族的尊嚴，還是天生血統就是大膽無畏，福特王子竟然一個人出言頂撞了巴魯札。

「你這是做什麼！」

「我們應該已經說過了，誰敢抵抗一律殺無赦。」

「就、就算是這樣，也不需要二話不說就動刀子吧！」

「所以呢？」

「你——」

看到王子還沒說夠，巴魯札目光冰冷地再度將手放在劍柄上。

糟糕，必須阻止他才行。

然而，芙蘭還來不及介入，倫吉爾船長的喊叫聲先響徹了甲板。

「我明白了！我們從命就是了！我們願意束手就縛，請不要再動手了！」

大概是明白到王子會死在劍下吧。

倫吉爾船長舉起雙手，向德懷特投降了。

「你們若是從一開始就這麼做，也就不用浪費一條人命了，是不是？好吧，也罷。在抵達港口之前，我勸你們還是乖一點吧。」

「聽好了，各位，你們千萬不要反抗。芙蘭小姐也是。」
「嗯。」
「席里德閣下也同意吧？」
「可惡！老夫明白！」
「這才叫明智之舉，但是那邊那個騎士似乎無法接受啊？」
「沙路托閣下！小不忍則亂大謀啊。」
「……」
沙路托應該也無意反抗，只是看到王子就要被士兵帶走，一時忍不住伸手去碰劍柄罷了。
「沙路托，在這裡挑起爭端演變成流血事件並非我的本意，現在就先俯首就縛吧。」
「是……在下明白了。」
可能因為是福特王子的命令吧。他還真聽話。
「船上還有很多孩童，請你們不要對他們動粗。」
「好吧，只要他們乖乖就擒，我可以考慮一下。」
他們沒有用繩索或手銬之類的東西拘束我們，所以應該不會冷不防就把大家變成奴隸。當然我還是會設想到最糟的狀況，保持警戒的。不過目前就先服從命令吧。
後來，芙蘭就跟倫吉爾船長等人，一起被帶到了軍艦當中。
包括船員們還有王子殿下等人在內，所有人都被塞進了一個大房間裡。一般來說，我以為他們會提防叛亂，而將囚犯分成幾個小組關起來才對……

不過，我後來知道德懷特為何把所有人關在一起了。因為房間入口等處不但有錫德蘭士兵嚴加把守，而且巴魯札也在他們之中。

意思大概是就算多少遭到抵抗，也能輕易鎮壓下來吧。

況且被這麼多人包圍，也沒辦法商討逃走或叛亂的計畫。這樣反而能安全地關住芙蘭等人。

我偷偷觀察了一下巴魯札，發現他也在看著芙蘭。

原來他也知道芙蘭是個高手。

他用看不出情緒變化的表情，目不轉睛地注視著芙蘭。也是啦，當然會受到警戒了。

要是被他盯上就麻煩了，我得讓芙蘭盡量乖一點，不要輕舉妄動。

況且巴魯札可是有著「殺人狂」這種危險的稱號。

兩小時過後。

軍艦內部忽然開始變得吵吵嚷嚷。

看來是抵達錫德蘭海國了。

「過來。」

原本待在房間裡的芙蘭等人，在巴魯札的帶領下，被迫移動到軍艦的甲板上。

我們在那裡，看到了一座巨大的港口。

港口以灰色的粗樸石塊堆成，盡其所能地削去了多餘裝飾，呈現樸實剛毅的造型。

停泊於港口裡的，盡是些大型軍艦。

看樣子似乎是軍港。

這時德懷特過來了。

「我現在要開始問話，只限菲利亞斯人。」

「我們明白了。」

這傢伙還是一樣，臉上浮現著不懷好意的詭異笑容。

「你要帶殿下去哪裡？」

沙路托可能是出於身為護衛的責任心，神色緊張地向德懷特問道。

畢竟要是直接被送進監獄，那就糟透了。

「上級命令我在確認身分證的真偽之前，暫且先將他們當成貴族看待。」

德懷特向我們解釋，說是要把王子等人帶往貴族專用的偵訊室。

雖然不會被當成貴賓，但至少應該不會冷不防被關進大牢。

儘管有點不放心，不過只要王子殿下他們這次交涉成功，芙蘭還有各位船員應該也會得到釋放才對。

甲板上只留下船員跟菲利亞斯的士兵，以及小孩子。

我正在猜測之後事情會如何發展時，一些士兵過來命令我們，叫大家跟他們走。

或許因為我對錫德蘭沒半點好印象吧，總覺得連士兵看起來都很傲慢。好吧，其實他們講話的確是用命令口吻，態度也很惡劣。

在這種士兵的帶領下，大家成群結隊地跟著走。

是要把大家帶到哪裡的休息室嗎？我正在這樣想的時候，士兵走進了港邊的一棟建築物。

這是一棟石造的厚重建物。

大概是士兵的值勤站吧，看起來不怎麼大，難道是要把芙蘭他們收容在這裡嗎？可是看起來房間好像不多。

然而，我想得太天真了。

「進去。」

這個腐敗的國家根本沒有常識可言，我應該再多用用腦才對。

士兵將芙蘭他們帶到地下室。這裡的確有很多房間，只不過都是以鐵格柵分開的骯髒牢房。

「這、這裡是什麼地方！」

「這不是牢房嗎！我們又不是罪犯！」

當然，船員們紛紛提出抗議，但士兵們的態度十分冷淡。

「少囉嗦！你們是想反抗嗎？」

「我們已經獲得許可，誰敢反抗一律就地正法。若是敢繼續吵鬧，你們就準備受死吧。」

「不想活了嗎？」

「可惡……」

剛才大家已經看過同伴遭到殺害的場面，這個船員應該也知道對方是說真的。大家遭到士兵四面八方用槍矛對準，無法再繼續抵抗。

「哼，從一開始就乖乖聽話不就沒事了嗎，你們這群白痴！」

「下次再犯就要你們的命！」

「喀！喀哈！」

船員遭到狠狠毆打，倒地之後又被另一個士兵用腳踢。其他船員見狀，都迅速失去了抵抗的意志，因為大家這下都明白對方打算如何對待他們了。

「把武器交出來。」

理所當然地，大家被迫解除武裝。

慘了，我鐵定很顯眼。畢竟光是用看的，就可以看出我是把非同小可的劍嘛！

事到如今已經沒辦法躲起來了。

『芙蘭，我們逃走吧，趁現在還可以用傳送逃走。』

（不行。）

『但是再這樣下去，我們就會被關進牢裡……！』

（可是我不能丟下福特還有薩蒂雅他們，就我們逃走。）

『可是啊……』

（總之，不行。）

看來很難推翻芙蘭的決心了。

再說，就算在這裡用空間跳躍逃走，也沒有辦法能逃出錫德蘭這個島國。

從路上聽到的說明來想，錫德蘭海國的本島形狀應該相當狹窄。在這有限的範圍內，要一直到處逃亡也有困難。

我仔細觀察了牢房，沒找到什麼魔術機關。這樣看來只要想逃，隨時都可以開溜，但是……沒辦法了，雖然會暫時跟芙蘭分隔兩處，但就乖乖地讓士兵把我收走吧。

『芙蘭，妳可別亂來喔。』

（我不會有事。）

『小漆，你跟著芙蘭。』

（嗷！）

小漆早已躲在影子裡了，我指示他維持現狀保護芙蘭。

『還有，盡量不要使用魔術，就讓他們以為妳只是個劍士。』

我向芙蘭交代一些注意事項時，士兵站到了芙蘭的面前。

「喂，把妳的劍交出來。」

竟敢給我這樣大搖大擺的。然而士兵背後有巴魯札在看著，這個男人無論何時都待在能把芙蘭納入視野的位置。他對芙蘭的戒心實在很強。

「嗯。」

芙蘭老實地把我交出去。

「哦，真是把好劍……巴魯札大人，請看。」

「是啊。」

巴魯札這混帳也用讓人看不透心思的冷血眼瞳，鉅細靡遺地觀察著我，嚇得我魂不附體。

但縱然是巴魯札這樣的能手，似乎也沒能看穿我的真面目。

結果我就跟其他刀劍等等，一起被塞進了保管庫。

好險，要是他們對我做出封印魔道具力量之類的事，我就只能當場逃跑了。這麼一來，我可以暗中做很多事情。

由於那些士兵後來在討論如何設法把我摸走，我最好還是要在那之前回到芙蘭的身邊。

第三章　逃獄與相遇

我被放置在保管庫裡，過了五分鐘。
用技能確認過周圍沒有任何人的氣息後，我悄悄地展開了行動。
『芙蘭，聽得見嗎？』
（嗯，聽得見。）
所幸這裡離牢房不是很遠，芙蘭的裝備者登錄並未遭到解除。多虧於此，我與芙蘭的技能共享仍然有效，也能從遠處感覺到芙蘭的所在地。
而且也可以精確地將心靈感應傳送到目標位置。
如果集中精神，想用空間跳躍回到芙蘭身邊也不是難事。
『怎麼樣？有沒有什麼異狀？』
（嗯，我們這裡沒事。）
『這樣啊……我等天色再暗一點再回去，反正我想再過不到一小時，太陽就會完全下山。』
（知道了。）
『在那之前，我稍微調查一下這棟建築物。』
（師父小心。）

『好，妳也是。』

（嗯。）

於是，我偷偷從保管庫門上的窺視窗溜了出去。

我必須安靜地、謹慎地悄悄行動才行，不能讓人目擊到我自行移動的模樣。

『原來這個轉角對面就是牢房了。』

我從轉角偷看了一下芙蘭他們受囚的牢房，發現船員們似乎被分別關在六間牢房裡。可以看到有一個士兵，在牢房的鐵格柵前巡邏。試著鑑定之下發現士兵弱到不行，也許是個小卒。

最必須警戒的對手——巴魯札不在這裡。

光憑那個士兵，想必不可能讓芙蘭陷入危機。不管那個士兵想做什麼，都碰不了芙蘭一根汗毛。

可是，就屬那種人最擅長動歪腦筋了。搞不好他會拿其他俘虜當人質，逼芙蘭就範。

「嘿嘿嘿，雖然年紀有點小，但長得還挺標緻的嘛。喂，那邊那個獸人小妞，給我過來。」

「不要。」

「什麼？妳敢反抗我？給我過來，否則我殺了這些傢伙！」

「唔。」

「呵呵呵，怎麼啦？不然這樣好了，妳在那邊跳脫衣舞給我看也行。」

「知道了……」

「哈哈，脫得真爽快～～！」

「唔……殺了我吧。」

搞不好會發生這種狀況。

太邪惡了！真是太邪惡了啊！

這種傢伙就讓我扭斷他的各個部位，讓他嘗到地獄般的痛苦之後，再讓他體會到這世上的一切折磨！光是殺了他還不足以洩我心頭之恨！

好吧，不過那種程度的士兵，只會在不知不覺間被芙蘭打昏就結束了。

然後被前來換班的同袍發現，就不了了之了。

我想他們也不會猜到自己是被牢裡的人攻擊吧。

『好啦，白痴妄想就到此為止，先來調查除了正門之外有沒有其他入口吧。』

如果能找到後門，就能在逃跑時派上用場。

我一邊這麼想著，一邊開始執行潛行任務。

不過士兵們不曉得是沒幹勁，還是人手不足，除了牢房前面之外根本沒半個巡邏人員，所以隨我愛怎麼行動都行。

我已經掌握到值勤站的大致上構造了，果然也有後門。

士兵不到十人，實力也不怎麼樣。

只要巴魯札沒回來，想必能輕鬆壓制下來。

結束偵察工作後，我暫時回到保管庫。

就這樣等到入夜之後，再次跟芙蘭取得聯絡。

『芙蘭，妳那邊情況怎樣？』

（大家慢慢平靜下來了。）

『這樣啊。』

（只有女僕小姐看到海蟑螂被嚇到。）

喔喔，那真是太同情女僕小姐了。

不過話說回來，海蟑螂啊。那種蟲子腳一堆，還會發出沙沙聲動來動去，其實還滿噁的。有種讓人光是看到就全身發毛的噁心感。

『芙蘭妳沒事嗎？會不會怕海蟑螂？』

（怕？為什麼？）

對喔，芙蘭這個女生對那一類很有抵抗力。

別說看到，連吃都敢吃呢。區區海蟑螂似乎完全無法嚇到她。

『好吧，不怕就好。先別說這個了，我有好消息。我在這棟建築物裡隨便到處看了一下，只要想逃，應該可以輕易脫身喔。』

（這真是大好消息。）

『是啊，總之我這就回去妳那邊。』

於是我為了歸返芙蘭身邊，開始付諸行動。

『變小了之後再動身吧。』

我使用形態變形技能將自己縮小到極限，並且消除氣息以免被其他人看見。

四下已經籠罩在一片黑暗之中，我想很少有人能發現此時的我，就算被發現，看到我現在這樣也只會以為是蟲子之類的吧。搞不好還會被當成海蟑螂呢。

我輕輕鬆鬆就來到了牢房前。

『好啦，再來只要回到芙蘭的身邊即可，不過……』

由於大家在芙蘭對付中土巨蛇時都看過她操縱劍的模樣，因此即使我飛回去，應該也可以瞎扯說是用了那種力量。只是不知道情報會從哪裡洩漏出去，我還是想盡量偷偷回去。

我緊貼著天花板飛行，穿過牢房的柵格。

然後我一口氣急速降落，回到了芙蘭的手裡。

很好很好，看來沒被任何人發現。

（歡迎回來。）

『嗯，只是，我不能繼續縮小太久。』

（要怎麼辦？）

『躲進小漆的影子裡好了。拜託你了。』

（嗷！）

小漆能夠把裝備品或銜著的物品一起帶進影子裡。

小漆從別人視野的死角位置只露出臉來銜住我，我跟牠一起進了影子裡。

『不、不要咬這麼用力啦。』

（呼嗚。）

『天啊，口水！』

忍耐，我得忍耐！

我忍受著沾滿身上的口水，並與小漆一同進入牠的影子裡。

『哦哦——這可真有意思。』

感覺很不可思議。

給人的印象來說，像是伸手不見五指的海底？就是那種感覺。

這大概是以小漆的魔力做成的擬似異空間吧，差不多有從小漆身體表面往外擴張三十公分的空間，待在這裡面的時候，想移動也沒問題。

我馬上變回原本的模樣，試著用心靈感應跟芙蘭對話。

『芙蘭，聽得見嗎？』

「——」

不行，無法與芙蘭進行心靈感應。

看來影子內部與現實世界是隔絕開來的。

不過，小漆可是能夠自由進出這個空間。牠有時還能從影子裡攻擊敵人，與現實空間做連結對牠來說，似乎只是小意思。

「嗷！」

小漆叫了一聲後，我的眼前出現了一個像是小黑洞的物體。從這裡可以隱約看見外面的景觀，也變得能夠聽見聲音。但外面卻好像看不到我們。

除非擁有魔力感知等技能，否則絕不可能發現我們。

這可真方便，也真卑鄙。

『芙蘭？』

（師父？）

在這個狀態下，心靈感應果然傳得到。

『小漆，幹得好。』

「嗷！」

『我在做實驗，看看心靈感應從影子裡能不能通。』

（沒問題，能通。）

『是啊，那就暫時維持現狀再看狀況吧。』

（嗯。）

講著講著，就感覺到有人從樓上下來了。

然後，那人在牢房前停住腳步。

是德懷特，後面還跟著像是部下的士兵。

本來以為是交涉有進展了，但看來不是。

「騎士沙路托的部下出列。」

「怎麼回事？」

「不是交涉談成了嗎？」

倫吉爾船長還有船員們，大概都在期待能夠獲得釋放吧。結果狀況發展不如預期，所以好像忍不住發出了疑問。

「喂，把人帶走。」

「是。過來。」

德懷特命令部下，把沙路托的部下帶走。但他卻獨自留下來，轉向我們這邊。

他的表情下流地歪扭著。

該怎麼說呢，或許可以說成比欺負人的小孩面對欺負對象時的表情更醜惡好幾倍的嘴臉吧。

總之可以肯定絕對沒安好心。

「你問我交涉談成了沒有，是吧？」

「是、是啊，我們不是可以離開了嗎？」

「交涉的確是談成了沒錯，菲利亞斯的王族與貴族獲得釋放了。」

「那、那我們呢？」

「作為釋放那幫人的代價，你們這些傢伙要在這裡當奴隸了。」

「這、這是怎麼回事？」

「呵呵呵，誰教王子與公主吵著說其他人的死活不重要，只要釋放他們就好了嘛……」

德懷特如此說完，臉上浮現邪惡的笑意。

船員們聽到自己被雇主出賣了，都面露絕望的表情。

嗯——我總覺得不大對勁。不管怎麼想，我都不覺得那個王子與公主會說這種話。

「所以我們決定將你們當成奴隸在這裡做牛做馬，菲利亞斯的那些貴族則獲得釋放。你們這些傢伙都被他們出賣啦！」

「怎、怎麼會這樣！」

「恭喜了，你們這些傢伙從明天起就是奴隸啦！哇哈哈哈哈！」

德懷特投給悲嘆的船員一頓低級的笑聲，我試著對他用了一下謊言真理。結果他說王子殿下出賣芙蘭他們，完全是在說謊。

只是，我無法在這裡戳破他的謊言。

因為這樣就會被對方知道我們能夠判別謊言。

況且他說大家明天就得去當奴隸，這話是真的。明明這個部分是真的，我不明白他為什麼要特地撒謊。不，畢竟這傢伙好像爛到骨子裡了，也許只是想看到芙蘭他們絕望的神情而已。

『芙蘭，我不知道原因，不過德懷特在說謊。』

（王子沒有出賣我們？）

『對。只是，他是真的打算把你們變成奴隸。』

得趕快想出辦法逃走才行。

如果只是要逃出牢房的話很簡單，但問題在於之後該如何逃離這個國家。

我們之中有船員，只要搶到船隻，或許有辦法開走。但不知道能不能逃出他們的手掌心，而且要是被追上然後展開砲擊戰，我們必定會被擊沉。

「你們就悲嘆著度過剩下的時間吧！呵哈哈哈哈！」

德懷特就這樣一邊狂笑一邊揚長而去。

只剩下遭到絕望感打垮的船員們，以及菲利亞斯的士兵們。

「他、他們對我們見死不救了嗎？」

「嗚嗚……」

芙蘭出聲安慰這樣的他們。

「我不認為福特與薩蒂雅會對大家見死不救。」

「可、可是……」

「那傢伙一定是在說謊。」

「妳、妳又知道了。」

「雖、雖然說福特殿下與薩蒂雅殿下是很善良沒錯。」

「可是，他們都自顧不暇了，哪還會想到要救我們啊！」

他們即使嘴上這麼說，眼中卻帶有一絲無法捨棄希望的色彩。

其實他們應該很想相信芙蘭的說法，但又怕懷抱希望後會再次被推入絕望的谷底。

「這是冒險者的直覺。」

『芙蘭，就沒有其他講法了嗎？』

比方說感覺出騙子特有的氣息或什麼的啊，光憑直覺恐怕不太有說服力吧。

「……這樣啊。」

「原來如此……」

喂喂，你們還真信了啊。雖然嚇了我一跳，不過所有人都知道芙蘭是很有實力的冒險者。畢竟她都能獨力擊退那條中土巨蛇了，在他們當中，沒有人敢把她的冒險者直覺笑著當心理作用。

高階冒險者的能力就有這麼超乎常人，是這個世界的常識。

再說對於海上男兒們而言，他們已經從經驗法則中了解到，直覺這種模糊的感覺有時候重要性大過一切。

在這當中，倫吉爾船長點了個頭，好讓眾人安心。

「我相信芙蘭小姐。」

結果所有人一聽，都開始附和船長相信芙蘭的意見。

「就、就是嘛，殿下那樣的人，不可能對我們見死不救啦。」

「沒錯沒錯。」

「對啊，那種混帳說的話，百分之百是騙人的。」

很好很好，看來大家勉強鎮定下來了。倫吉爾船長也在點頭，像是鬆了口氣。

因為要是大家亂吵亂鬧，造成那些人加強警備，那就更難逃走了。

畢竟還有士兵看守，結果芙蘭他們沒能做進一步的討論，只能靜靜等待。

不過，我有稍微想了一下作戰計畫。

首先由我溜出去，用次元收納拿一艘大小適中的無人船隻過來。

然後大家逃出去後，再坐那艘船逃走就行了。

好吧，不過還有一大堆問題就是了。

首先，我不曉得能不能好運找到船。就算找到了，我也不知道那艘船需要幾人行駛，或者是快是慢。假如挑到慢吞吞的船，恐怕很快就會被追上。

況且整艘船失蹤，想必會立刻引發騷動。

我想盡量不挑軍艦下手，可是小漁船無濟於事。而大到某種程度的船很快就會被察覺，騷動也會更大。

此外，如何處理王子殿下他們也是個問題。

他們應該在靠自己的力量進行交涉，我是覺得不至於變成奴隸……

但是芙蘭等人逃走，有可能使他們的立場難堪。況且包括芙蘭在內，我也不認為大家會同意丟下他們自己逃走。

這麼一來就非得去找王子殿下他們才行，可是我與芙蘭如果離得太遠，裝備者登錄會遭到解除。只有這點我絕不同意，就只有這件事無法讓步。

剛才遭到沒收時，我也打算假如可能被運往遠處，就要使用技能偷偷逃走。

然後，假設用某種方法找到了王子殿下他們，又要如何帶他們走？技能創造出的分身太可疑了，而我也不打算公開自己是智能武器的事。

就算在帶著大家脫逃之前，先由芙蘭一人溜出去接他們，王子殿下他們也不見得會答應。畢竟如果他們擅自逃走，搞不好會演變成國際問題。

因此，大家一起逃跑的話將會困難重重。

我可以使用心靈感應將逃跑的作戰計畫偷偷告訴大家，不過忽然用心靈感應跟大家說話，還要大家不做出任何反應未免有點困難。況且討論各種問題的時間一久，也有可能讓看守起疑。

結果無論做什麼，都非得等到入夜才行。

目前只能靜靜等待了。

半夜。

牢房內的氣氛開始變糟了。

被關進狹窄牢籠裡，連飯也不給，也無法保證能夠獲救。

大家越來越焦躁了。

看得出來所有人的火氣都開始變大。

雖然還沒有人互相怒吼或是開始吵架，但隨時都有可能爆發。

已經很久沒有人聊天說笑了。

就在這種簡直像守靈的氣氛當中，我們聽見了某人從階梯下來的腳步聲。

「啊？已經要換班了嗎？」

看守的士兵似乎以為是輪班士兵來了。

但我覺得不太對勁。

下來的人腳步聲莫名地急，簡直像是用跑的。

不，實際上的確有個人從階梯跑了下來。

來者是個從頭到腳以黑色外套包得密不透風的高個子。看不到長相，可疑到了極點。

豈止如此，來者還直接一拳揍向看守的士兵。

「呃啊……！」

頭部遭到重重毆打的士兵，都還來不及叫就昏倒了。

「咦咦？」

「怎……？」

待在牢裡的所有人，也都驚訝得不禁叫出聲來。

頂多只有芙蘭保持冷靜吧。

不過，我也能體會他們的心情。

畢竟眼前冷不防發生了一場暴力行為，而且動手打人的還是位女性。

雖然因為來者以外套裹身而看不清楚，不過還能看出某種程度的身材凹凸曲線，確實是女性沒錯。

身高在一百七十公分以上，不到一百八十。從外套空隙一窺的肌膚，呈現很有這個國家民族風格的紅銅色。頭髮的顏色看不見。

她是什麼人？自己人嗎？不，還不能這麼斷定，畢竟天曉得她有什麼目的。

不過似乎是敵人的敵人無誤……

還有她能一擊打昏士兵，本領也相當了得。

名稱：米麗安．錫德蘭　年齡：20歲

種族：人類
職業：矛鬥士
Lv：28／99
生命：177　魔力：111　臂力：123　敏捷：153
技能：強者察覺5、水中呼吸3、指揮3、踢腿術3、游泳7、水上步行2、船上戰鬥4、釣魚2、毒素抗性4、平衡感覺5、矛技5、矛術8、氣力操作
稱號：公主
裝備：獨角鯊之矛、海龍皮甲、青鯨皮涼鞋、隱密外套、水抗性指環、臂力增強手環

我一時忍不住鑑定了一下，發現本領還不錯，我想最起碼應該擁有與D級冒險者同等的實力。

只是除此之外，有太多地方不容忽視了。
稱號竟然是公主？而且姓氏也寫著錫德蘭，看來是不會錯了。
但如果是這樣，我不懂她為什麼要這樣做。她為何要動手打倒自己國家的士兵？
就算嫌礙事好了，我覺得照常理來想，應該下個命令就行了吧……
（師父，她是自己人嗎？）
『不知道，只知道應該是這個國家的公主不會錯……』
就在我東想西想時，那位女性來到了牢房前。

然後，她對最為年長的船員說：

「你們是菲利亞斯王族的相關人士，對吧？」

「是、是啊，沒錯。」

「這樣啊。我是來救你們出去的。」

「咦？」

「我幫你們打開牢門，你們隨我來。」

這聲明來得太過突然，大家都沒弄懂這句話的意思，呆若木雞。

「麻煩等一下，這到底怎麼回事？」

「我是說我要帶你們逃獄。」

「這、這是為什麼……」

也是啦，被一個來路不明的人忽然這麼說，會感到困惑是難免的。

應該說其實我們也大惑不解。這個女人究竟有何企圖？我不懂王族為什麼要這樣做。

「這個拿去用。」

女子把掛在腰上的牢房鑰匙丟給我們，然後面對迷惘的船員們，女子丟下了一枚震撼彈。

「你們再這樣下去，就要被當成奴隸賣掉了喔。」

「啊？」

「呃……？」

大家都沒聽懂她說的話。

等到充分理解了這句話的意思後，大家神色驚愕地反問女子：

「這、這是怎麼回事？」

「一如字面上的意思。我說，你們繼續待在牢裡也不會獲得釋放，只會淪為奴隸被賣掉。」

看到女子充滿自信的態度，船員們表情不安地面面相覷。

一定是覺得她看起來不像在說謊吧。

倫吉爾船長代表大家，向女性問道：

「您、您是說真的嗎？」

「對，我敢保證。」

「但、但是，假如我們逃獄，會牽連到殿下他們……」

「那麼，你們是打算就這樣成為奴隸了？」

「可、可是！」

「沒時間了，快點決定。只要跟我一起來，說不定能夠救出菲利亞斯的王族喔。」

「這、這話是什麼意思？」

「詳細情形之後再說，如果你們不想逃，我就走了。」

船員們大感困惑，並再度面面相覷。

看樣子大家還是下定不了決心逃獄。

畢竟現在一逃獄，就完全成了罪犯了，搞不好還會牽連到王子他們。真要說起來，大家連對方的真面目或目的都不知道，當然會煩惱。

我們也是，光憑目前所知實在做不了判斷。
不得已了，稍微從這個女人身上問出些情報吧。
『芙蘭，我想問她一些問題。』
（知道了。）
好了，來看看她會如何回答芙蘭的問題吧？
「妳為什麼要救我們？」
「因為這是吾主的意志。」
主人是吧？說到公主的主君，一般來說應該是國王。
「妳的主人是誰？」
「我不能說。」
「讓我們逃走會得到好處的人……是國王嗎？」
「什、什麼？妳怎麼會這樣想！」
好吧，其實是我用鑑定得知的情報做的推測，但我想盡量不公開我們擁有鑑定技能的事。
所以，只能隨便找話搪塞了。
「我們逃走，他會得到好處。」
「我就是在問妳為什麼會這樣想！國王怎麼會得到好處！」
（師父？）
『呃——等我一下喔。』

福特他們菲利亞斯王國與這個國家，據說正在為了貿易關稅等問題發生糾紛。既然這樣，他們會不會是想拿福特等人當談判籌碼？王子的下屬們逃獄算是一種醜聞，足夠拿來當成談判的條件。而且若能抓起來當成人質，還能再度當成用來對付福特等人的底牌。

奇怪，我只是為了敷衍一時而讓芙蘭說出我隨便想到的藉口，但怎麼好像還滿有可信度的？

聽完芙蘭的一套歪理，牢裡的人頓時一片譁然。好吧，聽到有可能是陷阱，會有這種反應並不奇怪。

但吵得太大聲，會把外頭的人引來。

米麗安被芙蘭這樣逼問，臉部肌肉抽搐起來。該不會被我猜對了吧？不小心讓我說中了？

不過，看樣子好像不是。

「我、我怎麼可能為國王——為那種蠢王兄效命啊！我的主君只有一人，就是賽麗梅爾王姊！」

這句話沒有虛偽。

也就是說，另外還有一位名叫賽麗梅爾的王族，而米麗安是效忠於她啊。從她的口氣聽起來，她們似乎與現任國王水火不容。對了，說到這個，記得海盜說過遭到國王暗殺的第一公主，好像就叫作賽麗梅爾？

「妳幫助我們有什麼目的？」

「我的目的是救出菲利亞斯的王族，為此，幫手是越多越好。」

「妳要救福特與薩蒂雅？為什麼？」

我們明白成為階下囚的芙蘭等人有危險，畢竟都快變成奴隸了嘛。

但是王子等人那邊，不是只要跟錫德蘭交涉成功就沒事了嗎？我是覺得不管國王有多昏庸，也不至於粗忽對待外國的王族吧。

「繼續這樣下去，菲利亞斯的王族絕對不會獲得釋放，因為他們都上當了。」

但看樣子，那個國王比我想像的還要愚昧。

好吧，國王的事情之後再問就好。

總之，米麗安到目前為止，真的沒有說過半句謊話。她說想救出福特王子等人，還有王子他們遭人欺騙，似乎都是真的。

「上當？為什麼？」

「這是因為——唔！」

忽然間，米麗安回頭望向背後。我們也明白她為什麼這樣做。

因為從階梯上方傳來了些微的他人氣息，再繼續拖拖拉拉下去，他們搞不好會發現有人入侵。

「沒時間了！快點決定！」

「怎麼辦？芙、芙蘭小姐，妳認為呢！」

包括倫吉爾船長在內，船員們都用求助的目光看著芙蘭。大概他們也無法做出判斷吧。所以自然而然地，就依賴起實力最強的芙蘭了。

（師父，我要跟她走嘍。）

『好，就這麼辦。米麗安看起來值得信賴，而且反正我們本來就打算逃獄了。』

「嗯。我要跟她走。」

在大家屏氣凝神的注視下，芙蘭靜靜地點頭了。

「這樣啊，那麼你們其他人呢？」

「……我也要一起去。」

「我也是！」

「總、總比變成奴隸好。」

結果所有人似乎都決定跟芙蘭同行，孩子們也要一起離開。不過好吧，這幾個孩子就算說不走，芙蘭也會帶他們離開的。

『我們得在影子裡再待一會兒了。』

（嗷。）

芙蘭等人使用鑰匙離開牢房後，米麗安帶領著大家往前走。

「這邊。」

米麗安沒有走上階梯，而是繼續往地下室的深處前進。

「不、不是要逃走嗎？」

「別問那麼多，隨我來就是了。」

米麗安不理會心有不安的船員們，邁著大步往深處走去。

最後，她在一間無人的牢房前駐足。

「就是這裡，等我一下。」

說完，米麗安打開牢房的鎖走進去，不知怎地直接開始觸摸牆壁。

這該不會是那個一定要有的要素吧？

我有點期待地看著，忽然間牆壁發出乒匡一聲，往旁滑開了。

「這是只有王族才知道的密道。」

來啦——！講到地牢的老哏，當然就是監獄深處的密道嘍！

哎呀——看到好東西了～～我一瞬間甚至興奮到忘記身處什麼狀況呢。

「這樣好嗎？」

「妳指什麼？」

「他們立刻就會發現是知道這條密道的人在帶路。」

雖不知道有多少王室成員反抗當今國王，但米麗安等人肯定也會遭到懷疑。

「無妨。」

然而，也許就連這點都是預料中事吧，米麗安顯得不怎麼慌張，就走進了狹窄通道之中。

左右牆壁都很窄，天花板也很低。密道窄到雖然芙蘭可以正常通行，但其他人都得彎腰才能走。而且伸手不見五指，只能緊盯著前面一個人的背影前進。

「這邊。」

這條下坡路規模很大，通道繼續往地下更深處延伸，雖然讓人有點擔心前方會是什麼狀況，不過米麗安在路上遇到岔路等處時都沒有遲疑，一路順暢前進。

就這樣，我們在地下道摸黑前進了大約半小時後，總算抵達了終點。

乍看之下像是死路，但仔細一瞧，會發現一個像是握把的東西。

米麗安一扭轉那根握把，就來到一處有如剛才那個地牢的地方。

「是哪裡的地下室嗎？」

「這裡地面凹凸不平，走路要小心。」

「嗯。」

我們跟著再次邁開腳步的米麗安前進。看來這裡果然是某棟建築物的地下室。

走上階梯到了外頭之後才知道，原來是一間孤零零坐落於樹林裡的半倒塌修道院。

好吧，以密道的出口來說，算是很常見的作法吧。

「久候多時了。」

外頭有位個頭嬌小的女性戰士在等著我們。

「是卡拉啊，事情辦得怎樣？」

「回殿下，其他出入口都開啟了，也做好了多人通過的假痕跡。」

原來如此，她們早已考慮到被人追蹤的可能性，於是不消滅痕跡，而是在其他密道的出入口也留下痕跡，藉此避開追蹤嗎？真是巧妙。

「好，那麼走這邊。」

可能即使這樣還是怕遭人追蹤吧，米麗安並未鬆懈下來，又帶著眾人繼續前行。

船員們原先鬆緩下來的氛圍，看到米麗安嚴峻的神情，似乎也再次緊繃起來。不愧是王族，看來對他人果然具有影響力。這種地方或許跟福特或薩蒂雅有點像。

我們在米麗安的帶領下走出樹林，來到一處平凡無奇的住宅區。

在這裡，米麗安指示我們坐上事先準備好的三輛馬車。雖然很窄，但無可奈何。大家互相擠著肩膀，勉強坐了上去。

聽說好像要這樣坐半小時的車程。不過雖說四下無人，但三更半夜的有三輛馬車並排而行，不會引人懷疑嗎？要是被巡邏的士兵發現，我覺得對方一定會起疑心。

不過，米麗安在這方面也已做好了萬全的對策。

她說她拿錢賄賂巡邏士兵，讓對方變更了路線。

腐敗國家萬歲！不對，假如國家沒有腐敗至此，我們也不會被抓了。腐敗的政治還是很要不得，絕對不能縱容這種現象！

就這樣，馬車沒受到任何人盤查，肅穆地一路前進，來到了放眼望去滿是木造民宅，有點骯髒的住宅區。

好吧，我只是講得委婉一點，其實這根本是貧民窟吧？用木頭蓋成的破爛小屋一字排開，空間擁擠不堪。

聞起來似乎也臭到讓芙蘭皺起了眉頭。

用來藏身或許是個不錯的選擇，但米麗安是在為王姊效命對吧？王族會待在這種地方嗎？

我正在費疑猜時，芙蘭等人已經被帶到貧民窟更深處的僻巷。

途中有看似貧民窟居民的人目擊到我們，不曉得會不會有事？就以我自以為是的想像來說，總覺得這種地方的人，好像都會把情報賣給掌權者耶。

然而米麗安笑著說，被幾個人看到也不成問題。

她說雖然國王派人搜查過，但她們的祕密住處至今從來沒被發現到。

好吧，既然她這麼有自信，那我們也只能信了。

就這樣，我們到達了一間坐落於貧民窟小路的小房子。

這房子小到不行，別說王族在不在裡面，所有人進不進得去都有疑問。

怪了？真的可以相信她嗎？

「進去吧。」

「嗯。」

屋裡果然也很狹窄，大概頂多只有五坪大小。如果所有人都站著，像是乘車率百分之兩百的客滿電車那樣擠在一塊兒，或許勉強還進得去，可是……

雖然說能讓我們藏身就已經值得感激了，但是把所有人塞在這間小屋裡，會不會太狠了點？

我正在這麼想的時候，發現原來深處有道暗門，裡面還有房間。

還好，並不是要叫所有人在這裡擠成沙丁魚罐頭。

隱藏房間還算寬敞，就算芙蘭他們全都躺平，想必也還有多餘空間。

「來到這裡應該就能暫且放心了。」

大概是總算鬆了口氣，米麗安的表情初次變得和緩了點。然後，她脫掉了包覆全身的外套。

從外套底下出現的是面容精悍，將帶點灰色的紅髮剃成超短髮的美女。

身上穿的是以酒紅色為基調的皮甲，乍看之下像是輕裝，但跟巴魯札的軍服同樣以海龍皮製成，比起隨便一件金屬鎧甲都要來得堅韌，想必是價格不菲的裝備。

只是，看起來實在不像王族呢。

至少不像個公主，說成有點不讓鬚眉的大姊頭系中堅冒險者還比較貼切。

「接著我要帶你們立刻面見吾主。」

「咦咦？現在嗎？」

「沒錯。」

「是要見一位王族對吧？」

「沒錯，正是。話雖如此，我無法帶你們這麼多人去，選個五人給我。」

被米麗安這麼說，大家你看我，我看你。

我敢肯定大家都在內心想著「我不想去」。

雖然一路上已經慢慢習慣與米麗安相處，但是誰也不會想謁見素未謀面的王族。

「對了，那邊那個少女要跟我一起來。」

「嗯？我嗎？」

米麗安指名要芙蘭。

「妳看起來很有本事，這幾個大人不知道為什麼，好像也很依賴妳。況且妳人又機靈。」

哦哦，竟然能理解芙蘭的厲害之處，挺有眼光的嘛。

「我知道了。」

「我也一起去吧。」

倫吉爾船長當然也得來了。

「其他人打算怎麼辦？」

「呃——這個嘛……」

「問我們怎麼辦，該怎麼決定才好呢……」

芙蘭與倫吉爾船長以外的人都在互相觀望，遲遲決定不了人選。

結果米麗安好像有點不耐煩了，開始催促大家。在牢裡的時候我就想過，她這人還滿急躁的呢。

「快點決定！」

「好、好啦——！」

「我們馬上決定！」

船員這邊由於船長指名要大副，所以立刻就決定了。但菲利亞斯那邊的人沒有留下大人物，半天都決定不了。

剩下的人互相推卸了半天，最後決定由一名年長士兵與一名女僕壯烈犧牲。唉——只希望日後不要留下芥蒂就好嘍，他們互相推卸責任的樣子實在難看，讓我都忍不住擔心起來了。

「那就過來這邊。」

確認過成員後，米麗安開始在房間的牆角這邊弄弄，那邊弄弄。

這裡雖然是隱藏房間，但深處似乎還有另一道暗門。

我們從敞開的暗門走進狹窄通道，一路前進。這條通道也分出了幾條路，在地底下似乎布滿了這種密道。

「好厲害，有好多隱藏房間。」

「很了不起吧。這裡是前任國王命人打造的緊急用祕密住處。詳細資料已經佚失，只有碰巧找到抄本的我與王姊知道它的全貌。」

原來如此，也就是說，就連現任國王等人也不知道這個祕密住處啊。

米麗安熟門熟路地一路前行，不曾停步。最後，在密道深處果然又有一個小房間。不愧是王族建造的祕密住處，還真是夠隱密的了。

「王姊，我回來了。」

「米麗安，妳平安無事呀，太好了。」

房間裡有一位年約二十多歲的美麗女性。

頭髮是帶紫色的銀白直長髮，長長的瀏海在前額漂亮地分開。與頭髮同色的銀製額飾醞釀出一種高雅的氣質。

眼眸也是紫色的，不同於米麗安讓人聯想起貓兒的杏仁形丹鳳眼，她的眸子有些下垂，給人溫柔穩重的感覺。

身高大約是一百六十五公分吧，以女性來說或許算高了。不過個頭比米麗安小多了就是。

雖然從頭到腳沒有一個地方像米麗安，但只有膚色很有錫德蘭民族的風格，呈現紅銅色。不過可能因為是金尊玉貴之身，不像在海邊經過日曬的米麗安等人，她的膚色較淡一點。該怎麼形容呢？色調就跟曬黑的日本人差不多。

服裝還滿單薄的，而且相當華麗。以白色與藍色為基調，是一件細部做了裝飾的禮服鎧甲，乍看之下還有點水手服的感覺。不過這件服裝也跟米麗安的鎧甲一樣使用了海龍皮，重量輕巧，防禦力卻夠高。

我看了一下技能，其中有劍術技能，似乎不是個花瓶。鎧甲也不只是華麗，看得出來製作時一定有考慮到行動輕便性。但服裝造型卻是無袖迷你裙，穿在王族身上似乎有點太單薄了。也許因為此地氣候溫暖又面海，所以這類輕裝備比重裝備更受歡迎吧。

不同於看起來只像個女戰士的米麗安，這位女性氣質十分高尚優雅，一看就知道身分高貴。名字是賽麗梅爾·維爾瑪里約·錫德蘭。

看來她就是米麗安的姊姊，也就是主人了。

「我很擔心妳喔。」

「沒什麼，不過是趁夜潛入監獄罷了，沒有什麼危險的。」

「因為妳從以前就很頑皮……之前還找王宮的看門狗打架——」

「那、那是以前的事了！」

「可是後來，妳又想騎馬——」

「啊啊啊啊啊，王姊！」

潛入士兵的值勤站把看守揍倒在地，又讓三十人以上逃獄，能用一句頑皮就帶過嗎？真不知道她是胸襟開闊，或是沒能理解危險性，還是太信任妹妹了？又或者是以上皆是？好吧，總之看起來不像是壞人。

「咳嗯。閒話就之後再講，總之可否先讓我為您介紹這些人？」

米麗安乾咳一聲，打斷姊姊說話。可能是被姊姊爆料孩提時期的頑皮故事讓她害羞了，臉頰有點紅。

「哎呀哎呀，看我講到哪裡去了。真對不起，明明是我找你們來的，卻讓你們等。」

「嗯，沒關係。」

芙蘭不管面對誰都是保持常態呢，雖然這是芙蘭的魅力……但我也會希望她能稍微注意一下對方的身分。

倫吉爾船長他們看到芙蘭用這種態度面對王族，都鐵青著臉在發抖。

我偷看了一下賽麗梅爾的臉色，發現她臉上毫無怒意，反而是用一種看可愛東西的目光注視著芙蘭。幸虧遇到了一位寬大為懷的人。

「呵呵，謝謝妳。」

然而，身旁的米麗安可是氣壞了。

「妳！妳可知這位大人是誰！」

她用簡直像某幕府副將軍隨從一樣的口氣罵芙蘭，但賽麗梅爾幫芙蘭說話。

「童言無忌罷了，妳何必反應這麼大呢？」

「可是！」

「這孩子是外國人對吧？如果是這樣，那我就是她初次見到的大姊姊喔。」

「我事前已經告訴她，您是王族了！」

「就算說是王族，也是個藏身於陋巷的可悲王族罷了。再說，憑恃著血統欺壓別人，跟王兄又有什麼兩樣？」

「唔……」

嗯——這種個性或許不適合當王族，但我很喜歡她這種人呢！總覺得跟福特王子還有薩蒂雅公主有點像，應該可以變成好朋友。

米麗安想必也是仰慕賽麗梅爾公主的這種品格，況且既然本人都說不在意了，她似乎也無法再多做反駁，一副死了心的表情輕嘆一口氣。

「唉……真沒辦法。」

「呵呵，謝謝妳，米麗安。」

還好，看來不會發生不必要的爭執。

「只是，您雖然說她是個孩子，但我想這個女孩的實力應該在我之上。」

「哎呀？比米麗安還強？」

「是的，至少等級應該比我高。而且從身手來看，本事想必也十分高超。我若是正面與她交手，還不見得能取勝……」

這讓我想起來了，米麗安擁有強者察覺技能，看來似乎冷靜地分析過芙蘭的實力。她不說打不贏，而是說成不見得能取勝，讓人感覺到身為戰士的自尊。

「妳好厲害呀。」

賽麗梅爾可能是對米麗安寄予相當大的信賴，一點都沒懷疑她說的話。聽到這樣一個小孩的實力在身為戰士的米麗安之上，我是覺得一般人應該不會輕易相信才對。但她一臉欽佩的表情，注視著芙蘭。

「嗯。」

「一定能成為相當大的戰力呢。」

戰力是吧。她之前說過要救出王子等人，這下看來是不打算使用和平手段了。

坦白講，我很不樂意被捲入政治鬥爭……但她的確救了我們，如果只是道個謝就拍拍屁股走人，那未免太自私了。

最重要的是，芙蘭一定不會同意。

「她跟我說福特與薩蒂雅被騙了。」

畢竟她都這麼積極地主動提問了。

「妳說這件事呀……」

「是真的嗎？」

「是的，錯不了。」

對於芙蘭的問題，賽麗梅爾表情嚴肅地點了點頭。

「各位對我國的狀況了解多少？」

「國王換了一個笨蛋來當，整個糟透了。」

「呵呵，回答得很對。不過，再讓我多解釋一點細節好嗎？」

「嗯。」

「啊，對了，我還沒做自我介紹呢。真對不起，明明是我找你們來的。我的名字是賽麗梅爾·維爾瑪里約·錫德蘭，是這個國家的第一公主。妳的名字是？」

「芙蘭，黑貓族的冒險者。」

「芙蘭，請多指教嘍。」

「嗯。」

接在芙蘭之後，原本始終鐵青著臉保持沉默的船長等人也開口了。雖然他們只報上了名字，但無可厚非。畢竟這幾個中年大叔看起來緊張得要命，在這種狀態下能報上名字就已經算很努力了。

起初他們好像還覺得讓芙蘭一個人發言很過意不去，不過似乎已經不想管那麼多了。他們好像打算把事情全交給芙蘭來講，採用沉默是金的作戰。好吧，是無所謂啦，但你們幾個大人這樣不會不好意思嗎？

「那麼，容我重新報上名號吧。我叫米麗安·錫德蘭，姑且算是第二公主。」

這兩個人一點都不像耶，應該說她明明是公主，實力怎麼這麼強悍？

芙蘭似乎也有同感，開口道：

「明明是公主，卻是戰士？」

「我雖然頭銜是公主，卻是庶出之女。況且真要說起來，我從以前就不擅長貴族的那套作風，還不如參加戰士團的訓練來得有樂趣多了。」

「是啊，我邀妳喝茶，也沒看妳像練劍的時候那樣開心嘛。」

「嗚……這是無可奈何的啊。況且我只是空有公主頭銜，並沒有繼承權。」

「可是，舉止再稍微文雅一點也無妨吧？」

「那種事情就交給王姊了。我認為成為王姊之劍，一生輔佐王姊才是我的人生之道，因此鍛鍊絕對不可少。」

兩人似乎是嫡子與庶子的關係，不過感情好像不錯。但話說回來，另外還有個長男繼承了王位對吧？米麗安似乎跟那邊感情很差，這是為什麼？

芙蘭問了一下這方面的問題，結果米麗安搶在賽麗梅爾之前，板著臉心直口快地說：

「因為他是個蠢貨。」

我大致上可以理解她想說什麼，但也未免太簡短了吧。

賽麗梅爾對米麗安的發言做補充：

「因為王兄總是以自己的血統為傲，從以前就對米麗安過分嚴厲。」

「這是原因之一沒錯，但我並非出於私人恩怨而追隨王姊。是因為我認為像他那種粗暴、蠢笨又陰險，自以為是天選之人的蠢材配不上王位，才會追隨王姊。」

雖然講得有夠難聽，不過考慮到國家的現狀，或許她說的沒錯。

照她這番說法聽起來，國王應該從以前就是那種性格了吧？真虧一個連幼小妹妹都認定沒有君王資質的傢伙能坐上王位。

芙蘭試著一問之下，米麗安板起了臉，賽麗梅爾也微微皺起了眉頭。當然，兩人想必也不樂見這種情況。

「說的也是，那麼，就讓我從這方面講起吧。」

看來王位問題果然沒這麼單純。

「首先王兄成為國王的第一個理由，是因為他是嫡長子，這是當然的了。」

「哼，有太多傢伙都把出生順序這種無聊問題看得太重了。」

喂喂，雖然說是庶子，但公主講這種話妥當嗎？

「再說，王兄雖然以自我為中心，一不順心就對人暴力相向，害得民不聊生，實在是無藥可救了，但也不是沒有他優秀的地方喔。」

賽麗梅爾講話也滿毒的嘛。

「蘇亞雷斯王兄，在我國當中是頂尖等級的戰士。」

「……雖然很不甘心，但就連我也贏不過他。」

哦哦，那一定很厲害。

「因為王兄是這樣的人，所以在加冕之前，也有一些國民支持他。」

「不過現在一個也不剩就是了。」

「本領夠強就能當上國王？」

「在我國是這樣。」

賽麗梅爾回答了芙蘭的問題。

「因為錫德蘭的建國，起源有點特殊……」

賽麗梅爾開始講起錫德蘭的建國故事。

「錫德蘭是由海盜所建立的國家。」

「海盜？海盜建立了國家？」

「是的，我國緣起自一支以錫德蘭本島此地為據點四處劫掠的大海盜團，王室則是當時那位大船長的子孫，是不是很厲害？」

賽麗梅爾一臉洋洋得意地說，他們是海盜的子孫。一般來說如果祖先是罪犯，不是都會想設法隱瞞嗎？但賽麗梅爾與米麗安都顯得有些引以為傲，豈止不害臊，甚至還視為一種榮耀。

詳細一問之下，得知大海盜團似乎不會做出過度殘暴的行為，而是以發掘海洋資源，或是強行護衛商船等等維持生計。而他們會在維生之餘襲擊惡名遠播的軍事國家的軍艦，或是撲滅窮凶極惡的敵對海盜，接收他們的物資。

這些海盜聽起來的印象，完全就是熱愛自由、冒險與夥伴的一群海上莽漢。只是他們也會進行掠奪行為，所以稱不上善良百姓就是了。

至少如果畫成地球上的漫畫，感覺應該會以主角的同伴角色登場。

不過這話是子孫說的，有多少正確性就不知道了。這種歷史故事，隨便史家怎麼竄改都行。離譜一點的話侵略行為甚至會得到正當化，寫成正義之舉等等。

不過這種事就不用特地說了。我已經知道這個國家的人民，都很尊敬身為祖先的海盜團。

「國民也都是那個海盜團船員的子孫喔。」

「因此我國時至今日，仍然崇尚武事。」

聽起來國民當中似乎還保有海盜式的風氣。而王太子就像個海盜船長，又笨又粗暴，但是武藝高超，所以曾經擁有某種程度的支持。

不過因為他施行惡政，所以原有的支持度也跌落谷底了。

「由於國家風氣如此，所以軍部的力量向來很強。」

「而在軍人當中，仍然有很多人支持王兄。畢竟王兄登基為王後，軍事費也跟著加倍了。」

「但稅賦也隨著加倍，福祉等預算盡數遭到刪減就是了。」

「因為現在還留在軍隊裡的軍人幾乎都在蘇亞雷斯王兄底下坐享其成呀，這是無可奈何。」

「真是可悲，可嘆！理當捍衛疆土的軍人反倒折磨起人民來了，像什麼話！」

明明是個向國民徵收重稅的昏君，但戰鬥實力卻不低，並獲得軍人的支持？

這是哪門子的腦殘？怎麼想都是最糟的組合搭配吧，根本是軍事獨裁政權的誕生不是嗎？

「向王兄提出反對意見的貴族大多遭到肅清，只剩下一些對王兄唯命是從的人了。」

獨裁根本已經開始了。

「而且就連官拜將軍的尤里烏斯叔父，都轉為支持王兄了。」

「那個男人的野心再明顯不過了，擺明是要拿蠢王兄當傀儡。」

「這也難怪，畢竟王兄那人只要能滿足他的欲望就很好操縱。事實上，當今政權能夠勉強維持住，一半是尤里烏斯叔父的功勞，因為他那人不像將軍，倒比較像個官僚。只是王兄似乎沒察覺就是了。」

原來如此，所以是由先王的弟弟兼將軍的叔父來攝政就是了吧。以一個支持者來說，造成的影響必定很大。

不過話說回來，她們說國王的名字是蘇亞雷斯，叔父的名字則是尤里烏斯對吧？在黑市奴隸商人的祕密據點找到的收賄者清單上，好像有這兩個名字？而且他們是錫德蘭的相關人士，我是覺得就是他們了……但沒想到豈止是大人物，根本就是王族。

事實上，芙蘭他們也差點就被當成奴隸，也許現行政權的黑暗面比我們想像得還要深。

「而我們的這位王兄，據說最近頻繁接見雷鐸斯王國的使者。」

「雷鐸斯王國？」

賽麗梅爾的說明當中包含了一個無法忽視的名詞，讓芙蘭震了一下。

雷鐸斯王國啊，我們跟那裡還真有緣呢，而且是間接性的。

在亞壘沙鎮上有人提過這個名稱，說是覬覦得到地下城的假想敵國。事實上，據說該國過去也曾對亞壘沙所屬的克蘭澤爾王國發動過侵略戰爭。公會的櫃檯小姐妮爾以及A級冒險者阿曼達，也都說過必須提防那個國家。

後來我們在天空地下城得到了巫妖的日記，裡面也出現了這個名稱，指出這個慘無人道的國家在浮游島建設軍事設施，進行了踐踏人類尊嚴的人體實驗，又說該國是他矢志毀滅的仇敵。我們對雷鐸斯王國的印象壞到極點，感覺就是個為了自國利益侵略外國，暗中偷耍陰謀詭計的罪惡國度。

想不到在這裡又聽到了這個名稱。

「沒半點好事。」

「哎呀，妳知道雷鐸斯王國的事啊？」
「嗯，那個國家很糟糕，總是給別人造成困擾。」
原來芙蘭也這麼覺得啊。也是啦，對我們來說的確是如此。雖說國家發展不能只講好聽話，但那個國家實在做出太多惡劣行徑了。
「呵哈哈哈，講得好。他們的確是個老愛侵略鄰國的煩人國家。」
「對我國來說更是如此。」
看來錫德蘭海國也受到了雷鐸斯王國的侵擾。
「由於論海軍戰力是我國壓倒性有利，因此還不至於受到侵略，但是……」
哦？拿雷鐸斯王國這個強國當對手，竟然能斷言海軍戰力壓倒性勝過對方，好大的自信啊。就算說是古代海盜們居住的國度，但真有這麼強悍嗎？
「他們成天到晚拿關稅或停泊費來為難我們，試圖減弱錫德蘭的國力。」
賽麗梅爾以手托頰嘆一口氣。
「因為雷鐸斯那幫鬣狗對我國虎視眈眈，想將我國以及我們的海軍戰力納入麾下。」
「但是行經北方航線時，又非得經過雷鐸斯王國的港口，所以沒辦法跟他們一刀兩斷呢。」
賽麗梅爾與米麗安，都大大地嘆氣。
畢竟就算自己討厭雷鐸斯，扯到政治問題就不能光以個人好惡決定外交事宜了，想必令她們很頭痛。
「王兄打算將我國的海軍戰力提供給雷鐸斯王國，自己則獲得雷鐸斯的公爵爵位或錫德蘭總督的地位。大概是打算日後再慢慢以這份功績為背景，深入雷鐸斯的內政吧……」

「真是荒唐可笑的妄想。面對雷鐸斯那種大國，我那蠢王兄的拙劣計謀不可能管用。」

「是呀，我也這麼覺得。」

「可以想見海軍會任由他們壓榨，最後我國就成了雷鐸斯的屬國，不然就是完全受到掌控。只是蠢王兄好像大言不慚地說名義上是隸屬於該國，實際上是關係對等的軍事同盟就是了。」

「那個大國不可能對錫德蘭這個小國讓步那麼多，可以肯定等到水龍艦被奪走之後，我們轉眼間就成了雷鐸斯的附屬國。這樣一來，錫德蘭海國就永無翻身之日了。」

「因為那個國家會對支配地區課以重稅，當成奴隸利用是出了名的。」

果然是個爛透的國家。不過話說回來，她們剛才說什麼會被奪走？水龍艦？光聽到名稱，我的中二心就被刺激到心癢難耐了耶。我麻煩芙蘭問一下這個名詞的意思。

「吶，什麼是『水龍艦』？」

「對喔，這事還沒讓外國人知道過嘛。」

「水龍艦就是錫德蘭海國的祕密武器。」

「哦哦，祕密武器，好帥。」

的確！祕密武器．水龍艦。老天啊，根本帥到掉渣！

「呵呵，很帥吧？實際上也真的很強悍，很帥氣喲。」

「哦哦。」

「水龍艦正如其名，是由水龍牽引的巨大戰艦。它能以一般船艦的三倍速度航行，在水龍的攻擊力之下，任何船艦都是一擊就沉沒。」

據說自古以來，人們就在嘗試馴服怪物以拖曳船艦。但是聽說能成功馴服威脅度B的水龍之人，縱觀歷史就只有錫德蘭的開國之君一個人。

「儘管是全世界僅有的四艘水龍艦，但我國正是憑藉著這四艘艦艇的力量與強國的大型艦隊平分秋色，維護主權。」

「威脅度B？」

「是啊，厲害吧？」

豈止厲害，講到威脅度B，那可是一隻就能滅國的魔獸耶！而你們有四隻？那當然能自稱為最強的海洋國家了。

「四艘水龍艦分別屬於蠢王兄、叔父、堂兄與賽麗梅爾王姊。唯獨擁有開國君主血統，並被登錄為主人之人才能使喚水龍。因此王姊的水龍艦目前被扣留在王宮的水龍艦專用港口不動。」

「啊啊，我的沃爾奈特……不知道會不會寂寞……」

水龍的名字好像叫作沃爾奈特。不過聽起來，賽麗梅爾的水龍艦似乎被沒收了。

又說要行駛這艘水龍艦，必須由賽麗梅爾前往沃爾奈特的身邊，所以不算在戰力之列。雖說只要賽麗梅爾還活著，對方也無法役使沃爾奈特，因此不用擔心被敵人利用就是了。

「蠢王兄自從坐上王位以來，就一直在與雷鐸斯進行結盟的交涉，而對方要求以水龍艦作為代價。」

「但就算是王兄，只有水龍艦是絕對不願意拱手讓人的，雖然想也知道。」

「而就在這當中，菲利亞斯的王族送上門來了。」

哦，總算講到這裡了啊。不過是我們不好，在人家話講到一半的時候打岔。

可是沒辦法啊，聽到水龍艦這種名詞，怎麼可能當作沒聽見嘛。

「為什麼他們一定要欺騙薩蒂雅與福特？」

「唔嗯，這是因為菲利亞斯王國與雷鐸斯王國為敵。」

「菲利亞斯雖然跟我國一樣是小國，不過他們擁有神劍，得以在漫長歷史中持續遏止雷鐸斯王國的侵略。除此之外，與雷鐸斯王國不共戴天的克蘭澤爾王國也與他們結成了軍事同盟。」

「換言之，菲利亞斯的王族對雷鐸斯王國而言，就像是阻擋自己南進的眼中釘。假如有人抓住他們，交給自己的話呢？」

想必會在雷鐸斯王國心中留下相當好的印象吧。

這正適合拿來討好他們。

「那麼，福特與薩蒂雅會被交給雷鐸斯王國？」

「繼續這樣下去，恐怕是八九不離十了。對蠢王兄而言，這就像是一份恰到好處的貢品自動送上門一樣。妳說過你們是被德懷特逮捕的，對吧？」

「嗯，一個邪笑的臭傢伙。」

「那個邪笑的臭傢伙雖然是只靠賄賂當上提督，但的確是王兄的心腹之一。而且那傢伙就只有眼光特別好，大概是一看到你們就覺得可以利用吧。被他發現算你們倒了八輩子的楣。」

難怪他會那樣堅持要逮捕我們了。如果把福特等人視為王族，就必須待以貴賓之禮，也必須給予行動上的自由。

但是如果當成俘虜就有正當理由限制行動自由，而且在交涉談成之前，當事人應該會暫時乖乖聽話。至少為了欺騙福特他們，這樣做想必比較方便。

「我們無論如何都得阻止這件事。一旦把菲利亞斯的王族賣給雷鐸斯，我們與該國必定結仇，而且是跟一個擁有神劍的可怕國家。這樣一來，我們就非得跟雷鐸斯王國聯手了。」

「原來如此。」

菲利亞斯王國與克蘭澤爾王國是盟邦吧？

那這樣的話，假如他們與菲利亞斯為敵，搞不好也會與克蘭澤爾為敵。

為了對抗這兩國，該怎麼辦？

就只能跟與這兩國為敵的雷鐸斯王國結盟了，兩者的關係將會一口氣變得親密。

「再說，問題並不只在軍事方面。」

「錫德蘭就如同你們看到的，是個群島國家，耕地很少，無論如何都得從外國進口糧食。目前我們是從克蘭澤爾、雷鐸斯或菲利亞斯等國進口，但是……」

假如與克蘭澤爾為敵，依靠雷鐸斯王國的進口比例想必會大幅上升。

無論在軍事、經濟還是糧食問題方面，雷鐸斯王國的影響力都會變得極大。這樣一來，就要一直線邁向屬國或殖民地之路了。

「菲利亞斯的王族已經落入王兄手裡，而雷鐸斯的使節早在很久以前就留駐於王宮了。」

「我還聽說那使節擺出一副趾高氣揚的嘴臉，處處對王兄提出要求呢。」

也就是說，最好當成國王已經跟那傢伙做下祕密約定，要把菲利亞斯的王族交給對方了。

「在那個雷鐸斯使節帶著菲利亞斯的王族前往雷鐸斯國內之前，得想想辦法才行。」

「所以，我希望你們也能幫助我們。」

雖然長篇大論，不過我大致上明白了。

也就是說，要趁著福特王子等人被帶到雷鐸斯國內之前，從賽麗梅爾她們的兄長蘇亞雷斯國王手中把他們搶回來就對了吧。

「可是，就算救出了福特他們，要是又被抓住就沒意義了。」

「這件事就包在我身上吧，儘管人數不多，但我們也有幾名協助者。我會負起責任，讓他們逃到國外。」

到目前為止，賽麗梅爾她們沒有半句謊言，她們所說的一切都是真話。既然這樣，那當然得幫忙了。況且我不認為光靠我們幾個行動，能夠救得走福特或薩蒂雅。

「我知道了。」

而且芙蘭的神情也充滿了幹勁。

「只、只要是我們能做的事，請儘管吩咐。」

「如果是為了解救福特殿下與薩蒂雅殿下，我不怕死。」

效忠菲利亞斯的兩人當然會這麼說了。

結果到目前為止在不在都沒差的倫吉爾船長，也露出下定決心的神情開口了。

「我們當然也願意幫忙。」

「哦，這樣好嗎？你們並非菲利亞斯人吧？」

「是的，但我們已接下委託，要將福特殿下與薩蒂雅殿下送到巴博拉。不管遇到何種狀況，我們都不能毀約，因為這是我們露西爾商會的信念。」

「是嗎，那麼也要拜託你們了。」

「好的。還有在逃出此地之時，如果能讓我們也一起逃走，那就太感激了。」

「呵呵，不愧是經商人士，做事真是精明呢。」

「我是商人，但同時也是船長，有義務保護船員們的安全。」

「我明白。當然，只要你們願意伸出援手，我們這邊也會有所回報。」

儘管只是口說無憑的空頭約定，但倫吉爾船長等人聽到米麗安這麼說，都安心地點了點頭。可能是覺得米麗安像是個好人，應該不是在說謊。或者是在這短短時間內，已經相當信賴米麗安她們了吧。

總而言之，這下所有人都決定要協助賽麗梅爾她們了。

「可以讓孩子們躲在這裡嗎？」

「當然可以，我不會讓這麼小的孩子們跟我們一起涉險。」

「他們會跟我待在一起的，妳放心。」

難道芙蘭就不是小孩子嗎？不過對米麗安而言，她似乎是把芙蘭視為比自己更強悍，也能獨當一面的戰士。賽麗梅爾——我不太清楚，也可能是在講話的過程當中，認為芙蘭不是普通的小孩吧。

「目前我的屬下，正在與王宮內的協助者取得聯繫，應該要等到明天之後才付諸行動。我會準備房間，大夥兒今天就好好休息吧。只是無法準備個人房間就是了。」

『對了，那份文件或許交給賽麗梅爾她們處理比較好喔。』

（文件？）

『就是在黑市奴隸商人的祕密據點找到的文件啊，賽麗梅爾她們也許能夠善加利用。』

（原來如此。）

反正放在我們身上，也沒什麼意義。

就這樣，我們把記載了蘇亞雷斯以及尤里烏斯等人名的賄賂證據文件，全部交給了賽麗梅爾。

兩人看到芙蘭交出的文件，都顯得相當驚訝。

「沒想到那些傢伙竟然腐敗到這種地步……」

「好過分，而且妳看這份文件。」

「什麼，這不是把貧民區居民賣作奴隸的計畫書嗎！」

「太不可原諒了。」

「看來雷鐸斯王國想要大量奴隸的傳聞，果然是真的。」

「也就是說他們不只想要錫德蘭的海軍戰力，還想動國民的腦筋就是了。」

原本始終笑容可掬的賽麗梅爾，用尖銳的視線瀏覽文件。

魄力強到連芙蘭都忍不住擺出了戒備，大概是真的很生氣吧。

「妳確定願意把這份文件交給我們，對吧？」
「嗯。」
「謝謝妳，我絕對不會辜負妳的好意。」
賽麗梅爾露出下定某種決心的表情，深深地點了個頭。
後來，米麗安的部下又帶我們前往另一條密道。
跟著帶路人走了一會兒，走下某個階梯，又往上爬。看來我們是被帶到了之前那間小屋以外的另一間小屋。
「其他人已經遷移到這裡來了。妳的房間在那邊。」
「嗯。」
這間小屋似乎有好幾個房間。
「有什麼事，就請妳呼喚入口的人，絕對不要一個人外出。」
那是當然了，我們要是在外面亂跑，轉眼間這個地方就會被發現了。
（小漆要怎麼辦？）
『嗯——雖然不好意思，但最好讓牠再躲一陣子。』
（咕嗚！）
『唉，別叫得這麼可憐兮兮的嘛。就跟那個一樣啊，祕密武器就是要隱藏起來，才叫祕密武器嘛。』

（喔喔！祕密武器，跟水龍艦一樣。）

『沒錯，因為小漆對我們來說，就是最強的祕密武器嘛。』

（好帥。）

（嗷嗷！）

呼，總算哄騙過去了。

呃不，說哄騙有點語病。事實上，小漆的確是祕密武器，所以我才想盡可能隱瞞牠的存在。

雖然船員還有菲利亞斯的人已經知道了牠的存在，但應該還不知道牠身在何處，更別說猜到牠躲在芙蘭的影子裡。假如有人問到，只要說牠是召喚獸，要呼喚才會出現就好。

我雖然信任賽麗梅爾與米麗安，但並不是無條件相信她們身邊的所有人。搞不好其中混雜了蘇亞雷斯國王那邊的間諜或叛徒，況且說不定有的部下為了賽麗梅爾她們，會把芙蘭等人當成棄棋利用。

因此，我盡可能不想公開我們這邊的情報。

「還有，你們遭到沒收的武具類全由我們收回了。東西就放在那裡，麻煩你們各自拿回裝備。」

帶路的戰士指著一處，刀劍還有槍矛都一起放在那裡的地板上。

很好，這下我也總算能回到芙蘭的身邊了。

好吧，像我這樣優美又貴氣逼人的寶劍，跟隨便買到的量產品放在一起卻沒人發現是很奇怪，但反正堅稱是混在裡面就好了。

其他傢伙應該也都只會找自己的武器，或許是會有點疑問，但應該不敢確定才是。
因為就跟小漆的情報一樣，我也盡量不想讓人知道我們能使用次元收納技能。
我偷偷爬出小漆的影子，然後直接收到芙蘭的背上。
這才是我平常的固定位置，能夠讓我放心。
『呼。』
「呼。」
『嗯？妳怎麼了，芙蘭？』
（嗯，師父不在讓我坐立難安。師父總算回來了，太好了。）
『哈哈！我也是，看來除了芙蘭的背後，已經沒有地方能讓我安心了。』
（我們半斤八兩？）
『呃，這樣形容對嗎？』
半斤八兩能這樣用嗎？不過我不知道還能怎麼形容就是了。
『好吧，或許是喔。』
「嗯！」
好啦，接下來該怎麼辦呢？沒事情可做耶。
又不能外出。
呃，我跟小漆是可以偷偷外出偵察敵情，但我現在不想跟芙蘭分開。想笑我保護過度就笑吧！怎麼可以把芙蘭一個人留在這種莫名其妙的地方！至少今天晚上我不想離開芙蘭身邊。

『今天就先乖乖睡覺吧。』

「嗯。」

芙蘭輕輕點頭，前往帶路人指出的房間。

「啊，芙蘭！」

「妳沒事吧？」

「人家跟我們說妳被帶走了。」

這間是分給孩子們的房間，屋裡有我們跟福特王子他們一起救出的三個小孩，以及菲利亞斯的女僕小姐。她大概是負責照顧孩子們吧。她似乎很喜歡小孩，我還記得她在船上也很積極地表示願意照顧小朋友。

大家都從床上站起來迎接芙蘭。

他們被帶到陌生的地方，應該也很不安才對，卻反而在關心芙蘭。

「我沒事。」

「這樣啊，那就好。」

「所以我不是說了嗎？芙蘭很厲害所以不會有事啦。」

「嗯。對了，小漆呢？」

對喔，孩子們都很喜歡小漆。

「現在在其他地方。」

「這樣啊——」

小女生難過地低下頭去。糟糕，她要哭了嗎？

我心裡這麼想，正在焦急時，「咕嚕～～」某種謎樣的聲音在房間裡響起。

孩子們也露出嚇了一跳的表情，四處東張西望。不過多虧於此，小女生也收起了眼淚就是。

不過剛才那陣熊吼般的低級聲音是什麼啊？

正在疑惑時，就看到芙蘭摸了摸肚子。

「肚子餓了。」

哎呀，剛才聽到的可愛聲響，好像是芙蘭肚子的叫聲喔。

仔細回想起來，或許就跟小狗的叫聲一樣可愛。是誰給我說像熊吼聲的！

咕～～咕嚕～～咕嗚～～

結果這一聲可能成了誘因，其他孩子身上也傳出了可愛的聲響。

仔細想想，大家從昨天中午就什麼都沒吃了。

「有供餐嗎？」

「剛才拿到了壓縮餅乾與水。」

「就這樣？」

「對方說在這貧民區準備食物不容易，希望大家忍到明天吃早餐。」

原來如此。

想準備熱食必須開伙，看來在這深夜時分實在準備不出餐點。

（師父。）

『嗯，讓小孩子餓肚子不太好。』

孩子們按著肚子一臉難過的模樣，與我當初剛認識的芙蘭有點相似。

既然看到，就實在無法視若無睹。

芙蘭她一定也無法坐視他們這些孤兒飢腸轆轆吧，因為自己也曾經有過類似的遭遇。

我們決定從次元收納空間中取出料理，給孩子們吃。

由於味道太重怕會被外面的人發現，所以這次就吃三明治吧。

再附送果汁。

「咦咦？這是？」

「噓！要保密喔。」

「可、可以吃嗎？」

「嗯。」

「太棒了，謝謝。」

「大姊姊也請用。」

「我也可以吃嗎？」

「嗯，不要告訴別人。」

當著女僕小姐的面只給小孩子東西吃未免太可憐了，所以也給了她一份。好吧，其實也算是封口費啦。

其他房間的大人們，就請他們忍到明天早上吧。

孩子們可能是餓壞了，抓起三明治大口咬下。

大姊姊也是，舉止很高雅，但是用相當快的速度將三明治塞進肚子裡。

不過還是芙蘭吃得最快就是了。

「超好吃！」

「喂！太大聲了啦！這可是芙蘭偷偷拿給我們的喔。」

「對、對不起。」

「這個果汁也好好喝喔。」

「的確，這可能是我吃過的三明治當中最好吃的。」

畢竟是王族的僕役，女僕小姐似乎還滿懂得吃的，但也對三明治的美味大感驚訝。

當然了，這可是我的自信之作呢。

有炸魔獸肉排三明治、魔獸肉火腿三明治，再來就是用魔鳥蛋做成的蛋沙拉三明治。不用說，美乃滋是我親手做的。

飲料是用味道類似桃子的水果，與味道類似鳳梨的水果榨汁混合而成的綜合果汁，風味清爽，怎麼想都一定好喝。

孩子們吃三明治吃得飽飽的，再加上安心感，都開始打起瞌睡了。

芙蘭也開始睏得直眨眼睛了呢。

這怪不得他們，換作平常的話，現在大家早就上床睡覺了。

「哎呀哎呀，大家都到床上去睡吧。芙蘭小姐也是。」

「好──」

「嗯。」

這麼窄的祕密住處自然不可能有足夠的床鋪，這個房間裡只放了三張床。一張給女僕小姐，一張給兩個小男生，另一張給芙蘭與小女生睡。

對了，這是芙蘭第一次跟其他人一起睡，不知道她行不行？

『睡得著嗎？』

（沒問題，以前當奴隸時，都是大家擠在一起睡。）

『這樣啊。』

（嗯，不然會凍死。）

喔喔……這回答真是超乎了我的想像。

『這、這樣啊，那就沒問題嘍。』

（嗯，師父晚安。）

『晚安。站崗就交給我，妳今天就好好睡吧。』

（謝……謝……）

好像已經進入夢鄉了，還是一樣瞬間就睡著了。

愛睡的孩子長得快，我覺得在哪裡都能迅速入睡是一項長處喔。

『小漆可以在影子裡睡覺嗎？』

（嗷！）

看來是可以，不愧是黑暗野狼，居然能邊睡邊維持魔術。

（呼——呼——）

『小漆也好快！』

沒辦法，我就繼續站崗守夜吧。

今天身邊有外人在不能亂動，我一個人玩接龍殺時間好了。

第四章　背叛與真相

從芙蘭他們逃獄之後，過了一個晚上。
現在那個值勤站一定亂成一團吧。
畢竟可是有將近三十名俘虜逃走，他們想必有在派人搜索。
能不能騙過那些傢伙的眼睛，就得看米麗安等人手腳動得如何了。
米麗安的部下們看起來並不焦急，看來並沒有發生可能導致這個地點穿幫的狀況。
「讓你們久等了，早餐來了。」
「嗯。」
昨晚帶大家來到這個房間的帶路人，親自把推車推了進來。
這個狹窄的祕密住處不可能有餐廳，所以應該是叫大家在房間吃吧。
早餐有一塊麵包以及魚湯，還有堆積如山的乾蒸貝類。牡蠣還滿大顆的。
只是，還真是一點蔬菜都沒有呢。
賽麗梅爾也說過新鮮蔬菜在錫德蘭這個島國很珍貴，所以無可厚非就是了。
而且孩子們反而還很高興。
我以為牡蠣不是誰都愛吃的東西，但孩子們都直喊著好吃好吃，笑容滿面地大嚼牡蠣。不愧是一群前流浪兒，生存能力太強了。

我基於好奇心問了一下他們以往都吃些什麼，結果好像是冒險者公會廢棄的，不適合食用的超難吃肉類，或是在海濱抓到的生物。他們說連貝類或海星都抓不到的時候，甚至吃過海蟑螂。又說一點都不好吃，但為了活下去沒辦法。

「海蟑螂……」

芙、芙蘭小姐？妳在想什麼想得這麼專心？我絕對不准喔！我不是有讓妳吃好吃的嗎！

在房間裡用餐對芙蘭來說反而方便。

坦白講，這點東西絕對不夠芙蘭吃，她都已經從次元收納空間取出大量的料理開吃了。

在房間裡吃的話，就只有已經知情的孩子們與女僕小姐會看到。他們好像非常喜歡昨天的三明治與果汁，只要給他們一份封口，也就不用擔心他們會洩密了。

「這個給你們。」

「妳願意再請我們吃？」

「嗯。」

「太棒了！」

「我要這個！」

「我也可以吃嗎？」

「還有果汁。」

雖然跟昨晚是同一種三明治與果汁，但大家都很高興。

「不要告訴其他人。」

「ＯＫ！」

「包在我們身上。」

「我們絕對不會說的。」

「當然了！」

「嗯，只要你們保守祕密，我會再請大家吃。」

「哦哦——！」

「了解！我們不會告訴任何人的。」

「嗯！」

「我也願意發誓！」

女僕小姐怎麼跟孩子們一樣興奮啊……

不過看樣子大家絕對會保守祕密，所以沒差。

只是不打飯的時候後果不堪設想，所以絕對不能忘記請客。食物的怨恨是很可怕的。

就這樣，等大家都吃完飯後，就真的無事可做了。

畢竟我們是躲在祕密住處裡嘛。

沒辦法外出。不，其實我可以外出，但那樣得拋下芙蘭，而且大白天就我一把劍行動似乎也有危險，誰知道會在哪裡被人看見。

我也稍微想過能不能創造分身進行偵察，但如果因此引人注目，也有可能引起貧民區居民們的疑心。實在不能輕舉妄動。

芙蘭在跟孩子們一起玩遊戲。

沒想到這個世界也有黑白棋。

看來異世界轉生題材常見的「推廣地球產的遊戲賺錢大作戰」還沒開始就已經胎死腹中了。至於西洋棋或將棋，在這個世界也有類似的遊戲，所以我不認為現在還會有人接受不同規則的玩法。圍棋的話我不會下，雙陸棋則是有完全一樣的遊戲。

『嗯——異世界真是不容小覷。』

好吧，畢竟魔術存在造成科學技術發展遲緩，並不等於遊戲的發展也會受到阻礙嘛。況且這個世界還有形形色色的調味料，料理水準也滿高的。不如說多虧有魔獸素材或料理技能，簡單的料理有時甚至比地球的還美味。雖然炸物好像很少見，不過我想那只是因為食用油很珍貴的關係。

乍看之下像是中世紀的文化水準，其實比那更成熟。

「唔唔。」

「嘿嘿——是我贏了！」

芙蘭好像下黑白棋下輸了。應該說芙蘭超弱的。

到底要怎麼下才能輸得那麼慘？芙蘭的黑棋一顆不剩，棋盤一片白。

「再下一局。」

「不行！再來換我了！」

「唔……」

即使如此，芙蘭還是下黑白棋下得很開心。看來光是能跟朋友同樂，就已經讓她開心到不行了。

這時候大人如果插嘴就太不知趣了，人稱黑白棋之鬼的我還是改日再展現實力吧。

不過女僕小姐倒是跟孩子們玩在一塊兒就是了，而且毫不留情地下黑白棋下得連連得勝。她那樣應該是在配合著小孩子，陪他們一起玩吧。

不得已，我決定來做技能訓練。

藉由潛在能力解放暫時增強力量的播報員小姐，幫我的技能做了大幅最佳化，統合並進化為高階技能。

坦白講，我恐怕還沒能掌握到所有技能。

而且播報員小姐已經變回原本那個只會通知重要事項的存在，我無法找她問個清楚。只能自己多方實驗、嘗試了。

攻略完死者的地下城後，我在讓恩的研究所確認過技能，但還完全不夠。

『能夠不引人注意地練習的技能有……』

以氣息察覺或危機察知等察知系技能統合而成的全方位察知。

以魔力感知或陷阱感知等感知系技能統合而成的全存在感知。

這類技能應該比較好訓練。

雖然兩種系統很類似，不過察知是隨時發動的被動技能，感知則是必須自行刻意發動的主動技能。話雖如此，察知也可以用刻意使用的方式獲得比自動發動時高上許多的精確度，所以練習一下不會吃虧。

除了這兩項之外，其他想練習的還有——以游泳或水流操作等水系相關技能統合而成的操水、以氣流操作或空中跳躍等風系技能統合而成的操風，以及以毒素吸收或毒素生成等毒素相關技能統合而成的操毒。

關於這三項技能，目前可說完全無法運用自如。

統合前的用途是沒問題。例如使用操風重現空中跳躍，或是使用操水重現水彈發射。

只是，由於使用的不再是專用技能，導致比以前需要更多的魔力跟專注力，老實講，就算說成劣化也不為過。

但我認為不可能只是這樣。

這些技能應該正如其名，能夠更自由地操縱水或風才對。

運用範圍應該變得更廣了才對。

然而都怪我的想像力或腦中印象不足，導致摸索新用法的過程觸礁。

於是，我決定來摸索一下操水的新能力。

其實我早就想試試看一件事了，那就是讓水振動的用法。

至於說到我為什麼想這麼做，是因為我想試著應用在攻擊方面。

除非是魔像或不死者，否則即使是魔獸身上也有體液，人類更不用說。

假如能讓體液遠隔振動呢？

會不會能夠引發腦震盪之類的效果？

當我看到操水技能時，我頭一個想到的就是這個。

好吧，其實是我上輩子看的漫畫現學現賣。不過我覺得在體內造成強力振動，是一種不太容易防備的攻擊方法。

雖然只是我的拙劣想像，但假如體內有個強力按摩器開始震動，抖個不停的話呢？我看當事人根本無心戰鬥吧。

就算不能引發腦震盪，好歹應該也能用來煩擾敵人。

事情就是這樣，於是我朝著放在房間牆角的水瓶使用操水看看。

『振動——振動——』

我在腦中描繪出影像，發動了技能。

卡噠！

一瞬間，水瓶振動了。但這樣算是失敗。

我想像的是更細微的，會讓陶製水瓶發出尖銳的「叮——」聲響的那種振動。

『要更細微，更強烈——』

我再度試著唸誦操水技能。

卡噠卡噠！水瓶再次振動起來，但一樣算是失敗。

雖然動得比剛才更大，但這次失敗得更慘。

因為根本不是振動，只是裡面的水大幅搖動罷了。

『好難啊……』

看來果然不是一朝一夕就能練成的。

而且還讓孩子們開始注意水瓶了。

「吶，剛才是不是有什麼聲音？」

「果然有？我也這麼覺得。」

「我覺得好像是從水瓶那邊傳來的……」

「會不會是有老鼠？」

說得好，女僕小姐。不過，想繼續進行操水訓練恐怕有困難。

沒辦法，於是我改為進行操風訓練。

『與其嘗試新事物，或許把原本就會的事情練得更純熟會比較好。』

我領悟到現在還不能進入應用階段，而是得先打好基礎。

要做的事情更基本了。

我以眼前的空氣為對象，集中精神使用操風。

然後逐步壓縮空氣。

孩子們想必看不見，但我因為擁有全存在感知而能夠看見些許氣流，能清楚確認到一整團經過壓縮的空氣。

確認空氣一如我想像地受到壓縮後，接著我慢慢解開整團空氣。

如果只是單純解除壓縮會發出爆裂聲，引起孩子們的疑心。

所以要慢慢壓縮，再慢慢解開。
我一點一滴提高壓縮率，並反覆進行同樣步驟。
在持續訓練的過程中，我好像慢慢掌握到使用方式了。
因為將密度壓縮得更高，消耗的魔力卻越來越少。
儘管技能等級並未上升，但應該就只是技能的熟練度漸漸有所提升了。
『很好很好，接著輪到全存在感知的訓練了。』
所謂的全存在感知，是一種挺難運用的技能。其性能大幅超越普通的感知技能。畢竟都能感知到所有存在了，性能相當犯規。
但我能不能運用得上手卻還有疑問。
真要說起來，假如我對一切存在發動了感知能力，結果接收到所有狀況的答案，那樣反而會什麼都搞不懂。畢竟一般人的能耐並沒有大到能處理那麼多的情報，就算是我也不例外。
像我們去救孩子們時，我想偵測聲音，結果費了一番工夫，也是這一點所導致的。
我想正因為如此，平時不需要的情報才會刻意受到遮蔽。雖然不知道這是技能具備的特性，還是我無意識之中做了取捨就是了。
但我認為這樣的話，就不能說是真正懂得運用這項技能。我必須感知到一切事物的答案，然後在無意識之中解讀出當下最需要的情報才行。
所以，我需要訓練！
剛才在進行操風訓練時，我靈機一動，想到也許可以用它來感覺出氣流。

就是應用氣流視覺或振動感知，感覺出周圍的空氣流動，以正確推測狀況。只要能做到這點，在黑暗中一定能派上用場，也能對付來自背後的奇襲。

總之我關閉視覺，試著集中精神。

首先就來試著判斷孩子們的動作吧。

因為要是連近在身邊之人的動作都感覺不出來，那就太廢了。

周圍只傳來黑白棋的棋子翻轉的啪啪聲。

我掌握整個房間的空氣，刻意試著感覺出它的流向。結果一試之下，我能夠隱約掌握到周圍的狀況了。

我知道周圍有人。

但對方是什麼人？體格有多大？在做什麼？諸如此類的細微情報卻推測不出來。只知道他們有做出細微的動作……

坦白講，如果只有這點效果，使用氣息察覺還比這有效好幾倍，沒有必要特地去解讀氣流。

『嗯──看來還需要多多鍛鍊呢。』

之後，我不斷地鍛鍊技能。

到後來我停止練習技能，是因為狀況有了變化。

芙蘭他們吃過午飯後照樣玩黑白棋玩不膩，但這時來了一名戰士，好像是來找芙蘭的。

「呃──黑貓族的芙蘭在嗎？」

「嗯。」

「兩位公主找妳。」

「知道了。」

芙蘭站了起來，對略顯不安的孩子們輕輕微笑一下。

「我去去就回。」

「妳、妳一定要回來喔。」

「芙蘭，要小心喲。」

「那個，妳要加油。」

「謝謝。」

孩子們之所以玩起黑白棋，一定是為了緩解不安的心情。芙蘭想必也知道，才會陪他們玩。好吧，也有可能是她自己想玩，但應該不只如此。大概啦。

真要說的話，我還是頭一次看到芙蘭對我以外的人露出這麼溫柔的表情。

在芙蘭的認知裡，孩子們或許是朋友，也是該呵護的對象。我早就覺得芙蘭需要更多接觸其他人的機會了，這是一種好的轉變。真希望她能跟更多人來往，並且對他人產生興趣。

「走吧。」

「好。」

芙蘭對著耐心等候的帶路人點個頭致意，她輕輕苦笑一下，邁開腳步。

看來帶路人也知道孩子們心有不安。與其笨拙地弄哭他們，或是讓他們吵鬧起來，稍微等一下或許不算什麼吧。

「走這邊。」

她將我們帶到昨天介紹賽麗梅爾跟我們認識的房間。

「這麼快就來了呀。」

「歡迎妳來。」

房間裡有賽麗梅爾與米麗安，以及昨天逃獄之際見過的賽麗梅爾的部下，一位名叫卡拉的女性戰士。

沒有其他人在。

「就我一個人？」

「對，因為菲利亞斯的相關人士當中，就屬妳最有實力。我想先跟妳說一下作戰計畫。」

原來如此。也是啦，除了芙蘭之外或許能充當戰力的，就只有幾名士兵了，但他們並沒有多強。船員們也一樣，雖然幹力氣活有鍛鍊到身體，但並不是屬於戰鬥職業。

「我們與王宮內部的協助者取得聯繫，訂立了作戰計畫。」

米麗安開始說明。

這種場合似乎是由米麗安來主導。

賽麗梅爾只是默默聽她說明。與其說是丟給別人做，應該說是很清楚自己的能力範圍，明白適才適所的道理吧。

「而且我們得到了一位新的協助者，因此成功率應該相當高。」

「新的協助者？」

「對，就是菲利亞斯王子與公主的男性護衛。」

「沙路托？」

「正是。」

那的確是很可靠的幫手。

沙路托將會是很強的戰力，也一定能保護好王子他們。

「王子與公主目前，似乎被招待住進了離宮。」

「不是被抓住嗎？」

「嗯，雖然事實上形同軟禁，但似乎並未遭到拘捕，甚至關進牢裡。」

因為好歹也是王族嗎？

不過，我好像想錯了。

「我猜大概是在提防菲利亞斯王室的傳聞吧。」

「傳聞？」

「妳沒聽說過？就是菲利亞斯王室之人受到神劍的庇佑，敢加害於他們的人都會遭天譴。」

還天譴呢……這種事妳也信？

我本來是這麼想，但芙蘭、賽麗梅爾、米麗安與卡拉……在這房間裡的所有人都一臉嚴肅。

她們好像真的相信有天譴這回事。

仔細想想，這個世界有魔術以及技能，而且人們相信神明是真實存在的。我也差不多，雖然沒實際遇過，但覺得就算真有神仙也不奇怪。

這樣想來，神劍實際上蘊藏著不可思議的神祕力量，會懲罰敵對之人的說法也有了幾分可信度。

事實上，似乎有部分與菲利亞斯王國神劍相關的逸聞廣為人知。

「是什麼樣的傳聞？」

「妳知道菲利亞斯的神劍是怎樣的一把劍嗎？」

「不知道。」

「這樣啊。菲利亞斯代代相傳的神劍，名為魔王劍迪亞伯洛斯。傳說這把劍具有役使惡魔的能力。」

「惡魔？那個惡魔？」

「我不知道妳說的是哪個惡魔……」

「會出現在地下城的那種。」

「對，就是那個惡魔。」

真的假的，役使惡魔的能力？那豈不是很可怕嗎？我們在亞壘沙的哥布林地下城打過的惡魔，威脅度可是到B耶。

假如以前聽說的內容可信，那麼威脅度B似乎具有單獨就能毀滅小國的力量。

不過那時候的惡魔受到極大限制，實際上只有威脅度C或D程度的力量就是了。

只是，假如真能讓那樣的惡魔聽命，那可以算得上是相當強大的力量。

（那怎麼會還是個小國？）

沒錯，強大到如同芙蘭所說，菲利亞斯不應該還是個小國才對。

『大概是役使上有所限制吧。』

（原來如此。）

例如數量或時間，總之應該有某種限制才對。因為要是能叫出幾百隻惡魔並長時間役使，感覺都能稱霸大陸了。

不過用來防衛國土大概綽綽有餘了。

「所謂的惡魔，本來就是一種充滿謎團的存在呢。」

「儘管聽說也有人在進行研究，但幾乎什麼都還沒查明。」

畢竟都說是地下城固有種了，大概非得要鑽進地下城才能遇見吧。

難怪研究遲遲沒有進展了。

「我們知道得也不多，只知道有種說法是傷害菲利亞斯王族之人，會遭到惡魔襲擊，或是受到詛咒。」

「我想我那王兄應該是在怕這個吧。」

所以才不敢大刺刺地做出拘捕他們的行為是吧。畢竟惡魔這種存在充滿了謎團，因此對方也沒法判斷傳聞的真偽。

「不招待住王宮而是離宮，應該也是因為懼怕惡魔吧？我想王兄一定是不想讓兩位離自己太近。」

「可是，欺騙他們並將他們送去雷鐸斯王國，還不是一樣？」

「老實說，我們也這麼覺得……或許蠢王兄認為勉強不觸犯禁忌吧。」

「或者是受到雷鐸斯提出的利益誘惑了。」

真要說起來，「加害」這種講法本身就太籠統了。

這次的事情也是，總覺得一欺騙他們應該就已經出局了，但又覺得因為不是直接加害於他們，所以或許安全過關。不知道是指直接攻擊了菲利亞斯王族的人，還是在背後下命令的人也包括在內。

不但怎麼解釋都行，就連是否真有天譴都不曉得。

「總之由於他們懼怕這項傳聞，因此聽說菲利亞斯的王子等一行人，在離宮內享有一定程度的自由。」

「王兄想必是打算在將他們交給雷鐸斯之前，要欺騙他們到底吧。」

「不過也因為如此，我們才能與沙路托閣下取得聯繫。」

他們似乎已經安排好，在我們救出王子與公主時，沙路托會從內部為我們引路。

儘管應該會有人監視，不過據他所說，好像至少能為王子與公主指引方向，或是打開入侵路線的門鎖。

「計畫就在今晚執行，我們將在沙路托閣下的引路下潛入離宮，救出王子與公主，我希望妳也能參加計畫。雖然基本上會祕密行事，但萬一發生戰鬥之際，有妳這樣強悍的戰士相伴可為我們壯膽。」

「包在我身上。」

「嗯，萬事拜託了。」

然後轉眼間就來到了深夜。

時間是萬籟俱寂的深更半夜。

芙蘭跟米麗安等人一同待在鄰近王宮的廣大貴族區。正確來說，是位於貴族區東端一棟宅第的中庭。

據說這裡原本是遭到蘇亞雷斯國王肅清的低階貴族的宅第，現在無人居住，遭到棄置。又說貴族區裡有相當多這種無人空屋。

米麗安他們好像是選了其中衛兵特別疏於警備的一幢宅第，偷偷使用。

「那麼，這五人就是潛入小組，其他人負責確保退路。」

我們在宅第的中庭，對最終作戰計畫進行確認。

與米麗安一同前去救出王子與公主的人員，除了芙蘭還有米麗安的兩名戰士部下卡拉與拜克。另外還有一名菲利亞斯的士兵，負責介紹沙路托與大家認識。

雖然在我們當中，就只有這名自報名號為約斯的士兵戰鬥力很低，但沒辦法。福特王子與薩蒂雅公主或許會相信芙蘭，然而光靠芙蘭說的話不太可能獲得其他人的信任。為了讓菲利亞斯的人信任我們，無論如何都得帶相關人士同行。

其實如果能帶負責照料王子與公主日常生活的侍女會更好。

王族的侍女都是低階貴族出身，比起平民出身的士兵，對菲利亞斯王國的人想必更具說服力。

但我們實在無法帶著累贅執行潛入任務。

其他就是賽麗梅爾的戰士部下們。據說賽麗梅爾以前的近衛兵，很多人如今仍為賽麗梅爾效命。

還說其中甚至有人佯裝背叛賽麗梅爾以潛入王宮，或是偽裝成漁夫身分。看來賽麗梅爾的支持者意外地滿多的。

「我們以別動隊的佯攻為信號潛入離宮，然後直接走沙路托閣下開鎖的後門，救出菲利亞斯王國的相關人士。」

「是！」

「屬下明白。」

「嗯。」

「我、我會盡力。」

只有士兵約斯讓人覺得不太可靠，但也只能靠大家幫助他了。我也在暗地裡偷偷幫他一把吧。

「之後我們使用這幢宅第的地下道，將解救對象送往賽麗梅爾王姊等著的祕密住處。」

我們已經在祕密住處聽過作戰細節，現在不過是在做最終確認罷了。

確認過好幾遍的事情，芙蘭其實不用聽沒關係……

但米麗安的目的，應該是要讓緊張兮兮的約斯鎮定下來。

事實上，也許多虧有這段對話，他緊繃的身體似乎慢慢放鬆了。

米麗安乍看之下態度粗野，原來這麼懂得關懷他人。

畢竟她的職責是輔佐賽麗梅爾，立場上又得統管眾多戰士，或許因此而培養出仔細觀察他人的習慣了吧。

「這次最後一次有機會看到地圖了，大家再好好確認一遍。」

米麗安攤開王宮以及其周邊地區的簡易地圖，另外還有錫德蘭本島的地圖。

這些本來屬於機密資料，但在米麗安的判斷下，也向芙蘭他們公開了。

錫德蘭本島呈現葫蘆橫擺的形狀，面積略廣的東部多為平地，王宮、軍事設施還有貴族區都集中在這裡。

較窄的中腰部分南北兩方都是一般港口，周邊是一整片平民居住的住宅區。

至於受到堅硬岩盤覆蓋，面積較小的西部由於不適於居住，因此都是低所得階層或貧民居住於此，一起擠在少許可供居住的區域。

特別是貧民區，聽說是容易遭受暴潮侵襲的區域。大概是因為那裡已經沒人要住了，所以擅自住下也不會遭到責罰吧。

附帶一提，芙蘭他們逃獄時使用的地下通道，是從東南部軍港通往一般住宅區的路線。

王宮建造於地盤最穩的東部沿海地區。不只如此，王宮用地內還備有王族專用的完整停泊場，只能說真不愧是海洋國家。離宮悄然座落於從王宮稍微往北的地點。

王宮是司掌政治與軍事的要塞，離宮則是款待國賓的休閒設施。兩者似乎是這樣分擔職責。

芙蘭他們首先前往位於離宮後面，警備較薄弱的地點。據說那裡圍了兩道牆，衛兵比較少。作戰計畫就是要翻越這兩道牆，潛入離宮的用地內部。

正在討論時，就聽到遠處傳來像是敲鐘的鏗鏗聲。

這是士兵呼喚增援的信號。

看來佯攻部隊已開始實行作戰了。

「來了。」

佯攻的方法很單純，就是由米麗安的部下襲擊軍港，故意把騷動鬧大，然後趁援兵還沒抵達前撤退。

由於目的是佯攻，因此不需要強撐著戰鬥到底。簡而言之，主要目的就是讓敵人以為我們的目標是軍港，誘使敵人將注意力放在那邊。

話是這樣說，一旦弄錯撤退的時機，佯攻部隊就會被一網打盡。這是相當危險的作戰。

我是覺得如果只是要偷偷溜進去，應該不需要聲東擊西才對，但是……

「我們無論如何都得阻止他們將菲利亞斯的王子與公主交給雷鐸斯，因此當然必須確保計畫萬無一失。」

米麗安都這麼說了，芙蘭也不便再多說什麼。

只能祈求佯攻隊平安無事了。

「那麼，我們移動到既定位置吧。」

於是，我們也展開了行動。

的確，離宮後面這邊感覺沒幾個人。只是，那兩道牆比想像中還高。這下要爬上去可得費很大一番工夫了，更何況我覺得約斯應該爬不上去。
這時，米麗安從揹著的背囊裡拿出了某種東西。
「這是什麼？」
「是帶鉤繩，我們要用這個爬上圍牆。」
還真是老舊的方法。不過這些圍牆似乎具有偵測魔術的結界，所以這大概是最好的方式了。
只是在把繩索掛上去之前，得設法解決掉看守才行。
所幸牆上只有一名士兵，只要打倒那人就有辦法溜進去了。
「我來。」
「好，麻煩妳了。」
米麗安很乾脆地把攻擊敵人的工作讓給了我們。
嗯——從這種地方來看，會讓我覺得米麗安具有很高的王族資質呢。能夠用人以才而不看年齡或身分貴賤，可不是一件簡單的事。
（師父，我要動手嘍。）
『好，包在我身上。』
用一點小技能似乎沒有問題，因此芙蘭將我投擲出去後，我使用念動一口氣加快了速度。我斬裂黑夜，一直線猛衝向士兵，然後順勢狠狠毆打了士兵的頭。
只是遵從上級命令站崗的士兵沒有罪過，所以我沒要他的命，這次就只把他打昏而已。

不過我是以芙蘭的生命安全為最優先，所以如果情況緊急，要我化身為殺戮之劍幾次都成。後來，我在米麗安扔出的繩索上稍微出點力，幫忙把繩索掛到牆壁的突出處上。不過都是用念動力偷偷來就是了。

「好，先由我來爬。」

「請殿下小心。」

「放心。周圍的警戒就交給你們了。」

「是！」

米麗安開始抓著繩索爬牆。她的身手果然俐落，動作流暢又穩定，看樣子不需要我幫忙了。

芙蘭更是不用說，用快到讓米麗安吃驚的速度爬上了牆壁。

最令人憂心的是士兵約斯，不過芙蘭解決了這個問題。她把繩子綁在約斯身上，硬是將他拉了上去。

看到這一幕，就連米麗安也露出驚訝的表情。大概是因為芙蘭劍術本領了得，嬌小體格行動起來又迅速，因此以為她屬於以速度彌補力量不足的戰士吧。結果她竟然獨力將一名成年人拉了上去。

「真、真是厲害。」

米麗安喃喃說道。她對芙蘭的評價似乎意外地升高了。

「噫、噫咿……」

約斯好像有點懼高症，在被拉上圍牆時臉色鐵青。但他沒有發出慘叫，我想已經算是很努力了。最後的一點小失禁應該還在可接受範圍內，就當作沒看到吧。

其間，米麗安把被我打昏的看守綁了起來。

到目前為止一路順暢。

趁著巡邏士兵還沒出現之前，早早翻越這些圍牆吧。

我們使用爬牆時用過的繩索，下到圍牆的另一頭。

然後又要爬牆了。約斯露出一副由衷不情願的神情，但只能請他死心了。

我是很想給他下定決心的時間，但現在正是好機會。可能是佯攻部隊做得好，第二護牆上沒有看守。

假如錯過這個機會，等會兒又得解決掉士兵了。

動作必須要快。

「好，我們走。」

「嗯。」

「……咿！」

芙蘭一邊聽著約斯不成聲音的慘叫，一邊把他的身體拉上去。其間巡邏士兵照樣沒有出現，所有人平安無事地翻越了第二護牆。

我們現在來到離宮用地的邊緣，地點離福特王子他們受囚的本宮稍遠。看來不愧是用來款待國賓的設施，用地也相當廣闊。

「這邊。」

米麗安帶領著大家往前走。

離宮有個廣大的庭園，而且樹木繁茂，意外地適合進行隱密行動。

用日本人容易理解的方式解釋的話，構造大概就像皇居，有著形形色色的建築物零星分布於大自然之中。

我們一行人屏氣凝息，由米麗安帶頭前進，很快就看到了福特王子等人居留的離宮本宮。

也沒碰上巡邏兵，順利得令人驚訝。

「都沒有士兵呢……」

正如米麗安所說，離宮周遭幾乎沒有士兵的蹤影。

只有幾名士兵繞行巡哨而已，恐怕連十人都不到。

「或許是將兵力調去對付伴攻隊了。」

「是啊，警備似乎相當薄弱。」

「那麼不妨早點闖進去吧。」

「說得對。」

米麗安與拜克如此交談。的確，我用技能偵察過，也覺得離宮內沒幾個人，看來警備是真的很薄弱。

「那麼我們走吧，從後門入侵。」

「嗯。」

大家一邊踩踏著草木，一邊開始靜靜移動。

從現在開始必須更謹慎地行動，因為在這道護牆的對面，可是有士兵在離宮內部巡邏著。

芙蘭等人謹慎地，安靜地，並且屏氣凝息地走向了後門。

「好了，就是那裡……」

如同後門這個稱呼所示，離宮後面有扇小門，似乎是供傭人們出入之用。

米麗安靜靜地靠近門前，試著拉了拉門把。結果一如事前的計畫，門沒上鎖，看來沙路托有盡到他的職責。

米麗安確認過安全後以手勢指示大家，芙蘭等人也往後門走去。

接著一行人從後門走進離宮之中，只見一名熟悉的男子站在那裡。

「您是米麗安閣下吧？」

是全副武裝的沙路托。

「而您則是沙路托閣下吧？」

「是的，久候多時了。約斯也是，你辛苦了。」

「不敢當！」

「在下來帶路，請走這邊。」

「有勞了。」

接下來的計畫是我們先與王子他們會合，一同逃出離宮。之後照事先安排好的走地下道逃進貧民區，躲掉追兵。

米麗安等人與菲利亞斯的人順利會合，心情似乎也稍稍輕鬆了點。

他們笑逐顏開，安心地呼出一口氣。

「再來但願能順利逃出王宮就好……」

「都已經到這個階段了，不會有事的啦。」

「說的也是。」

卡拉與拜克也在這麼交談著，然而……

『芙蘭！』

「嗯！」

芙蘭當場停步，拔出劍擺好了架式。她就這樣毫不隱藏氣息，開始提高鬥氣。只要衛兵當中有人感覺稍微敏銳一點，用不了多久就會察覺到我們的存在了。

「芙、芙蘭！妳這是做什麼！」

「好不容易來到這裡，妳想毀了計畫嗎！」

米麗安等人看到她這種舉動，表演了小聲驚叫的高等技巧，但芙蘭的態度不變。她表情嚴峻，繼續舉著劍。

「芙蘭，妳是怎麼了？」

沙路托等人也不禁一臉驚訝地停下腳步，但芙蘭沒有多餘精神回答他們。

（師父，有人在這裡！）

『是啊，看這氣息的消除方式，武藝想必相當高超。』

我們從通道途中的一扇門後方，感覺到了人類的氣息。

我們之所以如此提高警戒，是有原因的。
對方並非只是憋住呼吸，而是確實使用了技能消除氣息。若不是有我們在，米麗安已經遭受奇襲了。
對方擺明了是在埋伏，等我們上鉤。
芙蘭用只讓米麗安等人聽見的極小聲量，發出了警告：
「可能有人埋伏。」
「什麼意思，芙蘭？」
「根本沒看到敵人啊……」
「喂喂，不可以騙人喔。」
卡拉與拜克用懷疑的眼光看著芙蘭，只有米麗安表情嚴肅地點頭。
「不，芙蘭實力比我們強，而且是感覺敏銳的獸人族。就算只有芙蘭一人感覺得出來，也並不奇怪。」
「可是……我們不可能遭到埋伏的啊。」
「就是啊。」
我不是不能理解卡拉他們想說什麼。
因為如果在這種時候遭人埋伏，就表示我方的作戰完全露餡了。
這麼一來，米麗安的同伴當中就很可能有叛徒。
我試著觀察了一下米麗安等人，覺得他們看起來是真的很吃驚。

不過，雖然叛徒不見得是他們幾個之一，但卡拉還有拜克都是自願參加這項任務，假如想設陷阱坑害米麗安等人，最快的方法就是跟著一起行動，引誘他們落入陷阱。也是有這種可能性。

總之繼續前進會有危險。

芙蘭用威嚇的態度逼迫那些潛伏者：

「……出來。」

「哦，妳果然察覺了啊。」

回應著芙蘭的聲音，通道途中的一扇門打開了。

從中現身的，是一名看起來很眼熟的黑衣男性，以及跟隨他的幾名戰士。

特別是黑衣男性，更是散發出光看就讓人冷汗直流的威嚇感。

如果可以，我實在不想在這種地方碰見他。那人還是一樣，不起眼的穿著打扮就跟隨便一個冒險者沒兩樣。然而他的身手，卻無庸置疑地達到了高手的水準。

「那、那不是黑牙巴魯札嗎！他、他怎麼會在這裡！」

米麗安似乎也認識這名男子。

畢竟他這麼強悍，名聲遠播也是理所當然的吧。

「妳認識他？」

「當然了，因為他是我國當中只有特別強悍的戰士才能加入的最強部隊——龍牙戰士團的團長。」

看來對方是超乎我們想像的大人物。

「這些戰士在錫德蘭都是屈指可數的強者。」
沒錯，是一群戰士。
棘手的是，巴魯札帶來的男子們，也全都身懷十分強大的實力。
儘管贏不過芙蘭或巴魯札，但一般士兵絕非他們的對手。
而人數足足有六人。
難怪衛兵的人數那麼少，原來是採用了少數精銳的方式。
「咦咦？不會吧……」
「後面那些傢伙，也都是龍牙戰士團的人！」
卡拉與拜克也臉色鐵青地注視著巴魯札等人，臉上露出絕望的表情。
因為這兩人實力都只是中上，對付巴魯札等人超出了他們的能力範圍。
沙路托一看到巴魯札等人，立即大聲叫道：
「可惡！是侍從席里德閣下！必定是那個男人背叛了！」
「什麼意思，沙路托閣下！」
「我看過那個戰士跟席里德閣下說話！」
沙路托指著巴魯札，咬牙切齒。
看他那神情，像是真的很不甘心。
「當時我以為他又在亂找人抱怨，所以沒去理會，誰想到……」
「那個混帳侍從！我早就覺得那傢伙讓人一肚子氣了，沒想到居然會背叛……」

身為菲利亞斯士兵的約斯聽沙路托這麼說，也懊惱地喃喃自語。

竟然瞬間就被人認定為叛徒，可見席里德有多不得人心。

「哦哦，被你們發現啦。沒錯，正是那個叫席里德的男人將情報提供給我們的。」

巴魯札也這麼說，呢嘴而笑。

米麗安等人聽到這句話，似乎即刻決定撤退。

因為在作戰被敵方摸得一清二楚的狀況下，想帶著福特王子他們逃走是不可能的，這也是無可奈何。

『芙蘭，我們快逃！』

（可是！）

芙蘭顯得遲疑不決。

畢竟她感覺得到王子與公主就在離宮裡，我明白她不願放棄的心情。

但我們不能繼續留在這裡。

因為我能感覺到離宮外面，有一群士兵就要過來了。

「休想逃。」

理所當然地，巴魯札等人襲向了我們。

巴魯札對付芙蘭，他的兩名部下對付米麗安，另外四名部下則分別應付卡拉、拜克、約斯與沙路托。

敵人已經看穿這裡最強的人是芙蘭了！

「唔……」

「妳的本事果然了得。」

「你也是。」

「呵呵。」

鏗鏘！鏗鏘！

激烈的劍戟聲響徹四下。

論劍術等級明明是芙蘭為上，巴魯札卻跟她打得不分上下。

恐怕是戰鬥經驗的差距，以及襲擊者與被襲擊者精神層面的優劣之差，彌補了劍術等級的高低吧。

「哇啊啊！」

「約斯！」

約斯被戰士斬殺了。

從本事的高低來想，或許已經算撐很久了。

（師父！）

『他已經死了！不行！專心對付巴魯札！』

好歹也是一同努力到現在的同伴遭到殺害，芙蘭的劍法一瞬間出現了紊亂。巴魯札抓住這個破綻，一口氣取得了優勢。

「約斯，抱歉了。」

反倒是直屬的上司沙路托仍然保持冷靜，到了不自然的地步。

『芙蘭，現在先對付巴魯札！』

「嗯……！」

儘管芙蘭也立刻打起精神，但戰況於我們相當不利。

由於約斯被打倒，使得敵人之一獲得了行動自由。

米麗安的確有兩把刷子，對付兩個敵人依然英勇善戰，但卡拉與拜克卻在苦撐。假如這時有其他敵人加入戰局，必定會一口氣敗下陣來。

沙路托雖然壓制住對手，但武藝差距似乎沒大到能在短時間內撂倒敵人。

卡拉他們似乎即刻領悟到了這點。不愧是以戰士自稱之人，看來很懂得精確判斷戰局。

於是他們以做好覺悟的神情大喊：

「請米麗安殿下快逃！」

「這裡有我們擋著！」

「我怎能一個人逃命！而且，我還得救出菲利亞斯的兩位殿下……！」

「不，事已至此，要所有人一起逃走是不可能的了。既然如此，至少殿下您一定要逃出生天。」

這下糟了，時間拖得越久，戰局對我方就越不利。

這時候應該由我們設法脫困，但說起來容易做起來難。

我不是在吝惜力量，是因為這裡空間太窄，無法使用大招。

米麗安他們就在身旁戰鬥，我怕會波及到他們。不止如此，這座離宮裡還有福特王子他們在。會波及到那邊的攻擊也必須避免。

我們是來救人的，要是傷到福特王子他們就本末倒置了，況且還有那項傳聞。雖然我們是自己人，但假如芙蘭或我攻擊時不小心波及了王子與公主呢？那些災難什麼的搞不好會落在我們頭上。

「該死！撤退！由卡拉與拜克殿後！芙蘭，妳掩護沙路托撤退！」

「休想逃！」

「唔！」

儘管想撤退，但米麗安遭到三個人團團包圍。狀況已經是刻不容緩了。

不過，我與芙蘭也不只是一直在跟巴魯札鬥劍。其實我們是一邊小幅移動，一邊計算著撤退的時機。

『就是現在！』

「小漆！」

「嘎嚕嚕！」

「什……嗚啊！」

芙蘭一面調整自己的站立位置，一面讓戰友們待在自己的後面。而且她一邊抵擋巴魯札的劍擊一邊改變位置，讓所有敵人都在自己的前面。

小漆沒錯過這一瞬間的時機，從影子裡襲擊了巴魯札。

巴魯札再怎麼厲害，似乎也沒有忽然被某種東西從影子裡咬住小腿的經驗。

儘管為了重視速度而縮小了體型，但畢竟是魔獸的一記咬噬。伴隨著鐵製脛甲的碎裂聲，巴魯札小腿粉碎的聲響也隨之傳來。

不過，對方可是武藝高超的劍士。

我們並不敢小看對手，以為這樣就得勝了。

我為了再補一記攻擊，發動了念動力。

對象是前方的整個空間。

包括巴魯札在內，所有敵人全遭到我的念動力推擠，踉蹌了兩步。芙蘭沒錯過這個破綻，彈飛了巴魯札的劍。

「喝啊啊！」

接著她順勢調轉劍鋒，想取對手的項上人頭——

「太天真了！」

嘖，身手果然厲害。即使一腳粉碎性骨折，竟然還以毫釐之差躲掉了芙蘭的攻擊。

我的刀身本來是要砍進巴魯札的脖子，結果只在他的脖頸上留下一小道傷口。

不過，這樣就夠了。

「唔……這是……」

因為我發動了魔毒牙。

經過確認，巴魯札的身體已受到毒素入侵，生命力不斷減少。

由於這傢伙擁有毒素抗性與痛覺鈍化，因此恐怕無法期待收到致命效果。不過，倦怠感應該能確實拖慢巴魯札的動作。

『——鼓風術！』

「——風箭術！」

「嘎嚕嚕嚕吼！」

我們的魔術趁此機會襲向對手。

鼓風術雖然不具攻擊力，但能朝前方吹出強風，將物體吹跑。在如此狹窄的場所，要躲開這招魔術並不容易。不只如此，當巴魯札等人被強風吹得東倒西歪時，我們又用芙蘭的風箭術與小漆的闇魔術襲擊對手。

就算打不倒，至少也能爭取時間吧。

「趁現在！」

「呃，好！大家快逃！」

「唔！約斯，抱歉了，你安息吧。」

沙路托表情沉痛地回頭看看約斯的遺體，隨即像是擺脫悲傷般拔腿奔跑。

巴魯札儘管被風吹得後退，臉上卻浮現著陰冷的笑意。

「下次，我們一對一廝殺吧。」

「這樣就一勝一敗了，下次我一定會贏。」

「呵呵。」

於是，芙蘭也追在大家後面開始奔跑。

我們從離宮後門出去一看，發現已經有為數眾多的士兵正往這邊過來。

這下如果磨蹭太久，恐怕轉眼間就會遭到包圍了。

反正已經離開離宮了，用稍微大排場一點的招式也不會怎樣吧？

『——烈焰從者！』

「——烈焰從者！」

「哦哦，這是！」

「好厲害，是火元素嗎？」

也難怪米麗安他們要吃驚了。

我們使用的法術，能夠創造出只要下命令就會自律行動的火焰僕從。

其巨大身軀高達將近三公尺，再加上包覆全身的火焰，呈現十分雄壯威武的英姿。

『你們去跟士兵們大打一場，但不要對離宮造成損害。』

聽從我的命令，火焰僕從們邁步前進。

光看這樣會以為是非常強大的魔術，但實際上並不是很強。

首先，火焰僕從們的基本能力都只是普普通通。

我們明明灌注了不少魔力進去，能力卻只跟普通的半獸人差不多，實在是虛有其表。

雖然它們能夠發射火彈，但這樣做必須削減自己的身體，持續戰鬥的能耐也很低。
只是，儘管攻擊能力讓人失望，防禦力卻還滿高的。不愧是以火焰構成的身體，具有對物理攻擊的抗性。
這是後衛型魔術師用來製造肉盾的法術。
因此，從防禦層面來說很優秀。
只是外觀華麗又顯眼，當成逃跑時的誘餌也不錯。
正如我們所料，我看到錫德蘭的士兵們鐵青著臉，把火焰僕從包圍起來。
光看外觀應該看不出它有多大能力，他們越是提高警戒我越高興。
不過好吧，我想巴魯札他們也不會樂見福特王子等人喪命，所以不太可能放著出現在離宮近旁的火焰魔神不管。
「我們快逃。」
「說、說的對。走這邊。」
「小妹妹，妳好厲害啊。」
「竟然連魔術本領都是高手級，真不愧是D級冒險者。」
大家一邊逃跑一邊稱讚芙蘭的實力，但芙蘭的臉上毫無喜色。
「可是，我沒能救出王子他們……」
看來沒能救出朋友，還是讓她相當懊悔。
「別沮喪了，計畫還沒完全失敗。」

「沒錯，我們也還沒死心。說穿了，只要在兩位殿下被帶往雷鐸斯王國之前救出他們就行了。是吧，沙路托閣下。」

「正是，縱然要耗盡在下的生命，在下也必定會救出兩位殿下。」

米麗安與沙路托都出言安慰芙蘭。

聽他們這樣說，芙蘭似乎也重新堅定了決心。

「嗯，一定要救出他們。」

『是啊，再說，我也想了一點作戰計畫，妳可以好好期待。』

（嗯！我會期待的。）

『好。』

話是這樣說，但還是得先平安逃出離宮才行。

芙蘭他們一邊驅散不時出現的衛兵們，一邊趕往離宮的正門。

我們原本打算按照一開始的預定計畫，從潛入離宮的後面路線翻越圍牆逃走，但考慮到作戰已經走漏消息，那條路線想必早已有人加強守衛了。

既然這樣，我們決定反將他們一軍，改走正門。

一般來說那裡會是守備最森嚴的地點，但他們應該作夢也想不到，我們居然會想從那裡突破包圍。若是這樣的話，那裡很有可能正是疏於戒備之處。

沙路托雖然持反對意見，但最後似乎還是決定聽從對這離宮瞭若指掌的米麗安的指示。他一臉不安地跟在我們後面。

「看到了！穿過那裡就是市區了！」
「嗯……有人在那裡。」
「那是……難道是格拉迪歐嗎！」
「那是誰？」
「一個最爛的人渣！」
很簡潔，但有聽沒懂。
芙蘭正在偏頭不解時，卡拉幫忙補充道：
「那人是賽麗梅爾殿下與米麗安殿下的堂兄，就是輔佐蘇亞雷斯國王的尤里烏斯將軍的兒子，目前擔任海軍將軍的祕書長。」
我們一面聽卡拉解說，一面偷看開始散發肅殺之氣的米麗安的臉色。
米麗安的臉早已不是漲紅，而是染上了汙濁的黑暗。
她似乎在努力克制激動的情緒，但很難說她有做到。
「是敵人嗎？」
「對！那傢伙是敵人！」
米麗安一邊如此斷定，一邊伸手去握劍柄。
看來兩者之間有著不淺的新仇舊恨。
我試著觀察了一下名叫格拉迪歐的男子。
以戰士來說沒什麼了不起的，只是他的部下行伍整齊，像是一群精兵強將。

那人似乎也注意到我們了。

他大聲命令部下：

「找到了！是叛國賊米麗安！抓住那個大逆不道，犯上作亂的愚蠢之徒！」

「嘖！這個與蠢王兄同流合汙的邪魔外道！竟敢這樣信口胡說！」

我是覺得兩邊都講得太過分了，不過大概只有米麗安一個人氣到失去理智。

她一拔出劍，就跑去砍格拉迪歐他們了。

面對宿怨匪淺的敵人，似乎讓她變得無法控制自己。

卡拉等人還來不及阻止，她已經開始與敵兵刀劍相搏。

相較之下，名叫格拉迪歐的男子很冷靜。不，雖然他跟米麗安一樣露出忿恨的表情，但以指揮官來說似乎是對方略勝一籌。

「誰能抓到她，要什麼獎賞都行！傢伙們，獵殺她！拿下她的項上人頭！」

他的大嗓門除了是以獎賞提升部下的幹勁，同時必定也具有呼喚周遭士兵前來助陣的意味。

而遭到挑釁的米麗安，變得無法忽視格拉迪歐的存在。

繼續這樣戰鬥下去，最後不知不覺間就會被包圍了。

『必須讓米麗安冷靜下來，否則會很不妙。』

「嗯。」

果不其然，從離宮外出現了新的部隊。

「格拉迪歐閣下，我來幫你了。」

「哼，是嘉路迪閣下啊。只要取下米麗安的首級即可，其他人可以放著不管。」

「我明白。」

繼承王室血統的格拉迪歐稱對方為閣下，可見這個名叫嘉路迪的男人身分地位想必不低。

究竟是什麼人？

試著鑑定一看，戰鬥力果然沒什麼大不了。是有經過鍛鍊，但大概就比隨便一個士兵強一點點吧？

只是，稱號還有技能倒是挺有看頭的。

可以說是——喪盡天良了。

畢竟職業就是詐欺師，持有技能又包括了恫嚇、謊言、偽作、詐欺與鑑定妨害，盡是些在正當人生當中絕不會學到的技能組合。

而且稱號還是虐待狂、淫樂殺人狂與黑市奴隸商人。

百口莫辯了，人渣等級已經高到如果他還不算人渣，那找遍全世界都沒有人渣了。

而那群看似他部下的男人，也個個都是人渣界的菁英分子。

很多都是殺人狂、虐殺者或黑市奴隸商人等等。

尤其占大多數的，應該是誘拐犯與黑市奴隸商人吧。而且一半以上都是以黑市奴隸買賣為行當的藍貓族。

身為黑貓族的芙蘭，種族當中有太多人遭到藍貓族欺騙而變成奴隸，這些人對她來說可是不共戴天的仇敵。

這該不會跟黑市奴隸商人的組織有關吧？
不，現在不是想這種事情的時候。
士兵們正打算殺向米麗安，我們不能在這裡失去她。
「米麗安！」
「喝啊啊啊！格拉迪歐——！」
芙蘭壓抑住對藍貓族的怒火，出聲叫她。
但是沒用。
她完全氣瘋了，眼中只有格拉迪歐等人。
光是現在就已經被十人以上包圍，陷入危機了，但我又看到格拉迪歐拔出劍來，往米麗安那邊走去。
即使要用上強硬手段，也一定要讓米麗安冷靜下來，把她帶離這裡才行。
『該怎麼辦呢……』
就算岔入戰局，也不能保證米麗安一定會冷靜下來……
（交給我處理。）
『哦，妳想到辦法了嗎？』
「嗯。」
芙蘭用充滿自信的表情點頭，看來或許可以交給她試試看。
『好吧，那就拜託妳了。』

「嗯——」

『咦？芙蘭小姐？』

芙蘭開始詠唱的，是一種我也很常用的法術。

這招法術很適合在哥布林戰等情況下，用來一口氣打倒迎面衝來的對手。

可是，妳要在這種地方用這招？

至少我不會想到要用在這裡。

「——火牆術！」

「哇啊燙燙燙！」

「哇啊！」

突如其來出現的火牆，把米麗安與敵方士兵們分隔開來。

有部分敵兵身上著火是很好，但就連米麗安的外套都被燒到了耶！

的確這樣大家都無心戰鬥，也把她拉離敵人身邊了。

但手段不會太強硬了嗎？

「——創水術——中量恢復術。」

然而，芙蘭冷靜地幫她滅火，並且用恢復術治好了燙傷。

「妳、妳這是做什麼，芙蘭！」

「就、就是啊！」

不只是變成落湯雞的米麗安，卡拉也怒形於色地逼問芙蘭。但芙蘭用一如平常的口吻反問米麗安：

「腦袋清醒點了嗎？」

「唔。」

可能是知道自己失控了吧，被芙蘭這麼說，米麗安神情尷尬地閉口不語。

因為米麗安知道芙蘭是故意用危險的法術，試著讓她冷靜下來。

沒錯，芙蘭之所以使用火牆術，是為了讓米麗安腦袋清醒點。

絕不是因為自己明明在忍著不去斬殺可恨的奴隸商人們，卻只有米麗安一個人可以恣意打鬥，讓她火冒三丈地想趕快把事情擺平。大概吧。

「現在應該先逃走才對。」

「……抱歉，妳說的對。」

「別、別想逃！快追！」

哎呀，嘉路迪的部下們繞過火牆來襲了。

他們剛才被火牆逼近而停住了動作，沒想到這麼快就重新開始行動了。

不過他們戰鬥力沒什麼大不了的，所以別想抓到恢復冷靜的米麗安與芙蘭就是了。

後來，我們一邊運用我與芙蘭的壁壘魔術抵擋敵人的追擊一邊不停逃跑，最後沒有犧牲任何人就成功突破了離宮大門。

其實還有小漆從暗地裡掩護我們，名符其實，就是從芙蘭的暗影裡施放魔術等等。由於有魔術從始料未及的地方飛來，使得敵兵們以為有伏兵而陷入混亂，或是逃之夭夭。真是漂亮的支援攻擊。

「接下來要怎麼辦？」

「繼續在鎮上逃跑會有危險，我們要使用位於貴族區的通道。」

「不會出事嗎？」

會不會遭人跟蹤，造成祕密住處曝光？

不過，看來是我們杞人憂天了。

「不要緊，這條密道只會通往港口。」

令我們意外的是，除了當初預定使用的通道之外，似乎還有另一條密道。

據說這條密道，原本屬於支持賽麗梅爾的貴族所有。

儘管目前家長遭到肅清而不在了，但密道等機關還在。而且據她所說，蘇亞雷斯國王很可能不知道有這條密道。

「就是那棟宅第！」

運氣很好，宅第周遭沒有士兵。

我們直接翻越圍牆進入庭院，然後弄壞後門闖進了宅第。

畢竟已經棄置了幾年，裡面又髒又亂。

可能有人擅自進來過，還能看到明顯的鞋印。不過我們也沒資格說別人就是了。

米麗安熟門熟路地在宅第中走動，然後在暖爐前駐足。

「應該就在這地板底下，等我一下。」

米麗安以劍代替鐵撬，翻開暖爐前的鋪地石。

結果真如她所說，出現了通往密道的階梯。

不過話說回來，真佩服她能一找就中。

「妳把所有密道都記住了？」

「當然了，為了以防萬一，該知道的情報我全記在腦子裡。」

咦？那豈不是很厲害嗎？換作我就辦不到。

這讓我想起她在幫助芙蘭等人逃獄時，一路上遇到岔路也從來沒猶豫，看來她比我想的要聰明多了。還以為她戰鬥能力強，所以腦袋一定很笨呢。對不起喔。

「我走前頭，卡拉殿後。走吧。」

她剛才因為氣急敗壞而衝動行事，不過現在似乎已經恢復冷靜了，對卡拉等人平靜地下達命令。

我們一邊在地下道前進，一邊問了一下令我們好奇的事。

「那個叫嘉路迪的男人是什麼人？」

「妳說他啊，他是雷鐸斯王國的使節。」

「那種人能當使節？」

沒想到竟然是雷鐸斯的使節。

連那種人都能當上正式使節，雷鐸斯王國會不會太扯了啊？不，就是因為夠扯，才會被認定成對鄰近諸國發動戰爭或耍計謀的惱人國家吧。

而且那人擁有詐欺師的稱號，還有著鑑定偽裝的技能。

乍看之下或許無法看穿那傢伙的本性。

「那傢伙對蠢王兄多方煽惑，是導致我國陷入混亂的罪魁禍首。等到王兄與雷鐸斯交涉談成後，那傢伙似乎就能正式成為駐錫德蘭大使了，真是可恨。」

喂喂，那豈不是相當不妙嗎？

要是那種人在錫德蘭掌握大權，從克蘭澤爾等地非法擄獲的黑市奴隸，就能經由錫德蘭任意流入雷鐸斯王國了。

（師父。）

『嗯，妳不用多說，我明白。』

（嗯，那傢伙是我的敵人。）

如同米麗安將她哥哥等人視為不共戴天的敵人，黑市奴隸商人對芙蘭而言，正是絕對不可饒恕的仇敵。而且按照推測，嘉路迪跟該組織似乎有著很深的關係。以芙蘭的立場來說，絕不能放過這名人物。

『要對付這傢伙可以，不過，妳應該沒忘記最重要的事吧？』

（我知道，以救出福特他們為第一優先。）

『知道就好。』

（嗯，無論如何都要幫助朋友。）

『對啊。』

只要她還記得這點，我就不用多說什麼了。應該說她能抱持著這種想法，讓我很高興。

「我發誓，一定要阻止雷鐸斯對我國伸出魔掌。」

「嗯，我絕對要救出福特他們。」

「我也願意全力提供協助。」

「嗯，也多拜託沙路托閣下了。」

「請放心交給在下吧。」

「是啊，我們還沒完全喪失機會。」

看來米麗安內心並沒有受挫，下次我們絕對不會失敗。而且我已經為此想好了各種作戰，這次換我們讓那些傢伙落入陷阱了。

『好了，為了達成目的，再努力做一點工夫吧──』

為了讓作戰成功，事前準備是很重要的。首先，要把現在能做的事做好。應該說搞不好這才是最重要的步驟。

『芙蘭，聽好了──』

「尤里烏斯叔父，都按照事前計畫安排好了嗎？」

「安排好了，那幫人一定渾然不覺。」

「呵呵，是嗎，這樣啊！當然了，不然故意放那幫人逃走就白費了！只可惜當他們得知背叛的真相時，我看不到米麗安是什麼表情！」

「的確是。」

「那麼，那個叫席里德的人如何處置？那傢伙已經派不上用場了吧？是不是要砍頭後拿去餵魚？」

「是的，預定今天之內就會處刑。」

「呵呵，可憐的男人，連自己成了代罪羔羊都不知道。不過，這下子那幫人就玩完了。」

「找出賽麗梅爾的下落，想必也是早晚的事。」

「不過，你的兒子似乎做出了稍微有違預定計畫的行動？」

「不不，他是為了更完美地設下圈套才那麼做的，刺探敵情罷了。」

「是嗎？我記得那傢伙不是恨米麗安恨到想殺了她嗎？那我看這次對他來說，應該是個好機會吧。」

「沒這回事，我們不可能違反殿下的心意。」

「……叫我陛下。你的確是我父親的弟弟，但終究是我的臣民，這點你可別忘了。」

「……非常抱歉，陛下。」

「哼，沒有下次了。」

「是！」

「那麼，那幫人現在身在何處？」

「他們似乎使用貴族宅第的地下通道，正在前往西邊。繼續走下去……」

「果然是去貧民窟嗎？」

「竊以為只有這個可能。」

「那裡以前徹底查過一遍了吧？當時不是沒找到嗎？」

「非常抱歉，看來臣對貧民窟的居民調教得還不夠。」

「派兵前往，挨家挨戶地搜，把賽麗梅爾逼出來。只要奪走賽麗梅爾的性命，要跟沃爾奈特重新締結契約就不是問題。這麼一來，所有水龍艦就都聽命於我了。」

「臣已經命令德懷特派兵前往貧民窟了。」

「是嗎？動作挺快的嘛。」

「哈哈哈，不用等君主命令就能自動自發之人，才叫作真正的忠臣啊。」

「哼，就當作是這樣吧。不過話說回來，竟然躲到貧民窟裡去了。呵呵呵，想不到我的妹妹居然落魄至此。與其要躲在那些貧民當中，匍匐於地苟且偷生，我寧可選擇一死。王室的尊嚴都到哪裡去了？」

「您說的對。」

「目前貧民窟有多少居民？」

「這個嘛，正確人數不明……不過算起來應該有三千人以上。」

「連稅金都不繳的廢物有三千人之多？看來貧民窟那些傢伙還是都當成奴隸賣掉最好。你們已經開始狩獵奴隸了吧？」

「是的，總之先照嘉路迪閣下的要求，抓了一百來人，只要跟菲利亞斯的王子等人一起送往雷鐸斯就成了。」

「呼哈哈哈！即使是一群廢物，最後能派上我的用場想必也很高興吧！」

「正是如此。」

「不過話說回來，那些跟菲利亞斯王族一起抓到的外國人，讓他們逃了實在可惜，因為聽說雷鐸斯在蒐集各類不同的人種。」

「這沒什麼，他們似乎躲藏在賽麗梅爾身邊，一起抓起來也就是了。」

兩小時過後。

路途中有人數眾多的士兵在鎮上巡邏，進入了嚴密警戒狀態。

不過我們這邊只有少少的五人，而且所有人都能消除一定程度的氣息，因此總算是沒被發現，順利回到了貧民區。

「那麼沙路托閣下，這邊請。」

「好，叨擾了。話說賽麗梅爾公主人在何處？在下希望能晉謁公主。」

「抱歉，王姊人不在這裡，她會定期改變藏身處。」

「原來如此，那麼在下何時能見到她？」

「明天一定可以，在那之前必須請您在這小地方委屈一下……」

「不，無妨。在下不過是想當面感謝公主助我解救兩位殿下罷了。」

「閣下為人真是有禮。」

當米麗安等人帶沙路托前往待客用的特別房間時，我們與卡拉一起早一步回到了孩子們的身邊。一進入房間，大家就用笑容迎接我們。

「芙蘭，幸好妳沒事！」

「因為鎮上好像出事了，我們想說……」

「我們很擔心妳喲。」

「謝謝，我很好。」

「這樣啊——那福特他們呢？妳把他們救出來了吧？」

「……對不起。」

聽到這句話，芙蘭只能道歉。因為她離開時信誓旦旦地說會把人救出來，結果卻沒救到，內心想必很羞愧。

芙蘭只是這樣講，大家似乎就明白她失敗了。

孩子們表情黯淡地低下頭去。

但他們立刻恢復笑容，為芙蘭加油打氣。

真是一群好孩子，這種朋友一定要好好珍惜。

就這樣，我們拿出三明治與果汁招待孩子們，當作是紀念芙蘭平安歸來，與大家重逢。

孩子們似乎都餓扁了，狼吞虎嚥地吃著三明治，但只有女僕小姐鬱鬱寡歡。

「……那個，福特殿下與薩蒂雅殿下都還平安嗎？」

「我想應該還沒事。」

「這樣啊……」

我們此行是去營救她的主人，聽到我們說失敗，她當然會擔心了。而且一同前往的約斯又成了不歸之人。

「別擔心，米麗安他們都沒放棄，我也是。」

「真的嗎？」

「嗯。」

即使如此，女僕小姐表情仍顯得不安。芙蘭拿三明治給她吃。

芙蘭硬是把盤子塞到神色困惑的她手裡。

「這……」

「福特他們回來時，妳如果餓著肚子，就不能照顧他們了。」

「……說、說的也是，我想……妳說的對。」

「嗯。」

「謝謝妳。」

女僕小姐面露有點生硬的笑容，低頭向芙蘭道謝。

「我去發給大家吃。」

『芙蘭？』

（師父，可以分給大家吃沒關係吧？）

『……也是，都說肚子餓沒辦法打仗嘛，而且之後還得請大家繼續努力才行。』

「嗯。」

事情就是這樣，於是芙蘭去叫其他房間的人，從次元收納空間拿出料理發給大家。不只燉菜、三明治或飯糰，連她最愛吃的咖哩都大方發送。換作是平常，她應該會不願意把自己的那份分給別人吃，但今天卻主動端出裝咖哩的鍋子，叫大家來吃。

「芙蘭，連咖哩都拿出來沒關係嗎？這麼多人一起吃，會吃掉很多喔。」

（沒關係。）

芙蘭將視線固定在咖哩上，很快地點了個頭。

看來好像還是很捨不得。

即使如此，她還是沒說不給了。

『好吧，只要芙蘭說好就好。』

（因為吃了好吃的東西，能讓人很有衝勁。）

『所以才要吃咖哩？』

（嗯。）

因為對芙蘭來說，最棒的美味就等於咖哩。

（師父的料理超好吃，吃了師父的料理，什麼事都辦得到。）

『呃不，妳說什麼都辦得到，會給我很大壓力耶。』

（我能努力撐到現在，都是因為有師父煮的飯。大家吃了，一定也能繼續堅持下去。）

芙蘭一面說著這些讓我開心的話，一面繼續端東西給大家吃。

聽說今天因為人員都去支援伴攻部隊，人手不足，所以沒能準備像樣的晚餐。芙蘭等人在路上，吃過了硬麵包夾鹹火腿與起司，還有經過日曬的魚乾。但他們這邊更糟，好像只有硬麵包與沒料的鹹湯，難怪肚子會餓了。

大家都面帶笑容，一邊說著好吃好吃一邊享用料理。

米麗安他們帶沙路托去房間後，回來也一樣有得吃。

本來以為他們會生氣說「怎麼不一開始就拿出來」，結果反而跟我們道謝。

「竟然為了我們提供如此珍貴的糧食，真是太感激了。」

「是啊，這下就有力氣戰鬥了。」

「就是說啊。」

為了糧食問題費盡苦思的他們，看到芙蘭不惜公開重要技能也要提供餐點給大家吃，似乎是發自內心地感謝她。

「謝謝妳，芙蘭。」

與米麗安一同前來的賽麗梅爾吃了芙蘭準備的咖哩，也面露微笑。

賽麗梅爾之前好像說不能只有她一個人吃，所以只跟大家吃了一樣的東西，肚子想必很餓。她保持著高雅與禮儀，但速度頗快地把咖哩吃完了。

「不過話說回來，這真的很美味呢。」

「嗯，咖哩是最強料理。」

「這種神奇的食物原來叫作咖哩呀，我在王宮都沒吃過呢。」

連王族都說好吃了，所以我的廚藝其實還滿厲害的？不過是託料理技能的福就是了。

「嗯，這是師父做的極品料理。」

「哎呀，是妳的師父研發出來的？」

「嗯。」

「好厲害喔～～」

「師父是世界上最棒的師父，什麼都會。」

呃——芙蘭這樣尊敬我，我是很高興，但她到底把我當成多神的魔劍啊？把我想得太厲害，之後她有事求我時會讓我很害怕耶。

雖然說只要是芙蘭的請求，我什麼事都願意全力以赴去實現啦。但她如果跟我要火鼠皮或龍頸上的明珠，我實在無能為力。

不，等等喔。該不會在這個世界弄得到手吧？

這個世界搞不好有火鼠或龍之類的生物，感覺只要找一下，寶石樹枝或是會生貝殼的鳥說不定都有。

該不會竹取公主其實是異世界人吧？比方說這個世界的人因為某種原因而去了地球？也就是說那個故事，其實是真人真事了？

（師父，怎麼了？）

『啊，不，沒什麼，只是在想點事情。』

（在想解救王子他們的作戰？）

『呃，嗯，算是吧～～』

（哦哦，作戰，好想聽細節。）

『哎，是無所謂啦。』

反正必須由芙蘭來解釋給賽麗梅爾與米麗安聽，本來就有必要讓芙蘭知道詳情。

於是，我將作戰計畫解釋給芙蘭聽。

『首先對沙路托——』

（原來如此，師父是天才。）

『沒有啦——』

我花個幾分鐘，讓芙蘭理解作戰內容。

『怎麼樣？』

（嗯，我想這樣一定行得通。）

『是吧？還得解釋給賽麗梅爾與米麗安聽才行。芙蘭，麻煩妳嘍。』

（包在我身上。）

之後，芙蘭將我的作戰計畫轉述給賽麗梅爾與米麗安他們聽，在眾人的驚訝之下通過了。

在回到這裡的路上，芙蘭已經對米麗安稍微做過說明，而且事前準備的第一階段已經結束。這兩點似乎影響很大。

一小時後。

賽麗梅爾與米麗安都用決心堅定的表情，幹勁十足地說一定會完成自己的任務。

芙蘭在賽麗梅爾等人保有的一間祕密住處，與幾名男性見面。

他們是米麗安的部下，也是如今依然效忠賽麗梅爾的前近衛兵隊長。這幾個人在近衛兵當中，軍階似乎比較高一些。

所有人全都個頭高大且肌肉結實，而且長得粗獷嚇人，一副凶悍蠻橫的模樣。好吧，也許必須長成這樣才能當得了近衛兵吧，總之看起來的確可靠。

「我明白了，我們一定會完成這項作戰。」

「就算要犧牲我的性命，我也一定會完成使命。就我們幾個去正面襲擊離宮，正是大展身手的好機會。」

「我也熱血沸騰起來了！我早就想跟站在蘇亞雷斯那邊的白痴們正面開打看看了。」

無論對話的內容是什麼，看起來都只像黑道片裡的場面。

他們雖然長得這麼可怕，對賽麗梅爾卻完全是一片赤膽忠心。

之前為了聲東擊西而襲擊港口時已經造成了不少人員傷亡，而且米麗安與我們的作戰還以失敗告終。他們當中也有不少人受了傷，包著繃帶。

一般來說，就算有點怨言也不奇怪。

但他們全都用毫無陰霾的率真眼瞳注視著米麗安。即使乍看之下只像是在瞪人，卻是帶著堅定信賴感的眼神。

「各位，抱歉了。其實我很想將整個計畫都說給你們聽……」

「米麗安殿下，有您這份心意就夠了。情報這東西是知道的人越少，越不容易走漏風聲。」

「雖然我們絕不會洩密，但不怕一萬，只怕萬一嘛。」
「佯攻也好誘餌也好，請您儘管利用我們。」
「嘿嘿嘿，只要您一句話，要我們現在立刻動身也行。我們早已做好了萬全準備，隨時都能揭竿起義。」
「小妹妹，米麗安殿下就拜託妳啦。」
「前線放心交給我們。」
這些人如此說著，挺起胸膛。
他們即使面對年齡與外貌一般來講稱為小丫頭都不為過的芙蘭，仍然沒有半點懷疑的表情。
當然其中一個原因，應該是他們也有一定的實力，能在某種程度上感覺出芙蘭的力量。但我敢確定更大的原因，是因為他們認為只要是米麗安信任的對象，他們也願意信任。
「抱歉了，謝謝你們。」
米麗安感動得淚眼婆娑，環顧房間裡的所有人。看來部下的一番話深深打動了她的心。
「我必定會讓本次作戰成功，請你們再次助我一臂之力。」
米麗安如此說完，對部下們低頭致謝後，事情發生了。
咚咚咚咚！
「喂，給我開門！」
有人粗暴地敲打祕密住處的門扉，聲音響徹了屋內。
我雖然早就察覺有人在接近，卻沒想到目的地會是這間小屋。

咚咚咚咚！

「我們懷疑有罪犯潛藏於這附近！」

「沒做虧心事，就把這門打開！」

看來蘇亞雷斯的魔掌已經伸到這貧民區來了。

大概是哪個叛徒洩漏了消息吧。

即使不知道正確地點，只要掌握到貧民區這項情報，來個地毯式搜尋就行了。

「米麗安殿下還有妳，請進去那邊的隱藏房間。」

「你們不會有事吧？」

「沒事的，您以為我們在這貧民區生活幾年了？已經習慣啦。」

「來來，這邊請。」

「抱歉了。」

在一名部下的催促下，芙蘭她們躲進了地下的隱藏房間。

這真的只是個簡單的房間，是用人手挖掘堅硬岩盤而成的。不，其實這裡窄小到連稱為房間都嫌過分，或許應該說成地板收納空間才對。

天花板也只是用木板重疊而成，實在讓我很擔心會穿幫。空隙還滿多的，上面情況都能看得一清二楚。

這樣只要有人低頭仔細一瞧，搞不好就會穿幫了吧？不過現在算是晚上，我是覺得應該還好啦。

儘管他們就像這樣有點粗枝大葉，不過他們說已經習慣了士兵們這種粗暴的盤查方式，似乎是說真的。

確定米麗安與芙蘭都躲好了以後，一名男子靜靜地把門打開。

結果原本想再敲門的男子差點撞上突然打開的門，火冒三丈地嚷嚷起來。我看他根本是算好時機，故意拿門板去撞士兵的吧？

「不、不要忽然開門啊！」

「真抱歉喔。」

「喂，我們獲悉有罪犯躲藏在這附近，讓我們搜屋內。」

「這裡沒有什麼罪犯啦。」

「有沒有罪犯由我們來決定！讓開。」

士兵二人組推開男子，踏進屋內。

那副德性與其說是搜捕罪犯的警備兵，怎麼看都像是搜刮財物的小混混。實際上我也聽到有個人拿起放在桌上的燭台，喃喃自語著「什麼嘛，便宜貨罷了，掃興」之類的聲音。

米麗安的部下們肯定聽到這句喃喃自語了，但他們沒有一點生氣的樣子，謙卑地讓警備兵檢查整間屋子。

然而讓他們看過整間屋子後，米麗安的部下們態度全變了。原本那種卑躬屈膝的模樣好像只是在騙人，所有人聯合起來圍住兩個士兵，開始施加無形的壓力。部下們雙臂抱胸，故意展現出又粗又壯的上臂肱肌給他們看。

事實上，兩個士兵只是狐假虎威擺架子，沒什麼本事，不如說根本是小咖。

相較之下，我們這邊可是有著身體強健的五名壯漢。被這五人用銳利目光一瞪，兩個士兵似乎完全嚇到了。大概是在想像假如他們動手打人，自己會有什麼下場吧。

起初他們即使鐵青著臉還試著虛張聲勢，但很快就逃出了小屋。

「哈哈哈，有沒有看到他們那張臉！」

「真是太遜了！」

「最近士兵的水準下降太多了吧，竟然那樣就嚇跑了。」

呃不，這怪不得他們吧？

誰教這幾個大叔，外貌完全是一副法外之徒的樣子，而且還是武鬥派組織的組長級。

至於那兩個士兵，大概就像高中畢業的流氓小兄弟，比都不用比。

我反而還差點叫他們快逃呢。

「唔，其他地方不曉得要不要緊？」

米麗安喃喃說道。

賽麗梅爾的藏身處必須經由密道才能進入，所以應該不要緊吧。只是，逃獄同伴們躲藏的那間小屋雖然蓋在貧民區深處，但構造上卻能夠正常進出。

確實有可能被士兵們盯上。

大概是有不祥的預感，芙蘭催促米麗安，用小跑步趕回祕密住處。大家急著趕路，還差點被士兵發現。

結果，芙蘭的直覺猜對了。

士兵們現在正好就在祕密住處的門口。

我們趕緊躲進背光處窺探情形，就聽見士兵們咚咚地敲門，用嘶啞的嗓音吼著叫他們開門。

希望他們當作沒聽見……

然而，我的祈禱落空了，有人把門打開。

明天就要正式實行救出王子與公主的作戰了，可能是有人想盡量息事寧人，而讓士兵進了小屋。

只希望士兵能草草查一下，滿意了就快走……

如果讓對方懷疑起我們這邊就糟了。不，他們肯定會起疑。

畢竟在這麼窄的小屋裡，可是有著三十名以上的外國人。

只要事先得知昨天有大量外國人集體逃獄的消息，想必很容易把兩件事聯想在一起。

（怎麼辦？砍死他們？）

『不行，這裡離那邊太遠了，絕對會被其他士兵發現。』

我們正在煩惱著該怎麼辦時，士兵又從屋裡出來了。

還滿快的耶，難道說平安脫險了？

然而，我想得太天真了。

「不要——！放開我！」

「吵死了！給我過來！」

沒想到士兵竟然抓著一個小女孩到外面來。

他抓住哭叫小女孩的手臂，粗暴地強迫她往前走。

「別這樣！拜託不要！」

「我叫妳閉嘴！妳這死小鬼！」

「啊！」

士兵一毆打小女孩的瞬間，芙蘭的全身上下噴出了殺氣。即使在黑貓族遭人恥笑的時候，她也沒有這麼生氣過。

大概是她這烏黑混濁的殺氣傳達到了，待在祕密住處門前的士兵們一齊打個哆嗦，開始往周遭東張西望。

不過他們隨即以為只是心理作用，注意力似乎又轉回了祕密住處那邊。

「喂，別對她太粗魯，賣價會打折扣的。」

「嘿嘿嘿，又不會怎樣。裡面還有很多人，玩壞一兩個人也沒差啦。」

「說的也是，反正這些逃獄犯抓回去也是判死刑。既然這樣，不如讓我們拿來用用好了？」

聽到男子們的對話，小女孩害怕得開始嚎啕大哭，士兵再次動手打她。

這次換成另一邊臉頰挨揍，可憐的小女孩當場蜷縮成一團。

「嘻嘻嘻，對了，我早就想拿小孩當沙包揍個一次看看了。」

「哇哈哈哈！你很壞耶！」

「這下剛剛好，是不是？喂，沙包！妳從現在開始就是我的沙包了！高興吧！」

「那麼，裡面那個女人就給我吧？」

「去吧去吧！」

這段對話真是爛透了，實在不該讓芙蘭聽見。

可惜已經太遲了。

芙蘭全都聽在耳裡，氣得渾身發抖。芙蘭這時候的怒火太過駭人，就連我都不太敢跟她說話。她激動過度，放在我劍柄上的手劇烈地顫抖。

『芙蘭？』

「——————」

『芙蘭！』

「——————」

不行，她已經怒氣攻心到對我的聲音都沒反應了。芙蘭沒有回答，只是從她口中，可以聽到用力咬緊臼齒的嘰嘰聲響。

然後，芙蘭一口氣衝出了背光處。

其他士兵聽見小女孩的哭聲而聚集了過來，但她完全無視於這種狀況。

現在的芙蘭只看得見哭泣的小女孩，以及毆打了小女孩的士兵們。

芙蘭以最快速度衝向士兵，用令人心寒膽碎的冰冷聲音低喃：

「去死。」

「啊——？」

「噫咕……？」

芙蘭將我連揮兩次，使出毫不留情的奪命斬擊。

僅僅一瞬間，只在眨眼之間，兩名成人男性的人生就落幕了。

第一人慘遭當頭劈砍，身體漂亮地分成左右兩半。第二人頭顱被水平切開，從眼睛與鼻子的中間位置乾淨俐落地剖分為二。

「──」

芙蘭將我收回劍鞘後，兩名男子開始慢慢倒下。

由於速度實在太快，他們恐怕連自己死了都不知道。

「已經沒事了。」

「咦？」

芙蘭把小女孩抱進懷裡之後，輕輕一躍離開原處。

而當芙蘭在幾公尺外著地時，兩名男子的屍體已經倒在地上，用體液弄髒了土地。

大概芙蘭是不想讓小女孩被弄髒，而貼心地這麼做的吧。

小女孩還沒能理解狀況，芙蘭一邊為她施加恢復術，一邊用與剛才判若兩人的穩重表情出聲問她：

「妳沒事吧？」

「芙蘭……？」

「嗯，抱歉，我來晚了。」

芙蘭這麼說著，溫柔地擁抱小女孩。結果小女孩眼中泛出大粒淚珠，再次嚎啕大哭了起來。

不過，不是剛才那種恐懼的淚水，而是安心的眼淚。

「芙蘭……！哇啊──！」

「妳可以放心了。」

「我好怕！我好怕喔──！」

「是啊。」

「而且好痛──！」

「嗯。」

大概是聽見小女孩緊抓著芙蘭大哭的聲音了，兩個小男孩從祕密住處跑了出來。女僕小姐還有其他大人也尾隨其後，跟著來到屋外。

這下可能不太妙。

被小女孩哭聲引來的，可不只有他們。

「這、這是怎麼回事！」

「是誰下的手！」

將近十名士兵看到同袍的屍體，大聲嚷嚷起來。

其中甚至有人當場吐了一地，畢竟真的滿噁的。

「是、是你們幹的嗎！」

「喂，這些傢伙該不會就是那個……！」

「逃獄犯嗎！」

果不其然，我們的真正身分快要露餡了。

不止如此，士兵的人數還不斷在增加。

其中有個男的，怎麼看都不像是一般士兵。

這個長得活像隻半獸人的小矮子滿身贅肉，穿著滿載暴發戶品味，施加了過多金線刺繡的長袍。沒想到會在這種地方再遇見他。

可以說就是那傢伙，造成了我們被捲入錫德蘭動亂的契機。沒錯，就是那個膽敢說要把芙蘭變成奴隸，看了就生氣的豬玀提督德懷特。

「德懷特大人！」

「喂，這是在吵什麼？找到賽麗梅爾與米麗安躲在哪裡了嗎？」

「先、先別說這個，我們的同袍——」

「吵死了，住口。你們這些派不上用場的廢物，爛貨不管死幾個都不關我的事。」

我同意那些對小女孩暴力相向的蘇亞雷斯派士兵是爛貨，但這樣對部下講話未免過分了點吧？士兵們用恨不得將對方千刀萬剮的尖銳目光瞪著德懷特，但他照樣惡言相向。

「你們陸軍的人就是這樣，沒用的東西。」

「非、非常抱歉。」

「貧民窟那些垃圾都還比你們有用，至少還能當成奴隸賣了！」

「……」

「哼，也罷。當我聽說好不容易抓到的外國奴隸逃獄時，氣得差點沒吐血，但沒想到你們竟然又出現在我的面前。我這次絕對要逮住你們，賣給嘉路迪閣下。我想他一定願意出個好價錢，屆時我就利用這筆錢，再加上抓住菲利亞斯王族的功績，想當上將軍也不是夢想！」

竟然說要用錢，根本打定主意要花錢買下將軍的地位嘛。

「不過話說回來，真佩服你們願意跟賽麗梅爾還有米麗安在一起啊？那兩個女人可是試圖要救出棄你們於不顧的菲利亞斯王族耶。」

「沒人會相信你說的話，福特他們不可能對家臣見死不救。」

「哼，沒證據還這麼有自信。不過很遺憾，妳錯了。那些傢伙為了自己得救，已經出賣你們啦！」

「？你在說謊。」

「嘖，怎麼這麼不明事理啊，妳哪來這麼大的自信？」

「我們為什麼得相信你這種肥豬說的話？」

「妳、妳叫我肥豬……！」

哎呀，看來他對自己的容貌很介意呢。芙蘭這句話，把他氣得滿臉通紅。

「啊，對不起。」

「什麼對不起！現在道歉太遲了！只有妳不用當奴隸了，我要將妳凌虐至死！」

「沒人在跟你道歉，我是在跟豬先生賠不是。」

「啊？」

「拿來跟你這種人相比，豬先生太可憐了。你這種人叫偽半獸人就夠了。」

「妳、妳這……妳這該死的東西！」

芙蘭好會嗆人喔，也就是說她真的氣炸了。也是啦，誰教德懷特滿口喊著要把大家變成奴隸，一直在出言挑釁。這怪不得芙蘭。

「偽半獸人在講人話耶，嚇我一跳。」

「夠了！對啦！我在說謊！我本來是想看你們一邊絕望地發抖一邊淪為奴隸的蠢相取樂的，但我不在乎了！我要在這裡拷問你們所有人，讓你們落入絕望的深淵！喂，你們這些傢伙，快把這幫人都抓起來！然後拖到我的面前來！」

就是因為抓不住，士兵們才會這麼傷腦筋啊。

德懷特好像沒在管這些的，看到士兵有苦難言的模樣，滿臉煩躁地怒罵他們：

「我給你們的期限，只到我取下賽麗梅爾的腦袋之前。在那之前，你們給我把這些逃獄犯統統抓起來！聽到沒！」

「可、可是光憑我們幾個……」

「真是一群廢物！要叫援兵還是什麼都好，快去啊！」

「遵、遵命！」

「那麼，找到賽麗梅爾人在哪裡了嗎？」

「還、還沒有。目前我們正在進行地毯式搜尋——」

「夠了，我已經知道你們這些傢伙有多無能了。你以為在這種地方用人海戰術慢慢調查，要花上多少時間？白費工夫罷了，會不會用腦子啊！」

「那麼，我們應該怎麼做呢！」

「要像我這樣做。喂，貧民窟的死豬們！聽得見我的聲音吧？聽好了，立刻把賽麗梅爾帶來給我！否則我就在貧民窟放火，連你們這些居民一起燒了！」

德懷特似乎使用了風魔術進行擴音，聲音大得嚇人。我想整個貧民區一定都聽見了。

「大、大人怎麼這樣說呢！我們不可能這樣做！」

看來他們雖然敢強擄居民當奴隸，卻不敢放火。我是覺得兩者都該判死刑，但在這幾個傢伙心中似乎還是有差別。

「你這傢伙在說什麼東西？把這種垃圾場燒掉有什麼好猶豫的？好吧，不過我也不是鐵石心腸！只要你們把賽麗梅爾押來給我，我就不燒這裡了！還有，只要把賽麗梅爾帶來給我，我還會賞你們錢！活捉一百萬戈德！只有頭顱也有五十萬戈德！」

慘了，這傢伙明明不懂得關心部下，卻把貧民區居民的心理摸得一清二楚！

不管躲藏得多好，賽麗梅爾的消息也不可能完全沒走漏給貧民區的居民知道。

我想其中一定也有人知道不少情報。

再說講到貧民區的居民，絕大多數終究還是缺錢。拿高額賞金誘惑他們，感覺應該是非常有效的手段。

德懷特用響徹整個貧民區的嗓門喊完後，我感覺到大量群眾蠢動的氣息。

然後，我們很快就被包圍了。那些人大概早就在附近觀望情勢了吧。

有超過一百名以上的人，聚集到祕密住處的周圍來。而我發現他們都屏氣凝神，在注視著我們這邊。

『情況不妙啊……』

（怎麼辦，師父？）

『只能殺出重圍了。』

由於我們不能讓地下通道曝光，因此不能走這條路逃跑。這麼一來，就只能驅散士兵與貧民區的居民們，突破重圍了。

『如果只有芙蘭一個人是沒問題……』

但是要一邊護衛著其他同伴一邊突圍，難易度就直線飆升了。

就好像普通模式霎時變成地獄模式那樣。

「怎麼了！你們只會用看的嗎？那麼，就這樣吧，只提供賽麗梅爾的情報也行！我出高價買下！」

就在德懷特再次大叫之後……

「吵死了！閉上你的嘴！」

不知從哪裡響起了怒吼，有顆石頭朝德懷特丟來。

以此為開端，四面八方都開始有怒吼與東西朝著德懷特飛來。

「你、你們做什麼！我可是錫德蘭海軍提督，德懷特大人啊！」

「誰理你啊！」

「住、住手！你們這些傢伙應該去抓賽麗梅爾才對！為什麼要反抗我！不要命了嗎！」

德懷特都這種時候了還高高在上地吼叫，但大家繼續一個勁地拿石頭丟他。

這樣惡言惡語辱罵別人，還以為別人會服從命令，反而讓我感到很費解。不，也許是貧民區的居民們以往即使受到欺凌也不會反抗，一直都很聽話吧。不過，這次他們大概真的是忍無可忍了。

「要燒掉我們住的地方？聽你在放屁！」

「真要說起來，公主殿下怎麼可能會待在這種地方嘛！」

「胡說不打草稿的！你說誰是豬了，你這種真正的死肥豬，沒資格說我們是豬啦！」

「再說，就算殿下真的躲在貧民區裡，我們會把她交給你才怪！」

「就是啊！只有那位殿下伸出援手幫助過我們！」

「滾回去，滾回去！」

不只是石頭，連木頭或垃圾之類的東西也飛來了。

「可、可惡！喂，臭丫頭，妳給我過——咕哈！」

大概是想抓芙蘭當人質吧，德懷特伸手要抓她，但被芙蘭一劍砍死了。死得還真簡單。好吧，算他自作孽不可活。總之為了湮滅證據，先把屍體收納起來再說，找個地方丟掉就是了。

「喂，小妹妹，你們趁現在快走！」

「可以嗎？」

「嗯，不用擔心，我們是站在你們這邊的。」

「要加油喔。」
「賽麗梅爾殿下就拜託你們了！」
「還有米麗安妹妹！」
看來貧民區的居民從一開始就是站在賽麗梅爾這邊。
幸好我沒有因為焦急而先下手為強。
「你們幾個！來這邊！」
「嗯？」
「喏，這邊啦！」
一位個頭嬌小的老奶奶呼喚了芙蘭他們。
「什麼事？」
「用這個把髒掉的地方擦擦。」
老奶奶拿一塊用水沾濕的布給我們，然後指指芙蘭摟著肩膀的小女孩。
芙蘭用這塊布，幫她救出的小女孩擦擦臉。
「這塊布是乾淨的，放心。」
「謝謝。」
「不客氣，我只是想盡量回報賽麗梅爾公主的恩情而已啦。好啦，你們快走，我們會趕走那些國王養的狗。」
「不要緊嗎？對方是士兵……」

「哈哈哈！我們怎麼可能輸給服從那種昏君的一群跟屁蟲嘛，妳別擔心。」

「嗯，這塊布，我晚點再拿來還。」

「不用啦。」

「不，我會來還的，所以日後再見嘍。」

「啊哈哈，說的對，再見。」

芙蘭鞠個躬，向笑容燦爛地比大拇指的貧民區居民們道謝後，就帶著孩子們回到祕密住處。

我們關上門，偷偷窺探外頭的情形。

聚集而來的貧民區居民，人數恐怕已經超過兩百人了。而且不只這裡，其他地方也傳出了人群爭鬥的聲音。

不，那與其說是人群爭鬥，不如說是貧民區居民單方面痛扁對手的聲音，聽到的都是士兵們可悲的哀嚎。

我們就這樣屏氣凝息躲好時，發現地板下的密道好像有人。

「喂，你們還好吧？」

是米麗安與卡拉。

她們似乎是聽到德懷特的叫聲，而急忙來看看情形。

「嗯，已經沒事了。」

「『已經』……是吧？發生什麼事了？」

芙蘭向兩人解釋情形，言詞太簡短的部分有孩子們幫忙補充。

「這樣啊，妳斬殺了士兵啊。」

米麗安喃喃說道，陷入了沉思。

雖說是為了拯救小孩，但也許她會覺得斬殺士兵引發爭端，是個嚴重的問題？這下蘇亞雷斯那邊的人鐵定會盯上我們，至少一定會派更多士兵過來。

芙蘭似乎也知道自己做得有點過火了，神情沮喪地低下頭去。

「……對不起。」

「唔，不，妳別道歉。妳沒有做任何壞事，我並沒有在生妳的氣喔。」

「可是……」

「別擔心，換作是賽麗梅爾王姊，一定不會怪罪於妳。」

「我也這麼覺得。」

「畢竟我們正是因為無法為了大目的而忽略小事，才會這樣戰鬥啊。」

「謝謝。」

「我只是在想，繼續這樣放著不管，貧民區那些人可能會順勢大舉入侵王宮。」

啊——原來如此。的確，暴動繼續擴大下去，是很可能在不滿的聲浪之下直接揭竿起義。

只是，這樣也正合我們的意。

「稍微加快計畫的進度吧，本來是打算只以我們的兵力前往王宮，不過——」

米麗安呢嘴一笑。

「若能借助貧民區眾居民的力量，就能一口氣增加兵力。我都能看見那個蠢王兄驚慌失措的神情了。」

看來米麗安與我所見略同。

「嗯。」

「那就立刻去與他們交涉吧。」

第五章　錫德蘭海國國王

在貧民區發生騷動的當天中午。

芙蘭的身影與人民同在。

超過兩千名的武裝市民，正在往王宮邁步前進。

在前面領導民眾的，是賽麗梅爾與米麗安。周圍雖然有幾名護衛加強戒備，但兩人等於是站上了最前線。護衛當中包括了沙路托、芙蘭以及卡拉，還有以外套隱藏真面目，看起來有些可疑的人物等等。

這些民眾幾乎都是貧民區的居民。

貧民區的居民們擊退了士兵們後，賽麗梅爾與米麗安去低頭請求他們，他們二話不說就答應幫忙了。

當然，賽麗梅爾有仔細解釋過，說對手是蘇亞雷斯派的士兵，會有生命危險。

即使如此，他們的決心依舊不變。

「只要能幫上賽麗梅爾公主的忙，這不過是舉手之勞罷了。」

「以前漁獲減少的那年，要不是有賽麗梅爾殿下施捨我們，我這老頭早就翹辮子了。」

「當我媽媽生病時，多虧公主讓我們到免費診所看病。」

賽麗梅爾在先王時代施行的種種濟貧政策拯救了許多人，受到大家的感謝。於是貧民區居民們為了盡量報答這份恩情，才會挺身而戰。

仔細一問之下，據說貧民區的居民們從一開始就知道賽麗梅爾人在哪裡了。所有人雖然都知道，卻暗中默默守護著賽麗梅爾，讓她躲在這裡。想想也是，雖說使用了密道等機關巧妙隱藏起來，但是要隱瞞這麼久，連住在同個地方的人都完全沒察覺，是不可能的事嘛。是貧民區的居民們團結起來，不讓賽麗梅爾的消息洩漏出去。

賽麗梅爾與米麗安似乎並不知情。她們好像以為自己躲得很好，聽到真相都臉紅了。也是啦，本來以為是靠自己的力量潛蹤隱跡，結果發現是身邊的人們在偷偷幫忙，當然會覺得難為情了。

賽麗梅爾那些深入貧民區生活的部下似乎知情，但沒告訴她們，以免賽麗梅爾怕給貧民區的人造成困擾而為此憂慮。

她真是受到人民愛戴呢。是雙方互相付出善意，充滿溫情的關係。

坦白講，身為王族或許不能只靠善意治國。但我會很想看看賽麗梅爾她們治理的國家，而芙蘭似乎也跟我有同感。

反觀蘇亞雷斯只會榨取民脂民膏，施政時只考慮私人欲望，搞得怨聲載道。

貧民區居民之所以會挺身而出，大概對賽麗梅爾的善意占了八成，剩下兩成則是對蘇亞雷斯的憤怒吧。而且不光只是貧民區居民，一般市民當中，也不斷有人表示願意援助我們。

起初大約兩千人的群眾，隨著離王宮越來越近，人數也迅速增加。

我想已經超過三千人了。

所謂的惡有惡報，或許正是在說這種狀況。

慈悲待人會得到善報，如果恃強欺弱，那人終將收到惡報。

與賽麗梅爾的這股軍勢為敵，在蘇亞雷斯的命令下前來迎戰的士兵們，約莫有三千人。

感覺似乎有點少，但從現況來想或許無可厚非。

蘇亞雷斯除了這裡，還得加強王宮等地的防備，又不能減少軍港等地的守衛。

這麼一來，能即時調動的士兵也就這些了。

不過即使如此，照常理來想，蘇亞雷斯軍還是不可能敗北。

儘管人數相當，我們這邊卻是一般民眾，對方則是士兵。無論是裝備品質還是軍力水準，都是蘇亞雷斯那邊壓倒性占上風。

賽麗梅爾軍連一點勝算也沒有。

不過我是說「照常理來想」。

「我軍占優勢呢。」

正如米麗安所說，戰局發展始終對賽麗梅爾這邊有利。

這跟這個國家原本由海盜建國的起源有關。

說得明白點，錫德蘭海國就是個滿是血氣方剛，脾氣火爆的漁夫的國家。可能是體內流有祖先的滿腔熱血吧，他們大多是些性情急躁的火爆浪子。而他們又在每天的重體力勞動當中，鍛鍊成了肌肉發達的壯漢。這些傢伙一旦在暴怒之下猛衝過來，不但魄力驚人，破壞力也超群出眾。

反觀蘇亞雷斯那邊的士兵們，不管是訓練強度還是士氣都很低落。長官們汲汲營營於權力鬥爭與收取賄賂，每天的訓練等於空有其名。受到市民所厭惡，薪水又少，這樣自然不可能有幹勁。雖說其中也有些人渣敗類做些惡劣的非法行為斂財，但大多數的士兵並沒有機會沾到好處，很多都只是想輕鬆過日子，才得過且過地留在軍中。

氣勢與士氣的差距，很容易就能顛覆區區裝備的好壞。

結果使得賽麗梅爾軍驅散士兵們的場面越來越多。

假如巴魯札他們龍牙戰士團或是王宮近衛兵等精銳部隊也來參戰，或許還會有不同的結果，但他們都不在現場。

而我們這邊有以前的近衛兵，再加上賽麗梅爾也在，讓士氣直線攀升。

只要還在正面交鋒，我軍是不可能會輸的。

本來是預定如果有個萬一就讓芙蘭等人也出擊，不過這樣看來大概是沒必要出戰了。就繼續保護賽麗梅爾的安全吧。

真要說起來，原本是預定讓賽麗梅爾在祕密住處靜候結果的。

因為賽麗梅爾是我們的總帥，只要她還有一條命在，我軍就不會敗北。

但她堅持要跟大家一起行動，勸也勸不聽。

說是不能只讓人民戰鬥，自己卻獨自在後方悠悠哉哉等結果。

我本來想請米麗安說服她，結果沒用。她反倒還說只要賽麗梅爾願意就好，採取消極的贊成態度。好吧，只要米麗安不反對，我們也不便說什麼就是了。

再說，躲在貧民區也不見得安全。例如德懷特如果真的像他說的那樣放火，將會無處可逃。而且叛徒已經把情報洩漏給對方知道了。

既然這樣，我想不如就近保護她比較安全。

「那幫人都逃走啦！」

「活該！」

「不用追了！我們的目的不是在這裡屠殺士兵！」

蘇亞雷斯軍的士兵轉眼間兵敗如山倒，可以看到他們紛紛撤退。

民眾原本想乘勝追擊，但米麗安大聲制止他們。

即使如此，還是有些血氣方剛的傢伙追去了就是。

不過大多數都願意聽命，所以應該不要緊吧。

「往離宮進軍！」

「「「哦哦——！」」」

回應米麗安的聲音，民眾再次開始進軍。

我想已經走完住宅區的一半了。

也幾乎不再有士兵做抵抗，無人阻止我們前進。

現在仍然有越來越多民眾看到賽麗梅爾的身影而與我們會合，士氣只升不降。

在這當中，芙蘭忽然飛奔了出去。

『芙蘭，怎麼了？』

「嗯，那個。」

芙蘭手指的前方，有幾個男的不知怎地，包圍著一處像商店的地方。

走過去一看，才知道他們在做什麼。

「喂，老太婆，快把錢拿出來。」

「噫、噫咿……」

人數一增加，就免不了會出現這種傢伙。即使我們有告訴過聚集而來的人，不准對一般市民暴力相向，違令者將受到處罰也沒用。

不知道是從一開始就打算這樣為非作歹，還是受到兵戈氣氛影響而鬼迷心竅？幾名男子威脅著來不及逃跑的商店老闆娘想搶錢，還有男子抱著像是商品的食物，從店裡走出來。

「妳看什麼看？」

「喂，我記得這傢伙是公主的部下。」

「啊？你說這小鬼？」

男子用品頭論足的目光看著芙蘭，眼神就跟遭到芙蘭斬殺的那些士兵一樣討厭。

「放開老婆婆。」

「啊？妳有啥資格來命令我？」

「賽麗梅爾絕對不會允許有人這麼做。」

「我們可是好心在幫公主的忙耶，而且還不收錢！這點小事，她會睜一隻眼閉一隻眼啦！」

「就是啊，不然這樣吧，我們也分妳一點好處如何？」

從所作所為到所講的話，果然都跟蘇亞雷斯那邊的士兵沒兩樣。

這種傢伙反而礙事，會損害賽麗梅爾的名聲。

芙蘭似乎也跟我有同感。

「喝啊！」

「嘎哈！」

「咕嘔！」

她用迅雷不及掩耳的速度靠近男子們，不用拔我出鞘，用拳頭就把兩個男的打趴在地。

嗯——真是漂亮的腹部打擊。男子們吃了這記角度完美的肝臟攻擊，當場痛得渾身扭動，說不出話來。

芙蘭照樣把剩下的兩人一人一拳擊倒，然後溫柔地對害怕的老婆婆說話。

可能是芙蘭稚幼的外貌奏效了，老婆婆似乎立刻就鎮定了下來。

她低頭感謝芙蘭。

「對不起。」

「不會啦——小妹妹沒做錯事，是做這種壞事的那些傢伙不好，都要玷汙賽麗梅爾公主的名聲了。」

老婆婆儘管年事已高而無法參加戰鬥，但似乎也是賽麗梅爾的支持者。

「謝謝。我想妳今天還是先打烊好了。」

「好，我會這麼做的。」

「那我走了。」

「啊，妳等一下，這妳拿去吧。」

「可以嗎？」

「算是老太婆的一點謝禮啦。」

老婆婆送我們一份像是粽子的糰子。

芙蘭用雙手接下之後鞠個躬道謝，然後離開商店。當然，還不忘把男子們拖走。

然後，她走過遠遠圍觀的其他民眾之間，把男子們丟到賽麗梅爾與米麗安的面前。

「我把笨蛋清除掉了。」

「唔嗯，做得好！」

「真了不起～」

「可能不只這幾個人。」

「說的也是……不可能只有這幾個笨蛋，想利用我們的起義坐享其成。」

「嗯。」

聽米麗安這麼說，賽麗梅爾也變得愁容滿面，大概認為這是自己造成的吧。

看到賽麗梅爾這種滿腹憂愁的神情，米麗安眼角都豎了起來。

她就這樣走向疼痛好不容易慢慢減緩，想站起來的男子們。

「這位公主大人，請妳把那傢伙交給我們吧。」

「為什麼？」

「為什麼？因為那傢伙膽敢騎到我們頭上來了！」

「我們可是為了幫助賽麗梅爾公主才聚集而來的義勇兵耶，那傢伙竟然讓我們這些勇士丟人現眼，怎麼可能饒過她！」

「是你們先為非作歹的吧。」

米麗安義正詞嚴，但男子們嗤之以鼻。

然後，他們開始用下流的表情找起了藉口。

「哈哈哈，您說的是沒錯，但公主應該也心知肚明吧？」

「就是啊，我們可是不求回報，表示願意幫忙喔。讓我們嘗點甜頭，也不是什麼滔天大罪吧？」

「我問大家，你們也這麼覺得對吧？」

男子們甚至開始扯開嗓門，對周遭的民眾講起這種話來。

儘管大多數市民臉上都浮現出厭惡與輕蔑的表情，但也有少許幾人點頭同意男子們所言。

或許他們是覺得搶人財物另當別論，但如果只是趁火打劫的話還算可以接受。

這下就難以懲處這幾個男人了。

因為懲罰這些男人，就等於宣布不允許這類姦淫擄掠行為。搞不好會有很多人就此退出。

該不會是蘇亞雷斯陣營為了這種目的，而把這種人送進來的？不，應該不可能。這次芙蘭會把這幾個傢伙拖到米麗安面前，是純屬巧合。但無論是不是，問題都很棘手。

然而，米麗安動手沒有任何猶豫。
「是嗎……哼！」
「咿嘰——？」
米麗安把揹在背後的矛猛地高舉揮下，只不過用的是沒有刀刃的柄尾部分。
「這、這太離譜了！妳這是幹嘛啊！」
看到同夥頭頂被毆打而昏死過去，男子們怒形於色地破口大罵。
「問我在幹嘛？我只是在處分企圖傷害人民的人渣罷了。接招吧！」
「住、住手——嘰呀啊啊啊！」
米麗安打昏了第二個人，雖然沒要他的命，但看那樣子應該傷得很重。米麗安乍看之下很冷靜，其實似乎也生氣得很。
「噫！不要——」
「不行，饒不了你。你也是！」
「咕嘔！」
「呼嘎！」
米麗安轉眼間就把四個男人全打得滿地找牙。
可能是事出突然把大家嚇到了，周遭人群的喧鬧聲變成了一片死寂。所有人大氣不敢喘一個，注視著米麗安。就算這些人是壞蛋，米麗安畢竟是毫不留情地痛打了以前的自己人。就算民眾將她視為冷酷無情的人種也不奇怪。

我看向了賽麗梅爾。

因為我以為賽麗梅爾這位深居閨房的大小姐，看到眼前有人受傷的場面，會嚇得花容失色。

然而，賽麗梅爾的臉上毫無膽怯或恐懼之色。

豈止如此，反而還用隱藏著某種決心的表情走上前去。

然後，她站到庇護米麗安的位置，態度堅毅地環顧民眾，高聲說了：

「請聽我說！我們絕非為了自己的私利私欲而戰。」

她沒有大吼大叫，聲音卻高亢響亮。

「我們戰鬥的理由，是為了取回公理與正義。這樣的我們，絕不能違背公理與正義。」

每當賽麗梅爾帶著肢體動作向民眾訴求，她那銀紫色的髮絲也跟著輕柔飄動，在陽光下閃爍著美麗光彩。她那副模樣，完全足以成為民眾的矚目焦點。

賽麗梅爾從視覺與聽覺兩方面抓住了民眾的目光，大家都用熱烈的神情注視著她。

民眾當中再也沒有剛才那種騷然不安的氣氛，我看得出來大家都開始側耳傾聽，不想聽漏賽麗梅爾的隻字片語。

她完全掌握了現場的氣氛。

「各位！讓我們抬頭挺胸吧，光明正大地說我們的行為是基於正義！」

賽麗梅爾向民眾訴求的表情與聲調，都不是刻意為之。

然而她的身影，卻具有某種能打動人心的特質。不，正是因為她不是刻意塑造，聽起來才會如此真摯。

「各位長久以來一直受到欺凌，所以一定能體會受到欺凌之人的心情。正因為如此，我並不希望各位成為欺凌人的一方……」

我能感覺到民眾正在細細玩味賽麗梅爾所言，試著去理解。

我有點能體會他們的心情。

就連我這種有點愛嘲弄人的類型，都能敞開心扉接受賽麗梅爾的言詞了。

而她會讓我想理解她的言論，認為非得理解不可。

「人並非只靠善意而活，很遺憾地，恐怕也有一些人只顧自身利益，就像他們一樣。」

這麼短的時間內，賽麗梅爾已經完全掌握了民眾的心。

賽麗梅爾看看四名男子，傷心地低下頭去；很多人看到她這樣，也同樣面露傷痛的表情。這就證明了他們自然而然地，對賽麗梅爾的言詞與動作產生了強烈的同理心。

「但是，我們不會向這樣的人尋求協助。追求公義的我們，絕不能求助於那些無視於公義的人，達成我們的目標。」

賽麗梅爾甩亂銀紫色頭髮，滿頭大汗地提出訴求的身姿，已經堪稱神聖了。

宛如歌劇中聖女登台的場面。

許多民眾一邊聽她訴說，一邊當場跪了下去。

我能體會他們的心情就是了。

「我再說一遍！讓我們抬頭挺胸吧！做出正確的行動，讓我們到了最後，能夠問心無愧，挺起胸膛說自己行得正，坐得端！」

就在賽麗梅爾的臨時演講結束之後。

「「「「唔哦哦哦哦哦喔喔喔喔喔喔喔喔！」」」」

民眾當中傳出了驚天動地的歡呼聲。

民眾朝天高舉雙手發出吶喊，臉上浮現著豁然開朗的表情。

想必是對戰鬥的恐懼，以及叛君的罪惡感等等，都一掃而空了吧。

我能夠感受到一股強烈的熱情。

不只是對賽麗梅爾的好感，或是對蘇亞雷斯的憎恨。大家心中似乎開始抱持著一種榮耀，將這當成了屬於自己的戰鬥。

『好了，現在來補個臨門一腳吧。』

（臨門一腳？）

『是啊。』

在聽過賽麗梅爾的演講後要這樣做雖然心裡有點疙瘩，但我這人就是卑鄙，為求勝利不擇手段。不過對於受我牽連的芙蘭，只能說聲抱歉了。

（不要緊，我是冒險者。雖然不做違法的事，但卑鄙的事ＯＫ。）

『呵呵呵，說的也是。』

於是，芙蘭趁著民眾喧鬧聲漸漸開始平息的時機，開口了：

「我對這四個人有印象，他們應該是蘇亞雷斯的手下。」

剛才我已經做出結論，認為這幾個傢伙不是蘇亞雷斯的手下，會碰到他們只是巧合。但就算是巧合，只要弄假成真就行了，反正沒人會知道真相。

「什麼，這是真的嗎？」

「嗯，錯不了。」

「大家都聽見了嗎！蘇亞雷斯使出這種卑鄙的手段，企圖擾亂我們的軍心！不要被卑鄙昏主的計謀欺騙了！」

「「「唔喔喔喔喔！」」」

效果奇佳，在賽麗梅爾的發言下團結一心的民眾，這次又因為憤恨蘇亞雷斯而不斷提升戰意。這下除非有什麼特殊狀況，否則我想民眾是不會背叛，或是害怕得逃走了。

米麗安以眼神默默感謝芙蘭，看來她是明白我們的打算，而配合著演戲的。為了賽麗梅爾，她想必早已做好承受一切臭名的覺悟了。我覺得這兩人真是最佳拍檔。

「好，全軍前進！」

「尤里烏斯，那些反賊的動向如何？」

「是。他們似乎按照預定，正在往離宮前進。」

「王宮有加強守備吧？」

「這是當然，臣還配置了伏兵，已經準備好將他們一網打盡。」

「那就好。事前將攻擊離宮的情報洩漏與我方，讓我多派人手守備該處，途中再調轉行軍方向，來王宮取我的首級。原來如此，挺會動腦筋的嘛。本來說不定是能成功的，只可惜早已有人跟我通風報信了！」

「正是如此，根據報告指出，她們對屬下也都是說往離宮進軍。」

「呵呵呵，殊不知早已有背叛者洩漏了情報，真是辛苦她們了。」

「確實如此。不過，繼續讓菲利亞斯的王子與公主待在離宮，不知是否妥當？」

「這是無可奈何的，萬一他們與潛藏於王宮內的賽麗梅爾的間諜產生接觸，得知我們在欺騙他們，我的性命就有危險了。」

「您是指雷鐸斯的間諜帶來的那項情報嗎？就是菲利亞斯的王室成員，在遇到危機之際能夠役使惡魔……」

「雖然沒有辦法確認真偽就是了……嘉路迪閣下對此事怎麼好像不知情？為什麼那個男的能得到這項情報？」

「本人說是他長年擔任間諜潛入菲利亞斯才得到的情報。」

「唔嗯……要把這當成謊話，風險太高了。萬一他們在王宮裡放出惡魔，可是會造成嚴重損害。」

「是，畢竟水龍艦並不適合用來對付陸地上的惡魔。」

「就是這麼回事。你已經派少數精銳去鞏固離宮的防衛了吧？」

「是。臣配置了約莫三十名不可能倒戈的手下，要他們盯緊有沒有人與菲利亞斯之人產生接觸。此外，臣還告訴他們目前發生了意外，要求他們切勿離開離宮，因此應該是萬無一失。」

「你的手下，說的是龍尾戰士團嗎？」

「是的，儘管人數不多，但臣有自信認為他們不比龍牙戰士團遜色。」

「還有，我聽說那個叫席里德的男人失蹤了，行蹤掌握到了沒有？」

「非常抱歉。不過臣得知那人失去了左臂，又在夜間落海，不太可能存活下來。」

「那就好。反正今天內就會分出勝負了，就算活著也壞不了事。」

大量民眾與背叛敵軍的士兵們會合，使得賽麗梅爾軍人數暴增到五千人以上，終於抵達了貴族區。

儘管至今有過幾場零散的戰鬥，但還不到全面衝突的地步。

因為敵軍看到我軍的人數，都覺得敵不過而逃走了。

想取下賽麗梅爾的首級以邀功的貴族，有時也會從宅第裡發動奇襲，但都沒能突破民眾形成的高牆。

此時的民眾，裝備著還算像樣的武裝。

這是因為願意協助賽麗梅爾的武器商人等等提供了裝備，還有一些裝備是從士兵值勤站拿出來的。

特別是在最前線自報姓名的水手莽漢們，打鬥起來更是所向披靡。

厲害到士兵們都顯得像是瘦皮猴小弟弟一樣。這個國家還需要士兵嗎？感覺根本不用別人來保護，軍警恐怕也拿他們沒辦法。

經過幾次戰鬥，這些人似乎從漁夫轉職為海盜了。

不，實際上職業並沒有變，但他們的威猛程度讓我無法不這麼想。

就這樣，當我們離王宮與離宮都越來越近時，沙路托找米麗安說話。

「就快到了呢。」

「是啊，沒錯。但對你得說聲抱歉了。」

「不會，只要最後能救出王子與公主就好。」

「唔嗯。你們聽著！離宮就在眼前了！你們千萬不要前往王宮，要壓制的是離宮！然後釋放被囚禁在那裡的所有人！」

「「「好！」」」

「沙路托閣下，就快到嘍。」

「是！」

然後大家繼續前進，過了半小時。

沙路托又過來了。

「米麗安閣下，離宮已經近在眼前了呢。」

「是啊。」

「米麗安閣下？」

「請閣下寬心，這也是作戰的一部分。」

「是……」

沙路托一臉難以接受的神情，再次退下。好吧，這也是理所當然。

我們刻意洩漏情報，讓蘇亞雷斯那方認為我們的目標是離宮，實際上也往離宮前進。但其實是反過來欺騙分配兵力鎮守離宮的蘇亞雷斯軍，途中調轉軍隊急襲王宮，取下國王的首級以掌控國脈。這項作戰已經告知過沙路托了。

然而無論是塞麗梅爾還是米麗安，到現在都還在一路前往離宮，這一定引起了他的疑心。

又過了半小時之後。

「米麗安閣下！您是怎麼了！」

「你在生什麼氣啊，沙路托閣下？」

「這、這跟預定計畫不是不一樣嗎！」

「是這樣的，民眾的數量增加得有點多了，所以到現在都還沒能讓所有人知道作戰計畫。」

「這……那作戰計畫要怎麼辦！」

「唔嗯，情非得已，我打算放棄國王的首級，就這樣攻進離宮。」

「妳、妳這不是在耍我嗎！」

「你在生什麼氣啊？這對閣下你來說也是件好事吧？畢竟這麼一來，就能先救出菲利亞斯的王族了。」

明明再過不久就能救出福特王子與薩蒂雅公主了，沙路托卻不知怎地，神情顯得惶惶不安。

「這……的確是這樣呢！」

「是啊、是啊，再高興一點吧。好吧，或許這樣也好，因為我們原本就告訴民眾要前往離宮，現在弄假成真了。」

「嗚……妳說的對，哈哈哈。」

在這段對話結束後，又過了一小時。

賽麗梅爾軍成功壓制了離宮，輕鬆到令人驚訝。

因為這裡本來就不是防衛用設施，所以構造上無法抵禦大軍。只要事前準備好木製衝車，三兩下就能破壞城門了。

城裡約莫五十人的部隊射的箭，也被我與芙蘭的風魔術擋掉。

儘管攻堅後遇到了一些還算強悍的戰士，但比起巴魯札或他的部下們，就跟小咖差不多。不，其實能力值還不差，但每一個跟芙蘭用劍比鬥，都撐不了幾回合。大概都是些用魔藥提升能力值，外強中乾的戰士吧。而且實戰經驗也不足，技能等級都很低。

這樣竟然還敢吹牛說比龍牙戰士團更強，聽了連笑都笑不出來。

芙蘭更是以為能跟強敵交手，還有點興致勃勃的說！結果盡是些小咖，打到一半就開始發脾氣了。

我費了好大的勁安撫她耶。

「好了，那就去解救菲利亞斯的兩位王族吧。」

「嗯。」

「沙路托閣下，請你走前面。」

「啊？為什麼是我……」

「騷動鬧得這麼大，王子他們不知道發生了什麼狀況，一定會有戒心。既然這樣，只要有你這位熟人走在前頭，就能避免冒冒失失地引發爭端。」

「可、可是……」

經過這段對話後，我們由沙路托帶頭開始前進，芙蘭與小漆緊跟其後。沒錯，小漆已經先召喚出來了，主要是利用牠外觀上的威嚇感來護衛賽麗梅爾。當然，卡拉、拜克還有神祕外套男也在，但是小心為上嘛。

我們在離宮中前進的腳步毫無遲疑，因為芙蘭早已用氣息察覺找出了王子與公主的所在位置，向沙路托指示了前進方向。

我們就這樣在離宮中前進，最後來到了一間幾乎位於本宮中心位置的大房間。

光看門扉就夠豪華的了，價格有點小貴的婚宴會場大門，或許就像是這種感覺。不過跟我完全無緣就是了！我在參加上司無聊到爆、只會讓人肩膀痠痛的婚宴時，有看過類似的大門。

「在這裡面。」

「這、這樣啊。」

「怎麼了？開門啊。」

「嗯，失禮了！」

沙路托用一種下定決心的表情打開門，我們看到要找的人就在裡面。

「沙路托！你都到哪裡去了！」

「我們找你找了很久喔！」

「呃不，這個……」

福特王子與薩蒂雅公主，看起來跟我們分開時並無二致。另外還有幾名隨侍。
「唔嗯，芙蘭，差不多是時候了。讓我們進入作戰的最後階段吧，妳可以吧？」
「嗯。」
米麗安一說出「事前決定好的」暗號，芙蘭迅速瞇起了眼睛。
然後，米麗安也對沙路托出聲說道：
「哦？沙路托閣下，請稍等一下，你背上黏到東西了。」
「背上嗎？」
「芙蘭，妳幫他拿掉。」
「好。」
就在沙路托一邊偏著頭，一邊老實地轉身背對芙蘭的瞬間……
「什……！芙蘭，妳做什麼！」
芙蘭冷不防地從背後架住沙路托，接著從他懷中抽出了某件物品。然後，她將從沙路托身上搶到的遠隔通話魔道具扔給了小漆。
「小漆。」
「嗷！」
小漆銜著那件魔道具，潛入了影子裡。果不其然，一進入影子裡，魔道具的魔力就感覺不到了。畢竟像我在小漆的影子完全封閉的狀態下，也進行不了心靈感應嘛。這下就算那件魔道具是隨時進行對話的類型，也派不上用場了。

「妳、妳這傢伙……！」

「你好像相當憤怒啊，沙路托閣下。不，也許我該稱你為叛徒？」

聽到米麗安這麼說，沙路托的臉孔抽搐了一下。

「叛徒？妳在說誰？」

「我在說你啊，沙路托閣下。」

「我、我聽不懂妳在說什麼……怎麼沒頭沒腦的講這種話？」

「都到這節骨眼上了，你還想狡辯？」

「我哪有在狡辯……真要說起來，妳是拿什麼為根據叫我叛徒？妳這可是在侮辱我們菲利亞斯王國喔。」

哦哦，居然搬出自己背叛的國家名稱當擋箭牌，還真是不顧面子了。

不過我們也是在最初潛入離宮時，才知道沙路托是叛徒。在那之前，我們一直深信他是自己人。

之所以能發現沙路托的背叛，也不是因為推理或看穿可疑之處等帥氣的理由，而是湊巧罷了。當時，從得知賽麗梅爾陣營當中有人背叛以來，我就一直在用謊言真理判別在場所有人的說話虛實。雖不知道叛徒是否待在潛入小組裡，總之先試試再說。

結果我偶然發現，沙路托說席里德背叛了大家，以及巴魯札說是席里德洩漏了情報，這兩番話都是謊話。

沙路托在後來的對話當中也是謊話連篇，無論是對捐軀的約斯所說的哀悼，或是說絕對要救出王子與公主的決心發言，全都是謊話。當我們在地下道逃亡之際，我讓芙蘭假裝閒聊試著刺探一下，結果發現沙路托是雷鐸斯王國的間諜，大概是為了某些目的而潛入菲利亞斯王國吧。

於是我在想，有沒有辦法可以反過來利用這點。因為我們很快就發現，沙路托身上藏有能與遠方他人通話的魔道具。

我想可以把假情報洩漏給蘇亞雷斯那邊的人，由我們這邊操縱他們的動向，結果好像進行得很順利。蘇亞雷斯等人聽信了沙路托洩漏的假情報，就這樣加強了王宮的守備。

至於米麗安，我們在逃離離宮的過程中，已經將沙路托的背叛告訴她了。我們做了點賭注，由我用心靈感應向米麗安搭話。當然，我沒有說我是劍。

那麼我自稱為什麼呢？我假裝我是小漆。唉——要故意講話不標準又打結實在超累的。

『我，小漆。芙蘭大人的，僕役。』

就像這種感覺。

當時我只告訴米麗安，其實沙路托背叛了大家，而且持有通話魔道具，所以不要提供他重要情報。

因為我覺得講得太詳細只會害她陷入混亂。

也許沒枉費我假裝講話不標準，米麗安似乎相信了我的說法。

因為當我們穿過地下通道回到貧民區時，米麗安找了各種理由，沒讓沙路托知道賽麗梅爾人在哪裡。不只如此，她還分配給沙路托一個窄小的房間，讓他接收不到情報。

至於我們看穿謊言的方法，我只跟米麗安說是靠技能。我告訴她這是非常特殊的技能，雖然不是隨時都能用，但剛才條件恰好湊齊了。米麗安又追問了一下，但我實在不能和盤托出。幸運的是由於隱瞞強力技能在這個世界屬於常識，所以我說不想講，米麗安也就沒有繼續追問了。

「明明能救到福特與薩蒂雅，你看起來卻一點都不高興，為什麼？」

「別說傻話了！我很高興！妳這是血口噴人……！」

「我們告訴沙路托的是假作戰，但不知道為什麼，蘇亞雷斯那邊得知了這項作戰，士兵好像都聚集到王宮去了，為什麼？」

「又、又不一定是我洩密的！」

被芙蘭這樣講，沙路托焦急地回嘴。

「可是，這件事只有賽麗梅爾、米麗安、我還有沙路托知道喔。」

「什……」

大概是終於知道自己被坑了吧。

沙路托氣得滿臉通紅。

然後，這次換成試著說動王子他們了。

「殿下，這些人似乎有所誤會，但其實席里德正是雷鐸斯王國的間諜！」

眼前忽然上演起推理漫畫當中逮捕犯人的那種情節，福特王子原本保持沉默沒插嘴，但聽到這句話似乎無法置若罔聞。

「席里德是間諜？你是這麼說的嗎，沙路托？」

「是的！沒錯！在下有證據！」

胡說，才沒有什麼證據。不過他大概堅信席里德已經死了，以為要假造多少證據都行吧。

「在下不懂芙蘭她們為何要指稱在下背叛……說不定是有什麼陰謀詭計，想離間在下與兩位殿下。切勿輕信這些人說的話！萬萬別上當！我知道了，他們跟雷鐸斯王國的間諜席里德必定是一夥的！」

他開始講出這種話來。

嘖，真是死不認罪。

但用不著芙蘭勸說，福特王子當場駁回了這套說詞。

「席里德不可能背叛我們。」

「啊……？您、您怎麼能肯定？那可是席里德喔。」

「沒錯，席里德是很囉唆，也有點太重視身分。但是，他絕對沒有背叛菲利亞斯王國以及我們王室。」

「為什麼？」

芙蘭反問滿懷自信的王子，因為他那態度已不只是信任，而是確信了。

「我無法詳細說明……就請你們當成神劍的加護吧。」

「只有王室成員能知道，席里德沒有背叛。」

「而且，我們這邊有確切的證據喔。」

芙蘭一這麼說完的瞬間……

「你就伏首認罪吧，沙路托。」

神祕男子脫掉外套。

「什……」

沙路托睜大雙眼，看著那個失去左手的男人。

他變得面無血色，顯示出其驚愕程度有多大。

「席、席里德！你還活著嗎！」

沒錯，穿著外套的男人，正是獨自脫逃出來的席里德。

據說他在被人帶下船後，與王子他們分別關在不同的地方。然而他說後來，自己險遭巴魯札所殺。即使如此，他勉強擠出力量跳海逃生，這才脫離了險境。我原本很佩服他在左臂被砍斷一半的狀態下落入冬天的海裡，竟然還能存活下來，不過想起剛才提到的神劍加護，也就恍然大悟了。大概是加護力量發揮了某種功效吧。

後來，席里德為了隱藏行蹤而逃到貧民區來，得到了我們的庇護。以時間點來說，就在我們從離宮逃回貧民區，請大家吃過飯後，芙蘭將我的作戰計畫解釋給賽麗梅爾她們聽的時候。

哎呀，當時感覺到熟悉的氣息時，真把我嚇了一跳呢。

席里德照常用趾高氣揚的態度，質問沙路托：

「你說誰背叛了？」

「就、就是你！你背叛了大家！」

「那麼，請你拿出證據來。」

「我、我沒帶來……」

「──」

「──」

大家的視線都刺在沙路托身上。

大概是理解到在場沒有人站在自己這一邊吧，原本視線還在左右游移，但很快就彷彿死了心般低下頭去。是領悟到自己無路可逃了嗎？

「沙路托，只要你乖乖認罪，我們會善待你的。」

等……薩蒂雅公主！妳這樣毫無防備地靠近他──！

「不准動。」

只見沙路托搖搖晃晃地踏出一步，然後順勢襲向了薩蒂雅公主。我就知道會這樣，只可惜來不及阻止……

沙路托不知何時已拔出了佩於腰際的小刀，我們正暗暗驚呼時，小刀已經抵住了薩蒂雅公主的頸子。

他全身冒出漆黑陰翳的魔力，是使用了闇騎士的固有技能──暗黑氣場。雖然生命力減少一半，但相對地臂力或敏捷都有大幅上升。

沒想到竟然能在一瞬間內使用，而且強化這麼多力量，真是讓我們措手不及。

「事已至此也無可奈何了！鬧劇就到此為止吧。」

「原來你真的是叛徒呀。」

「哼，沒錯，不過你們這些菲利亞斯的爛好人似乎沒察覺到就是了！喂，王子，把裡面的契約書拿出來。」

「這是道具袋嗎？」

沙路托把帶在腰際的皮袋扔給了福特王子。正如王子所說，可以感覺到魔力。

「還有奴隸項圈也一起拿出來，然後你在契約書上簽上自己的名字，再戴上項圈。」

「什……喂，沙路托閣下！休得胡來！」

「對這麼小的孩子做這種事，真是太過分了。」

米麗安與賽麗梅爾異口同聲地喊道，但沙路托不予理會。

「吵死了！閉嘴！王子，快點動手！就算我不殺她，也可以讓她吃點苦頭喔。信不信我刺瞎她的眼睛？」

沙路托把小刀從頸子上拿開，移到薩蒂雅的眼珠前方。

小刀那樣緊貼著薩蒂雅，讓我無法輕舉妄動。就算想用念動力彈開，只要稍稍錯估一點距離，都會害薩蒂雅受重傷。

「——我知道了。」

王子靜靜地點頭後，把自己的名字簽在契約書上。然後他毫不猶豫地，將奴隸項圈戴到自己的脖子上。

一位高貴優雅的金髮美少年，脖子上緊緊套著又粗又大的項圈。假如讓性癖好有些特殊的各位大姊姊看到，搞不好會高興到噴鼻血呢。不過我完全沒有那方面的興趣，看了只覺得心疼就是了。

「哥哥……」
看到自己害得哥哥變成奴隸，薩蒂雅的眼中逐漸堆滿了眼淚。
「這樣你滿意了吧？」
「先把那份契約書拿來給我。」
「拿去，把薩蒂雅放了。」
然而，沙路托將契約書收進懷裡後，竟然笑著不把福特的話當一回事。
「呼哈哈哈！我才不要呢！」
「這跟說好的不一樣吧。」
「誰理你啊！真要說起來，我現在得到了這麼強大的力量，憑什麼得聽你們的？」
強大的力量？芙蘭似乎也大惑不解，偏了偏頭。
福特王子似乎接受過王族必修的戰鬥教育，以這個年齡的孩子來說算很強了。話雖如此，畢竟還是年僅十三歲的少年，能力值比成年男性低，技能也只比一般士兵強一點點。
我是覺得即使拿這個王子當奴隸，也稱不上獲得了力量。
「沒錯，就是力量！喂，福特，把薩蒂雅與我以外的人全殺了！」
但沙路托卻充滿自信地命令福特。
『芙蘭，不知道會發生什麼事情，不要大意了。』
（嗯！）
芙蘭眼睛不眨一下，沉下腰以備隨時展開行動。然後她一面讓賽麗梅爾躲在背後，一面瞪著福特與沙路托，手已經搭在我的劍柄上。

「你們或許不知道，其實菲利亞斯的王族身懷神劍加護，也就是具有能夠役使惡魔的能力！雖然是一種難以對付的能力，但只要抓來當奴隸，這份力量就是屬於我的了！呼哈哈哈哈！」

「……」

原來是說菲利亞斯的神劍力量啊！記得剛才是說具有役使惡魔的力量，但沒想到王族竟然不用持有神劍，就具有操縱惡魔的能力！

這下真的慘了，難道只能斬殺福特王子了嗎？不，芙蘭絕不會願意那樣做。

『芙蘭，等惡魔一出現的瞬間，就用最大火力先發制人！』

（知道了。）

『不知道會從哪裡出現……！』

（嗯！）

「……」

「…………」

「……你在做什麼？喂，我叫你把這些人都殺了！」

「薩蒂雅，已經夠了。看來這個男的，不值得我們施予更大的恩情。」

「這樣呀……太遺憾了。」

「為什麼不聽我的命令！契約書上明明簽了福特的名字！你應該已經變成我的奴隸了啊！」

「正如你所說的，我們菲利亞斯王族擁有神劍的加護，也就是惡魔的守護。而這種力量會自動預防對王族的危害，主動排除造成危害的元凶。」

「那、那又怎麼樣！」

「你以為你為什麼沒遭到排除？因為你的所作所為，並未被寄宿於我等身上的守護惡魔認作是危害。換言之奴隸項圈對於擁有神劍加護的我而言，本來就與鐵製項鍊無異。因此我也不用接收你的命令。」

「你、你說什麼……那麼你在達斯怎麼會被抓住！難道你只是當好玩嗎！」

對耶，福特在達斯有被人戴上了奴隸項圈。不過他說那只是做做樣子，並沒有受到契約的束縛。

「那是因為企圖抓住我們的那些男人，說過他們還抓到了其他小孩。所以我們只是故意假裝被抓住，以試著救出孩子們罷了。」

「想不到神劍的加護，竟然具有這麼大的力量……原來不只是能夠役使惡魔嗎……」

「不過由於有芙蘭前來搭救，所以不需要用到惡魔的力量就是了。我懂了，原來那是你唆使的嗎？真是辛苦你白費一番工夫了呢。」

聽完福特這樣說，沙路托怒不可遏地吼叫出聲：

「可惡啊啊啊！」

然後，他將小刀捅進薩蒂雅公主的眼裡。

但是，就在那一瞬間。

一種淡光薄膜般的物體出現，擋下了小刀。就在眼珠的幾公釐前方，小刀的刀尖當場停了下來。沙路托瞋目切齒地加重握住小刀的力道，然而小刀終究沒能刺穿那道淡光薄膜。

這就是惡魔的力量嗎？

豈止如此，薩蒂雅的正後方還湧出一種黑色煙霧似的物體，彈飛了沙路托。

很好，公主與沙路托分開了！

『芙蘭、小漆！就趁現在！』

「嗯！」

沙路托全副注意力都放在薩蒂雅身上，芙蘭沒錯過這個破綻，急奔而出。

「喝啊啊！」

「該死！看妳這臭丫頭幹的好事！」

沙路托的右腳遭到芙蘭砍飛，接著我又用念動力彈開了掛在沙路托腰際的劍。這下應該奪走他的戰鬥能力了。

然而，芙蘭沒對沙路托乘勝追擊，而是抱住了薩蒂雅。

黑色煙霧不見了，也許是判斷危機已經化解，就退下了吧。

「薩蒂雅，妳還好嗎？」

「芙蘭小姐……謝謝妳，我沒事。」

「嗯，真的？」

「呵呵，對不起，其實不是很好。」

薩蒂雅說著，將視線投向了沙路托。

她可是遭到長年擔任護衛陪在身邊，而且信賴有加的人背叛，還險些遭到殺害。換作是一般人，不可能不感到悲傷。

薩蒂雅公主顫抖著肩膀，雙眼含淚。芙蘭溫柔地擁抱著她，然後輕輕拍她的背。

「……謝謝……妳……」

「嗯。」

其間，沙路托已經遭到米麗安等人拿下了。他原本就因為使用暗黑氣場而使得生命力減少，又被芙蘭砍斷了腳，如今已經奄奄一息。但米麗安將藥水潑在沙路托身上，大概是用低階藥水只讓傷口癒合，以免他斷氣吧。

「席里德，薩蒂雅就拜託你了。」

「好。萬分感謝妳在此事上的幫助。」

席里德對芙蘭低頭道謝。我們跟席里德相處了一段短暫的時間，發現他絕不是個壞人。只是因為太重視王室或國家的權勢與威望，才會過度介意身分或體面問題，也可以說他是在意世人的眼光。而且還不是自己愛慕虛榮，而是怕王室丟了面子。

他對芙蘭或孩子們表現的態度，以尊重血統的王室侍從來說都是合情合理。應該說既然王子他們不怎麼注重這方面的問題，席里德就更必須維持趾高氣揚的態度。他是藉由扮黑臉的方式，以維護王室的威嚴。簡單來說就是代替大而化之的王子他們威嚇旁人，突顯出他們崇高的身分地位。不過好吧，其實他本身也是那種個性就是了。即使如此，其中也的確包含了幾分演技。

「嗯。」

再來就是跟沙路托聊天的時間了。

雖說是個叛徒，但終究是長年以來寄予深厚信賴的對象。我們不想讓薩蒂雅看到這樣一個人受折磨的模樣，席里德似乎也明白，一邊安慰著薩蒂雅，一邊將她帶到別的房間去了。

至於福特——好吧，應該沒關係。畢竟他是王子，又是男生，就當成是學個經驗好了。最重要的是，他本人也說想留下來。

真要說起來，他那眼神夠凶的，讓人實在不敢叫他去別的房間。

「好了，沙路托，我有很多事情想問你。看在至今共度的歲月份上，只要你老實開口，我不會要你的命。」

「……殺了我！」

到目前為止都跟我猜的一樣，那就看看接下來沙路托能撐多久吧。

我本來是這麼想的……

「噫嘰咿咿咿！勞、勞了偶吧～～！」

才過了大約十分鐘，竟然就開始求饒了。

不過，不能夠說他沒骨氣，是福特王子下手太狠了。

那種種駭人的拷問招數，狠到讓人連講出口都有所顧忌。

我看到一半都摀住芙蘭的眼睛與耳朵了。用劍刺人再用回復魔法治好，根本稱不上什麼殘酷。

提示：指甲、眼球與針，以及惡魔的疼痛增幅力量。

該怎麼說呢，我彷彿感覺到歷史悠久國家的部分黑暗面了。

「哦哦～～」

妳在佩服個什麼勁啊，芙蘭！不可以喔！絕對不可以拿那個當模範喔！芙蘭要是變成那樣，我可是會哭的喔！

當我在跟芙蘭講解人性的善良時，王子殿下已幾乎問出了所有情報。

「原來如此，從那麼久之前就……」

沙路托好像早在十多年前就已經潛入了菲利亞斯王國，而且就只為了將王族抓為奴隸，並奪走神劍。為此，除了定期向雷鐸斯土國報告狀況之外，他都是作為一名護衛騎士認真效力，慢慢深入菲利亞斯的權力中樞。令人驚訝的是，他好像還不只一兩次逮到來自外國的間諜。

還真有耐心啊，不過，這大概就表示神劍有這麼大的價值吧。

由於將王子與公主當成奴隸，從達斯送往雷鐸斯的計畫失敗，迫使沙路托不得不改變計畫。後來入侵飯店的暗殺者，其實是沙路托僱用的。只是當時的目的並非暗殺，而是本來就打算讓他落網。據說是準備當成人證，到最後用來將各種地下工作或背叛的罪名冠在席里德身上。

總而言之，沙路托在達斯失敗後，重新擬定在巴博拉誘拐王子與公主的計畫。然而，由於碰上中土巨蛇與暴風雨，使得這項計畫再次停頓。沙路托運氣真的很差耶。

不過，真佩服他這樣還不肯放棄，頑強程度跟蟑螂有得比。

對沙路托來說，最大的危機似乎發生在碰上海盜的時候。縱然王子與公主能役使惡魔，要是連同整艘船一起沉入大海，恐怕也別想活命。畢竟沙路托的目的終究只是活捉王子與公主當成奴隸，並帶往雷鐸斯王國。而且，他們也不能成為海盜的俘虜。一旦落入海盜手裡，贖金談判到最後就是把人強制送回菲利亞斯，而且短期間內別想再出國。這種情況也得盡量避免。

不過沙路托想到一個方法，可以化危機為轉機。那就是王子、公主與自己坐上逃生艇逃走，席里德等礙事的傢伙則跟海盜船同歸於盡。這項計畫最後也因為芙蘭抓住了海盜而以失敗告終，不過這樣聽來，我們好像不知不覺中一直在壞沙路托的事。

後來種種意外事故一再發生，船就這樣遭到錫德蘭軍艦捉拿住了。

這時同樣身為雷鐸斯人，階級遠高於沙路托的嘉路迪與他取得了聯絡。事實上沙路托在這時候，似乎還不知道雷鐸斯已經開始染指於錫德蘭海國了。他為了將蘇亞雷斯等人完全拉攏到雷鐸斯王國這一邊，提議不如在錫德蘭海國的協力下，欺騙福特王子等人，將他們送往雷鐸斯王國。說穿了，就是要拉蘇亞雷斯等人入夥。最初提出這個點子的人似乎是德懷特。

德懷特一看到福特王子等人時，好像立刻就擬定了這項計畫。由於德懷特早已在販賣奴隸方面嘗盡了甜頭，因此很希望雷鐸斯與錫德蘭能暫時和睦相處。

這項計畫由於錫德蘭的聯絡窗口是嘉路迪，乍看之下沙路托的功勞好像會減少，不如說等於是被嘉路迪搶走了功勞。但關於這點，沙路托似乎一點也不介意。他說只要最終能為雷鐸斯王國帶來利益就好，不計較個人的榮辱得失。

儘管是個惡劣到極點的內賊，不過對雷鐸斯王國的忠誠卻似乎是真心的，雖然也有可能是遭到洗腦就是了。只可惜即使抱持著這份忠誠心，還是撐不過福特王子的特別拷問菜單。

「福特，你沒事吧？」

「嗯？我很好。」

「嗯，辛苦你了。」

「我是菲利亞斯的王子，不能為了這點小事而氣餒。」

「……加油。」

「呵呵，謝謝。」

福特王子低聲說完，略顯寂寞地笑了。也是啦，福特王子對於沙路托的背叛，也不可能完全無動於衷。他現在應該只是在逞強吧。

想不到芙蘭竟然已經成長到能理解這種內心的細微變化……

自從遇見福特王子等人以來，總覺得芙蘭好像有了大幅成長。我指的不是戰鬥力或等級，而是人格層面。

雖說變強的確也很重要，但以我來說，她在這方面有所成長會讓我更欣慰。

「芙蘭、福特閣下，關於接下來的計畫，我想問問兩位的意見。」

後來，芙蘭他們暫且將沙路托交給卡拉等人，大家討論起今後的問題。

雖然救出了福特王子等人，但狀況已經發展到不是這樣就能圓滿結束了。

為了揭竿起義的民眾，必須找出一個妥協點。不，與其說是妥協點，不如說為了拯救人民，只剩誅討國王這條路了。

因為就算這時候停止叛亂，國王也絕不會饒過參與叛亂的人。

「我們也願意幫忙。遭人這樣欺騙如果還善罷甘休，將會是菲利亞斯的國恥。」

「太感謝了，有了你們兩位能役使惡魔的力量，不啻於如虎添翼。」

「不，你們抱持太大期待，會讓我們有點困擾。我與薩蒂雅是能夠借助惡魔的力量，但使用範圍受到極大限制，而且並非能夠無限使用。光憑我倆的力量，恐怕很難取下國王的首級。」

「是這樣啊……」

王宮裡的士兵們仍然是最大難關。

只要有他們在，國王的防備將會固若金湯。

大家正在思考有沒有好辦法時，芙蘭緩慢地開口了：

「吶，是不是可以使用從沙路托身上搶來的遠隔通話魔道具？」

然後，芙蘭開始說出作戰計畫。原來如此，或許的確可行。

我們再度向沙路托逼問如何使用，他說這道具並非能夠隨時進行通話，而是必須注入魔力，才能在短短幾十秒之間，與持有成對魔道具的對象交談。而且有效範圍只有大約十公里，似乎不是多麼萬能的道具。

芙蘭他們針對下一項作戰計畫，進行綿密的討論。

於是一行人終於再次開始往王宮進軍。當然是由賽麗梅爾與米麗安走在前頭，率領民眾從離宮出擊。

「目標是守備變得薄弱的軍港！請大家助我們一臂之力！」

「「「唔哦哦喔喔喔喔！」」」

『嘉路迪閣下，聽得見嗎？在下是沙路托。』

「喔喔，沙路托！究竟發生了什麼狀況！那幫人根本沒來王宮啊！蘇亞雷斯國王可是大為震怒啊！」

『非常抱歉，似乎是因為軍勢過度擴大，使得賽麗梅爾等人的命令沒能傳達到全軍上下。為、為此她們決定變更作戰計畫，直接前往離宮。』

「可惡！居然為了這種理由變更重要的作戰計畫？看來終究不過是空有人數的烏合之眾。」

『是、是的。接著在下有事報告。那幫人帶著救出的菲利亞斯之人，正在前往軍港。她們說要指揮全軍攻下軍港，接收船艦後直接逃往國外。』

「什麼！此話當真！」

『她、她們說過除了自己搭乘的船艦之外一律燒掉。然、然後好像是打算逃亡到菲利亞斯王國。』

「知道了！我立即向蘇亞雷斯國王稟報！辛苦你了！」

這段對話發生在半小時前。

嘉路迪大概是真的太焦急了，連沙路托有時聲音在顫抖都沒發現。

我們從沙路托背後對他施加壓力，以免他說出一些多餘的話，但他完全沒有那種舉動。看來他是真的很不想再接受福特王子的拷問。

最後我們把沙路托綁起來，交給席里德之後再出發。當然，米麗安也派了幾名部下盯著他，想必不會有問題。

「好了，再來只希望蘇亞雷斯他們派王宮士兵前往軍港就好了。」

「我想不要緊的，對他們而言，軍港應該是重要的據點，而且別的不說，為了維持國力，只有軍艦他們一定不希望被燒燬。」

「哎，說的也是。」

「況且如果他繼續讓人鎮守王宮，那也無妨。屆時我們只要真的占領軍港就行了。」

當米麗安與福特王子討論這些事情時，一旁的芙蘭正在跟薩蒂雅交談。

就是閒聊些無關緊要的事，例如肚子餓不餓之類。

大概是看薩蒂雅神色憂愁，在顧慮她的心情吧。

不過聽到離宮的餐點豪華得嚇人時，芙蘭顯得非常羨慕，而且反而被薩蒂雅安慰了。

喂喂，本末倒置了吧。

不過薩蒂雅似乎因此而忘掉了悲傷，所以或許也不錯？

講著講著，王宮已經近在眼前了。

我們此時離開了軍隊，正在悄悄往王宮前進。

之後我們打算先確認士兵已從王宮前往軍港，再偷偷溜進王宮。

不過作為第一階段，必須先減少士兵的人數——

「奇怪，門開了。」

往芙蘭手指的方向一看，王宮大門的確是開的。然後，可以看到一群士兵從那裡泉湧而出。

看來如同我們的想法，他們正急著出兵去鎮守軍港。王宮原本應該有大約五千名士兵，但看樣子幾乎都被調遣過去了。畢竟為了對抗民眾，人數必須夠多。

假如蘇亞雷斯也在那當中，作戰就失敗了，不知情況如何？

芙蘭一問之下，得知現在這支軍隊裡似乎沒看到蘇亞雷斯的身影。

「因為王兄的氣派鎧甲，遠遠看上去就很顯眼了。」

「而且他還讓近衛兵也穿上品味低俗的金閃閃鎧甲，只要有那些人在，不管多遠都不可能看漏。」

「嗯，那就好。」

只需按照原先的預定計畫溜進王宮，收下他的首級就成了。

一般來說，想溜進王宮是有勇無謀的行為，但我們這邊可是有兩位王族。她們都很熟悉密道或避難用隱藏房間的位置，想不為人知地溜進去絕非不可能。

「那麼，我們走吧，取下蠢王兄的首級！」

「嗯。」

「說得是，我們走吧。」

「我們也會盡棉薄之力。」

「哥哥說得對。」

我現在才發現，這個隊伍的王族比例還真夠高的。除了芙蘭、卡拉與拜克之外，其餘四人全都是王族。超過半數也太誇張了吧。

「這邊有緊急逃生用的通道，走這條路，可以進入相當深的位置。」

「如此重要的情報，告訴我們這些外國人無妨嗎？」

「沒關係，因為現在不是拘泥這種小事的時候。我們動作越慢，就會有越多人民傷亡。」

「失禮了，對於您高尚的心靈，我只能說欽佩不已。」

米麗安操縱牆壁機關，似乎找到了逃生用的通道。她用力按下牆上的石塊，旁邊就出現了一條小通道。

我們由米麗安帶頭前進，來到一座大廳的門前。這個房間鋪有紅毯，掛著奢華的水晶吊燈，氣勢頗為威嚴。聽說這個地方已經離王宮中心地帶很近了。

「在這前方有謁見休息室，再往前走過走廊就是王座廳了。」

「我們走吧，王兄必定會待在王座上。」

「因為那個男人的自我表現欲比別人強上一倍，絕對會待在那裡。」

的確，從前方的寬敞房間當中傳出了幾人的氣息。但是在謁見休息室，或是鄰近王座廳的走廊上也有少數人的氣息，而且我對其中之一有印象。

這或許就跟離宮那時候一樣，是採用了只留下少數精銳當護衛的方式。

果不其然，米麗安等人闖進了謁見休息室，表情嚴峻地瞪著房裡的男人。

「巴魯札。」

「哦，妳記住我的名字了？真是我的榮幸。」

聽到芙蘭的低喃，黑牙巴魯札用一點也不引以為榮的口氣回答。

沒錯，待在房間裡的，正是錫德蘭海國當中最強的男人。
「這裡由我來，你們大家先走。」
我也覺得這樣最好。聽說福特與薩蒂雅的加護，今天已經用不了太久了。感覺真的就像是最後手段。
既然這樣，與其依賴孤注一擲的力量，不如由芙蘭拿出全副力量攔下敵人，造成的損害比較少。
『小漆，你去保護賽麗梅爾他們。』
（嗷！）
「……但是……」
米麗安似乎猶豫不決，不過賽麗梅爾比她先做出了決斷。
「我明白了。各位，我們走吧。」
「可、可是！對手可是巴魯札啊！」
「米麗安，妳打算踐踏戰士的覺悟嗎？」
「……我明白了。抱歉，芙蘭，我不夠相信妳。」
「沒關係。」
「不，不行。等妳回來，我請妳吃好吃的，是我很愛吃的東西。所以妳要活下來，我們之後再見。」
「什麼好吃的？」

「到時候妳就知道了。」

「嗯！一定讓妳請我！」

在講這些話的當下，我仍然將注意力放在巴魯札身上，不過他似乎根本沒打算主動出手。

「有幹勁了嗎？」

豈止如此，還一臉認真地問芙蘭這種問題。

「嗯。」

「原來如此，那很好。」

而且完全沒有要阻止賽麗梅爾等人前往後面走廊的樣子。

這樣好嗎？芙蘭似乎也對他這種態度起了疑心。

「你無所謂嗎？」

「妳不是想讓他們過去嗎？」

「嗯。」

「那妳又何必擔心我怎麼想？」

「嗯？好像的確是這樣？」

「呵呵，真要說起來，我之所以協助蘇亞雷斯，是因為期望有機會跟更強的傢伙交手。我早就認為總有一天，會有個強者像這樣來取蘇亞雷斯的性命了。」

原來這傢伙也是個戰鬥狂啊，就是只要能跟高手比鬥，其他事情一律不管的類型。

芙蘭也有一些類似的地方，所以我很了解。

這種人都是想跟全力以赴的對手比鬥。

所以他沒有發動奇襲，為了斬斷芙蘭的後顧之憂，還爽快地放賽麗梅爾等人通行。

一切全是為了讓芙蘭專心與自己交手。

但是，我不會感謝他。

因為到頭來，一切都是巴魯札為了滿足自身的戰鬥欲望才這麼做的。

「好了，這下就沒人礙事了，盡情殺個你死我活吧。」

「嗯！」

於是，激烈的戰鬥開始了。

起初是一陣刀光劍影。

「喝啊啊！」

「哈哈哈！有一套！」

雙方都在揮出一擊必殺的鋒刃，刀劍卻都傷不到對方。

激烈的劍戟聲響徹整個房間，每當金鐵交鳴，總有華貴的日常用品或家具類等物品遭到破壞，碎片四處飛散。

短短的時間內，房裡已是一片不忍卒睹的慘狀。

好似被龍捲風颳過一樣。

儘管如此，芙蘭與巴魯札卻幾乎毫髮無傷。

就只有臉頰等處留下些微擦傷罷了。

而且這些傷口還不是雙方攻擊直接造成的，而是飛散的木片等物體擦到留下的傷。實質上傷害等於零。

論劍術技能是芙蘭為上，論經驗與熟練是巴魯札為上。

結果，兩方陷入了膠著狀態。

「嘿咿呀啊啊啊！」

「呼哈哈！」

巴魯札這人好像只要情緒亢奮起來就會發笑。

不是當初遇到時的那種陰冷笑意，而是持續發出讓人毛骨悚然的大聲狂笑。

而兩人的廝殺變得越來越激烈。

但這場戰鬥，漸漸變得由芙蘭占上風。

是躲避攻擊時的些微差距，帶來了這種結果。

儘管芙蘭與巴魯札都是飆到最高速度進行刀劍相搏，但受到的傷害恐怕是芙蘭較大。

她開始被巴魯札的刀鋒割傷，造成了一些小傷口。

但巴魯札卻躲掉了芙蘭的所有劍擊。不對，是被迫閃躲。

其實芙蘭會稍微被巴魯札的攻擊砍中，是她故意的。

她適度閃躲避開致命傷，反過來予以還擊。傷口有我瞬時用恢復術治好，所以完全不成問題。

而巴魯札只能躲開芙蘭的攻擊，他是在戒備以前我讓他吃過一次的魔毒牙。因為面對實力如此不相上下的對手，光是中一次毒就會讓戰況倒向另一方。
然而，姿勢不正地左閃右躲到最後，芙蘭的攻擊逐漸讓他招架不住了。
「哼哈哈哈！」
大聲狂笑還是沒停就是了。
不過，他似乎也不免感到局勢不妙。
意想不到的是，巴魯札竟然把手裡握著的劍扔向芙蘭，接著後退拉開了距離。
由於我們沒能預測到這個舉動，因此只能勉強把劍彈開。
可是他把武器丟掉，是想做什麼？
才在這麼想，就看到巴魯札從腰際的道具袋拔出了另一把劍。
原來如此，像那樣放在道具袋裡，就不會被鑑定發現了啊。

名稱：魔劍．吸魂者
攻擊力：900　保有魔力：300　耐久值：300
魔力傳導率：A-
技能：吸收接觸者的力量，強化自身能力

看來藉由吸收他人力量的方式，可以強化魔劍本身的能力，而不是巴魯札。
這能力真有意思，似乎跟我有點像？

「這是據說由神級鍛造師的門徒所打造的一流魔劍，用這把劍就能與妳的劍搏鬥了！哈哈！來個第二回合吧！」

巴魯札舉起魔劍，再次揮劍砍來。

於是，激烈的搏命相鬥再度展開。

「尤里烏斯叔父大人、格拉迪歐，蘇亞雷斯王兄人在何處？」

「這個嘛，誰知道呢？不過話說回來，這可真是嚇了我一跳呢。沒想到您只帶著少數幾位友人就敢闖進王宮，真是有膽量啊。」

「因為我有很多可靠的同伴。你們各位大勢已去，能不能請你們拱手投降呢？」

「這就怪了，我不懂您說大勢已去是什麼意思？只要在這裡取下兩位的首級，事情就一切如常了。您總不會把希望寄託在那些叛軍身上吧？區區烏合之眾，只會被士兵驅散就結束了。兩位會喪命，那些不自量力的叛國賊則會被處死。瞧，什麼都不會改變。」

「並不是只有你們幾位擁有遠隔通話的手段喲。據說菲利亞斯王國的福特王子，也具有類似的力量。王子聯絡過菲利亞斯國內了，對方大為震怒，立刻保證會協助我們。還有就我所知，人在現場的克蘭澤爾大臣也給了我們承諾。」

「妳……妳說什麼！妳、妳為了成功推翻國王，竟然企圖借助他國的力量嗎！妳這是賣國行為！」

「你們各位沒有資格指責我，這比受到雷鐸斯王國支配要好上太多了。我已經跟菲利亞斯王國與克蘭澤爾王國談妥了，作為提供戰力的回報，我將會把當今國王不當提高的關稅恢復到先王時代的稅率。」

「……妳這無恥的女人！反正無論如何，只要在這裡取下妳的首級，怎樣都有辦法解決！」

「您就試試看吧。」

「狗屁！妳這種在王宮深處養尊處優的女人，別以為能戰勝貴為將軍的我！」

「我也是王室成員之一，任何事情由我親手做了斷。」

「瞧父親與賽麗梅爾聊得那麼起勁，我們要不要也來講講話？」

「哼，閉嘴吧，格拉迪歐，我跟你沒話好說。」

「怎麼講得這麼絕情呢？」

「我叫你閉嘴了。你一張開嘴，我的耳朵與鼻子就要爛了。」

「……喂，講話給我小心點，小娘兒們。妳想再被我上一次嗎？」

「可以請你少講幾句鬼話嗎？你說誰上過誰了？說錯了吧，應該是你想侵犯你所謂的小娘兒們，結果卵蛋被踢爆，哭著逃走才對吧。當時的你實在是太可悲了。」

「少囉嗦！妳這種娘兒們，要不是父親命令我，我才不屑碰呢！妳等著吧，我要把妳凌虐至死！我早就想把妳活活打死了！」

「我也是，當我知道本來應該賜給我的水龍艦給了你的時候，你能體會我的心情嗎？我不知道有多少次後悔當時不該只是讓你絕子絕孫，應該直接要了你的命！」

「我是靠實力！真要說的話，把水龍艦給妳這種小娘兒們才叫奇怪。妳這種人要不是繼承到了王室血統，不就是個大個子的木頭人偶罷了！」

「你這傢伙才是，要不是憑仗著父親的權力，根本只是個強暴犯！夠了！我用實力來讓你知道誰比較了不起！」

「這是我要說的！米麗安！」

「——風箭術！」

「哈哈——！」

『鼓風術！』

「沒用的！」

芙蘭與巴魯札的搏鬥，演變成了遠近交織的戰鬥。

由於在王宮內不能用火，所以我們主要使用的是風魔術，但都被那傢伙的魔劍吸收掉了。

而且還反過來射出吸收的魔力攻擊我們。

勢均力敵的戰鬥依然繼續進行。

然而，突如其來間，雙方的力量對比失衡了。

意想不到地，狀況突然發生了。

「呃呼！」

「呼哈哈哈！怎麼啦怎麼啦！」

『發生什麼事了！』

先是忽然看到那傢伙的劍消失了，下個瞬間，芙蘭的肩頭就被砍裂了。

不，我知道發生了什麼事。是巴魯札用快到讓我們無法看穿的神速使出劍擊，砍傷了芙蘭的肩膀。

『——恢復術！』

「喀哈哈哈！」

「嗚啊！」

『——恢復術！先拉開距離再說！』

「別想逃！」

「唔！」

是巴魯札持有的固有技能——閃劍！正如其名，這是能夠施放出超高速斬擊的技能。但由於消耗量大，因此應該無法連續發動才對，比較像是一決勝負時使用的必殺技。

然而，此時的巴魯札卻採用在劍鬥之間交織閃劍的方式，已經使出了五次。

『是那把魔劍吧。』

恐怕是巴魯札能夠抽取他的魔劍「吸魂者」吸收的魔力並加以使用。魔劍成了他的魔力儲存槽。

連這種地方都像我啊！

「妳的魔劍似乎具有相當強大的力量啊！每當吸魂者與妳那把劍相擊時，我都能感覺到驚人的魔力流進我的劍上！」

是我害的嗎！對耶，難怪覺得魔力怎麼消耗得這麼快，沒想到從我身上也能吸收力量！

「嘶！」

「這招我已經看過啦！怎麼啦！動作越來越遲鈍嘍！」

「喝啊啊！」

「太天真了！」

糟了，芙蘭的動作的確一點一點變遲鈍了。而且，巴魯札也開始看穿芙蘭的攻擊模式了。在這方面上，經驗差距會造成特別明顯的影響。

越是以刀劍相搏就會被吸收越多力量，劍法又是對方略勝一籌。魔術只會白白送力量給魔劍，而吸收的力量又會讓戰局進一步倒向巴魯札。

『時間拖得越久，戰況就會對他越有利！』

（嗯……）

這下該怎麼辦呢……

我正在思考下一招時，忽然間，我感覺到自己的內側湧起了一股力量。
『奇怪？這是啥啊？』
我什麼都沒做。
但我卻看到有股漆黑魔力開始從刀身內側湧升。
這股力量似乎在迅速增加能量。
黑暗、混濁的魔力變得能以肉眼辨識，以駭人氣勢自刀身迸發。
『咦，等……這啥啊？怎麼搞的啊！』
（師父？）
『不，不是我！我什麼都沒做啊！』
「這是什麼招數……！」
巴魯札也拉開距離，提高警戒。
現在到底是什麼狀況？
假如這是我憑自己的意志引發的現象，我會歡呼「我超強的！」，但在不受我控制的狀況下釋放出這麼駭人的力量，只會把我嚇得魂飛魄散。
這跟之前在浮游島上不知不覺間發揮的藍光效果又有所不同，那道光是往好方向強化我與芙蘭兩邊的力量。那時我或芙蘭都沒有刻意使用那種力量，而且只顧著戰鬥而完全沒察覺，是後來讓恩他們告訴我們才發現的。
此時從我刀身迸發的黑色魔力，也一樣不是我們刻意發動的。只是這次的力量，很明顯地散發出不祥的氛圍。

如果擺著不管，是不是會導致嚴重後果？

真要說起來，我連這股壓倒性的力量來自何處都不知道。

（你還好嗎？師父！）

『芙蘭，妳暫時——』

我原本想說「妳暫時放開我，離遠點」，但世界忽然靜止了。芙蘭與巴魯札都停止了動作。不，他們並非完全停住，其實是每次只動個幾公釐。與其說是靜止，似乎是我的時間受到拉長，只有思維加快了速度。雖然跟使用時空魔術進行加速的狀態有點像，但現在這樣的效果更強。

『完全搞不懂是什麼狀況！』

就在我一邊看著自己的刀身湧升出漆黑魔力，一邊試著摸清狀況時，我忽然聽見了某人的聲音。

『嗨，好久不見了呢！』

『這個聲音是……』

是我初次來到這個世界時聽到的那個聲音，在我使用潛在能力解放時也說過話。

『雖然多虧月宴祭將近而多少恢復了點力量，但還是只能進行大約三分鐘的對話！時間寶貴！總之先聽我說！』

從他的聲音，可以聽出極度焦急的情緒。看來是真的發生了某種緊急狀況，我決定先聽他怎麼說。

『我、我知道了。』

『緊急情況發生了，現在，你體內的一個重要封印正在急速變弱！』

『你說封印……我體內封印了什麼東西嗎？』

『類似啦！總之，這個封印平常應該是不可能解開的！但由於上次潛在能力解放造成的影響，使得那傢伙的力量減弱了！』

那傢伙？他是說播報員小姐嗎？

『結果導致封印綻開了些微空隙！而封印就從這個空隙開始變弱！我想原因應該出在你們交手的敵人持有的魔劍！』

原來如此，因為力量遭到吸收了，所以連那個什麼封印的力量也被吸收了吧。

『好吧，變成這樣的原因現在就別管了。總之，我們得設法解決即將溢出的力量，否則將會開始失控！』

『失、失控？』

『對，這整座王宮都會被炸飛。』

『這……這可就慘了！』

『我知道，所以必須發洩這股力量！』

『我、我該怎麼做？』

『你暫時把劍的主導權交給我！』

『就像潛在能力解放的時候，把主導權交給播報員小姐那樣？』

『對！不用太久！』

『知、知道了，拜託你了！』

『沒問題的啦！』

於是，時間恢復了正常流動。

『芙蘭，聽我說！』

（嗯？你是誰？你不是師父！而且師父身上傳來好強的魔力！）

『我就像是師父的朋友啦！發生了一點嚴重的狀況，所以我暫且從師父體內跟妳說話！』

（？）

『之後再讓師父跟妳解釋！沒時間了！』

呃不，你這樣全丟給我，我也沒自信能解釋清楚啊！

『總之，我現在要施放一記超大攻擊。妳全力張開障壁，不要被攻擊波及了！』

（好。）

『很好，乖孩子！那麼，我要開始了！』

就在神祕聲音這麼說完的瞬間。

我的狼形雕飾微微蠢動起來，接著有某種物體從這個部分拖拉著身體爬出。它就這樣纏繞在刀身上，然後抬起蛇一般的頭部，傲視著巴魯札。

那是個具有能夠生吞一個人的巨大野狼頭部，烏漆墨黑的某種東西。而現在的我，呈現被這漆黑不明物體纏捲刀身的異樣外觀。

「那、那是什麼東西……？好驚人的魔力啊！是妳的殺手鐧嗎！呼、呼哈哈！」

巴魯札臉孔發僵，笑得很不自然。

不過這也無可厚非。

巴魯札沒有魔力感知的能力，但氣息察覺的能力優秀。

此時的我正在散發出驚人的氣息。這種壓倒性的存在感，甚至可與解放了力量的巫妖匹敵。

人類不可能對抗得了這份力量，不如說他還能站著就已經值得稱讚了。

『咕嚕哦哦哦喔喔喔喔哦喔喔喔喔！』

漆黑魔狼一聲咆哮之後，張開了牠那血盆大口。

然後，漆黑閃光從牠的口中溢滿而出。

看起來就像是黑色光線，閃光照遍了整個房間。

我看到黑色光束擦到了巴魯札，他一用魔劍防禦光束的瞬間，身體就像乒乓球一樣彈向後方，背部撞上牆壁。衝擊力道大到巴魯札的身體，陷進了王宮理應相當堅固的牆壁裡去。

濃黑光束就這樣一路打穿王宮的牆壁，消失在遠方。

駭人力量的奔流，幾乎摧毀了整個房間。要不是有張開障壁，在爆炸熱風的吹襲下，芙蘭想必也無法全身而退。

牆壁消失得乾乾淨淨，看得見外面的風景。

在那前方，可以看到軍港旁邊發生了巨大爆炸。就算在海裡引爆炸彈，恐怕也不會掀起那麼大的水柱，根本是海底火山爆發級的爆炸吧？停泊在港口裡的軍艦幾乎全數翻船，大浪將士兵們

——吞沒。

好、好吧，反正蒙受損害的好像都是蘇亞雷斯軍，應該沒關係吧？

的確，假如剛才那記攻擊失控，我或是芙蘭都不可能輕易逃過一劫。

『這下應該就沒事了，封印的補強就交給我吧，你今後一樣不用在意。』

『是、是喔？』

『——啊，我得走——改——再會——』

『啊，等一下！至少告訴我你的名字！』

『——』

每次都這樣！真是的！

好吧，反正每次都是他們出手救我，我想應該是自己人不會錯……

（師父？）

『是芙蘭啊，有沒有受傷？』

（嗯，我沒事。剛才那個人是？）

『我、我晚點再跟妳解釋，現在對付巴魯札要緊！』

（知道了。）

很好，拖延時間成功！

「好、好可怕的……威力啊，我的魔劍都……變成這樣了。」

巴魯札推開瓦礫，搖搖晃晃地站起來。他果然還活著。

然而戰鬥所需的魔劍已經失去刀身，只剩下劍柄而已。
不只如此，他渾身是傷，左手彎向誇張的方向，左眼大概也失去了視力。
「還要打嗎？」
「當然了，縱然只剩下頭顱，只要還能動，我就要戰鬥到底。」
儘管如此，從他全身湧出的鬥志仍然沒有絲毫衰退。或許該說不愧是錫德蘭的第一戰士吧。
「我知道了。」
芙蘭也對他點頭，彷彿在回應他的鬥志。
「我要上嘍。」
「嗯。」
巴魯札拿起掉在眼前的量產刀劍，擺好架式。
芙蘭也同樣將我舉好。
「喝啊啊啊！」
「喀啊啊啊啊！」
然後，勝負一瞬間就分曉了。
巴魯札用折斷的左臂擋下芙蘭的斬擊，把手中的劍全力一刺。
大概是從反擊當中看見了勝機吧。但他的刀鋒還沒刺進芙蘭的身體，就被看不見的防護罩擋住、彈開了。
這是我從薩蒂雅公主的障壁獲得靈感，用壓縮空氣做出的防護罩。其實我本來就會用了，只是這次藉由灌注全副魔力的方式，達到了連巴魯札這種高手的攻擊都能彈開的強度。幸虧我有做過操風技能的訓練。

劍被彈開，巴魯札姿勢嚴重不穩，芙蘭沒錯過這個破綻。

「哈啊啊！」

我的刀身噗滋一聲，插進了巴魯札的身體裡。

「呃啊——哈——」

「我贏了。」

「是……啊……咯哈哈，真是場精彩的殊死戰……」

「但我劍法本領不如你。」

「呼哈！只……要能……得到……勝利——活下來——就是……贏家。」

「……嗯。」

「我、我很……滿足了——」

「我也是。」

就這樣，巴魯札面露心滿意足的笑容，嚥下了最後一口氣。

他真的很喜歡生死鬥呢，看他露出這麼滿足的笑容，想抱怨一句都不成。

『芙蘭，真不好意思，妨礙了妳很多次。』

「不，師父沒有不對。如果我夠強，就能靠自己的力量獲勝了。必須要師父相助才能獲勝，是我不好。再說，我跟師父是一體同心，這是我們的勝利。」

『這樣啊？』

「嗯！」

我們激戰到最後擊敗了巴魯札，決定前去援助先走一步的賽麗梅爾他們。

我們離開不願去想得花多少錢賠償，被破壞到原形盡失的謁見休息室，前往王座廳。

結果在從謁見休息室通往王座廳的走廊上，遇見了熟悉的面孔。

「福特、薩蒂雅。」

菲利亞斯的福特與薩蒂雅就在那裡。

大概是在這裡攔阻敵人，讓賽麗梅爾與米麗安他們先走吧。

我已經知道這兩人不是鑑定顯示的那種大少爺大小姐了。

只要使用惡魔的力量，大部分的敵人想必都不是對手。

但即使如此，這也太嚇人了。

倒臥在走廊上的敵人，呈現一副堪稱慘劇的狀態。

地上躺著大約十人的死屍，但屍體的狀態千差萬別。

有的屍體從頭頂到胯下被縱向劈成兩半，有的屍體全身開出無數洞口，還有的屍體不知怎地，全身像擰過的抹布般扭轉彎曲。諸如此類，沒有一個人得到善終，而且所有人的臉孔都因為恐懼與疼痛而扭曲變形。

與其說是戰鬥，說成拷問我還比較能理解。

福特與薩蒂雅身上完全沒濺到血，也顯示出了兩人的高強戰鬥力。

「是芙蘭小姐呀，我剛才感覺到驚人的魔力，妳還好嗎？」

「完全沒事。」

「唔嗯，看來那是芙蘭的殺手鐗了？」

「嗯。」

看來他們願意不再多問。畢竟他們自己也不能說出神劍的事，想必很了解隱瞞力量或技能的重要性吧。

『不過話說回來，打得還真誇張啊。』

「嗯。」

芙蘭看到敵兵的屍體，也同意我說的話。

「那個，芙蘭小姐……呃，我們並不是喜歡才這麼做的。」

「薩蒂雅！」

「因為如果芙蘭小姐把我當成喜歡將敵人玩弄至死的變態，我……」

「唉……真沒辦法。」

其實我們不會這麼覺得。我知道這些是雷鐸斯人的屍體，因為屍體當中包括了那個叫嘉路迪的使者。不過因為他眼睛與嘴巴張大到極限，死後表情頗具震撼性，所以我是鑑定之後才知道。

我們看到這些屍體，只覺得大概又是為了問出情報而進行了拷問。

「那個，我們是為了維持名聲，不得已才這麼做的。」

「名聲？」
「就是冷酷無情，對於冒犯王族之人絕不寬宥的名聲。」
「原來如此。」
我懂了，他們是用這種方式，維持「擁有神劍的恐怖國家」這種風評，當作是威懾力量。所以才必須殘忍地殺死敵人吧。
「所以，請妳不要討厭我們。」
「別擔心，我絕不可能討厭薩蒂雅你們。」
「真的？」
「嗯，真的。」
「謝謝妳！」
薩蒂雅用抱住芙蘭的方式表現喜悅之情。福特王子也似乎稍微鬆了口氣，真是個傲嬌小弟弟！不過嘛，芙蘭是不會嫁給你的！你如果愛上芙蘭，必須先變強到不用惡魔也能打贏我才行！
「好了，我們去幫助賽麗梅爾閣下他們吧。」
「嗯。」
「說、說的也是。」
「不過，請妳當作我們已經無力再戰了。今天我們無法再使用更多守護力量了。」
「了解。」
這也就是說，之後不管發生什麼事，都得由我與芙蘭設法解決了吧。

我們由芙蘭帶頭，闖入王座廳。

王座廳滿地都是在離宮交戰過的什麼龍尾戰士團的屍體。看那個咬痕，應該是小漆打倒的。

「賽麗梅爾、米麗安，妳們還好嗎？」

在這王座廳之中，此時正在展開兩場戰鬥。一場是米麗安與格拉迪歐的戰鬥，這邊正好就在此時，米麗安的矛刺穿了格拉迪歐的身軀。

「咕哈——」

「是我贏了，格拉迪歐！」

「可惡啊！為什麼！為什麼我贏不了妳——」

最後留下這句話，格拉迪歐就不支倒地了。

剩下賽麗梅爾與尤里烏斯。

應該說，我沒想到賽麗梅爾會直接與人比鬥。

賽麗梅爾渾身傷痕累累，隨時都可能倒下。但她仍然不曾放棄，持續抵禦著尤里烏斯的劍。

「格拉迪歐！嘖……！沒用的東西！連個小娘兒們都解決不掉嗎！」

「呵呵，尤里烏斯叔父大人，您雖然這麼說，但您也是連一個小娘兒們都還沒解決喲。」

「別得意忘形了！要不是有那頭狼在的話！」

說完，尤里烏斯瞄了一眼牆邊。小漆在那裡擺好了架式，準備隨時可以撲向獵物。

尤里烏斯似乎對殺光了手下戰士的小漆有著強烈的恐懼，而這份恐懼打亂了他的動作。

「我已經跟那孩子說過了，這是我的戰鬥，請他不要出手了喲。」

「妳以為這樣說，我就會信嗎！」

名喚尤里烏斯的壯年男性如此嚷嚷，但聽起來完全就是死不認輸時撂下的那種台詞呢。講了半天，其實就是沒辦法憑實力收拾掉賽麗梅爾罷了。

聽說這人的職位是將軍，但實力弱到不行，我看完全是靠血統當上將軍的。雖然不至於比賽麗梅爾弱，但他太分神注意小漆，似乎無法專心維持攻勢。

看來芙蘭等人的出現，讓他明白到自己沒有勝算了。他目光游移，像是在找退路。然而芙蘭與小漆將他前後包夾，使他理解到自己已無處可逃。

「可惡！可惡啊！」

大概算是臨死掙扎吧，尤里烏斯一邊胡亂揮劍，一邊斬向賽麗梅爾。

由於心急的緣故，使得他的身手比至今更充滿破綻。

破綻大到連賽麗梅爾都能無懈可擊地承受住。最後，尤里烏斯的劍被賽麗梅爾彈開，當場一屁股跌坐在地。賽麗梅爾在這時用劍對準他，戰鬥就結束了。

「是我……輸了。」

尤里烏斯只能這樣低語，頹喪地垂下頭去。

「蘇亞雷斯王兄到哪裡去了？」

「軍港啦。」

「為什麼？我在那支軍隊裡並未看到王兄啊。」

「這有什麼，只要用花言巧語說服他穿上不起眼的裝扮，之後想怎樣掩人耳目都成，不過這次我是叫他划小船偷偷前往軍港。總之，只要抵達了水龍艦，區區烏合之眾有的是辦法解決。」
不知是輸給賽麗梅爾的打擊太大了，還是想老實招來以保住小命，尤里烏斯被問到什麼都老實回答。
聽說他們是打算讓蘇亞雷斯國王與福特等人開戰，以坐收漁翁之利。
尤里烏斯巧言蒙騙蘇亞雷斯，讓他去用水龍艦鎮壓叛軍，因為這時他應該還以為賽麗梅爾一行人與福特等人正在前往軍港。尤里烏斯的目的是令兩方礙事的人產生衝突，讓他們兩敗俱傷。
而在這期間內，自己這邊的人則與雷鐸斯王國使節談條件，讓王國成為自己這一方的後盾。最後用尤里烏斯與格拉迪歐的水龍艦，無論是蘇亞雷斯一方還是賽麗梅爾一方存活下來，只要除掉剩下的人馬，錫德蘭海國就是他們的了。
「真是愚蠢。」
「我也是王族……立志取得王位有哪裡不對！」
尤里烏斯說他從小就憎恨先王，虎視眈眈地等著搶奪王位，只能說這人還真有耐性，到底等了幾十年啊？雖然能力很差，又是個毫無人品可言的傢伙，但只有這點或許值得稱讚。
「那麼，我們前往軍港吧。要抓住蘇亞雷斯王兄，才能算是我們的勝利。」
「說得對。距離很遠，必須趕路才行。」
「福特與薩蒂雅最好還是休息吧。」
「芙蘭小姐不也是嗎？」
「我不要緊，因為我是冒險者。」

芙蘭用力鼓起胳臂的肌肉給薩蒂雅看。看起來一點臂力都沒有，胳臂很細。

「我也不願讓福特王子與薩蒂雅公主身陷險境。」

「或許會很危險沒錯……但都走到這一步了，請別將我們排除在外。」

「就是呀，我們也要一起去。」

嗯──好吧，既然他們都這麼說了，沒辦法。

「我知道了。小漆。」

「嗷！」

「你保護福特與薩蒂雅。」

小漆在芙蘭的命令下，移動到福特他們的背後坐下。

賽麗梅爾見狀，拍了一下手點點頭。

「嗯，這樣就放心了。」

「嗷！」

「呵呵，剛才謝謝你，你幫了我好大的忙。」

「嗷嗷！」

看來經過在王座廳的戰鬥，賽麗梅爾她們與小漆的感情增進了不少。賽麗梅爾公主用她那纖細手臂摸摸小漆的下巴，結果牠整個表情都酥軟了。哦哦，竟然只摸一把就能讓小漆淪陷！賽麗梅爾，真是個可怕的女生！

總之，薩蒂雅與賽麗梅爾似乎都完全不怕小漆，太好了。

「搔癢癢～～」

「嗷、嗷呼——」

喂喂，表情鬆散過頭了喔！都遊走禁播邊緣了！

「王姊，差不多該走了。」

「噢，對。各位，這邊請。」

在米麗安的催促下，賽麗梅爾邁步前行。前進方向不是王座廳的出口，而是王座的背後。

米麗安在王座背後的牆上摸摸弄弄。

真是似曾相識的場面，感覺已經看過好幾遍了。

幾秒鐘後。

果然出現了一條密道。

密道前方是螺旋階梯，一路往下延伸。

「我們走吧。」

大家跟在賽麗梅爾後面走完整段階梯，一片不可思議的光景就在眼前鋪展開來。

這是個半地下，有如湖泊的場所。不過湖岸或是天頂都整頓得整潔乾淨，使我明白到這裡是人工湖。

想不到王宮地下居然有這種場所。

空間寬廣到已經不是可以容納幾座二十五公尺泳池的問題了，說成可以放兩座東京巨蛋比較快。

在這裡面，停泊著一艘巨大船艦。

我之前覺得德懷特的戰艦很大，但這艘船卻更是巨大。船身包覆著金屬板，甲板以及船側排列著大砲。看到這些配備，讓我得知這是作戰用的船艦。

而且其壯麗程度更是不可同日而語。船頭的女神像精雕細琢，就算與神殿裡的神像相比也毫不遜色，船緣更是施加了樹木雕塑，雕刻得精美細緻。明明是戰艦，需要加這麼多裝飾嗎？要是每次被打壞都要修理，我覺得維修費應該會嚇死人吧。

「您打算駕駛這艘船，前往軍港嗎？」

「是的，我正有此打算。」

「可是，要開動這艘大船……」

也難怪福特會欲言又止了，要開動這麼巨大的船，想必得用上好幾名功夫熟練的水手。我們這幾個都是外行人，連能不能正常出海都很令人懷疑。

「有東西……！」

『是啊。』

其實芙蘭一直沒吭聲，是有理由的。她感覺到某種潛藏於水中之物的魔力。

那是一股密度高得驚人的魔力，威脅度肯定在B以上。

即使如此，我們之所以沒有逃走或是吵鬧，是因為對方對我們毫無敵意。既沒有殺氣也沒有鬥氣，從水中反倒散發出一種溫和穩重的氣息。

「芙蘭小姐似乎已經注意到了呢，我來介紹。」

賽麗梅爾面帶笑容靠近湖岸，然後對水中的存在大聲呼喚：

「出來吧！沃爾奈特！」

「咕哦哦哦哦哦喔喔喔喔哦！」

只見一頭巨龍，突破水面現身了。

「哦哦！」

「好、好厲害！」

「這就是水龍？」

「嗯，是呀，這是我的水龍沃爾奈特。」

「咕喔喔！」

「呵呵，好久不見了，很高興你這麼有精神。」

「咕喔咕喔！」

淡紅色的水龍，將牠的臉往賽麗梅爾身上磨蹭。這樣不要緊嗎？光是最小的尖牙，都跟賽麗梅爾差不多大耶。

講到水龍，我原本猜想是表面光滑的蛇頸龍型，結果跟我想像的相差甚遠。

輪廓的確類似蛇頸龍沒錯，但牠全身包覆著滿滿的粗糙鱗片，頭上長出尖銳的犄角，背上生出像是翅膀退化而成的巨大魚鰭。此外，牠尾巴非常之長，手腳大概介於魚鰭與人手之間，很像海獅的前腳，在陸地上應該也能活動。

「這孩子會幫我們拖船，所以低速航行的話還不成問題。」

「我們將搭乘這艘船走完前半段路程，請大家立刻上船！」

「嗯。」

「知、知道了。」

「不、不會有事吧？」

大家在米麗安的催促下搭上水龍艦，但沒想到坐起來非常舒適。

因為水龍具有操縱水流的能力，甚至能夠抑制水的阻力，以減少搖晃或傾斜。

儘管海上有點風浪，但船隻幾乎沒有搖晃。

而且速度超級快。

大概有地球的渡輪那麼快吧，這樣叫作低速？

「水龍艦好厲害。」

「是啊，雖然我早有耳聞，但沒想到會如此厲害。果然只有昏愚透頂的人，才會想與錫德蘭挑起爭端。」

福特王子也從甲板上看著海洋，板著臉沉吟。

船艦速度又快，又行動自如，還具備了水龍的攻擊力。說水龍艦是最強武器實在不為過。

這下我也明白這艘船為什麼會裝飾得富麗堂皇了，因為壓根兒就不用去考慮遭受攻擊的可能性。或者說他們必定是有自信能躲開敵人的所有攻擊吧，反而還應該像這樣展現出豪華富強的氣勢，藉此向敵人誇耀自己的存在，作為一種威懾手段。

從王宮地下港出發，很快就抵達了軍港。

「看見了！是軍港！」

「可是，怎麼好像有點不對勁？」

米麗安大聲通知我們，但賽麗梅爾用望遠鏡魔道具一看，發出狐疑的聲音。是發生了什麼問題嗎？

「那是……蠢王兄！蠢王兄被綑綁起來了！」

「妳說什麼？」

如同米麗安與賽麗梅爾驚呼的內容，在軍港的民眾當中，有個身穿氣派鎧甲的大塊頭男子被人用繩子一圈圈綑綁起來，在那裡倒吊著。那個應該是勾住大魚等物體搬運時使用的滑輪吧？說起來不太好聽，但遠遠看上去只像是隻笨笨的北海獅。

在他旁邊，拴著一艘模樣悽慘的水龍艦。

形狀跟我們現在搭乘的水龍艦幾乎一樣，但船身有半截碎裂，三根船桅當中也有兩根斷掉不見了。負責拉這艘船的水龍不知怎地，呈現昏死狀態被沖上了海岸。仔細一瞧，牠的背部被挖掉了一塊，全身都有擦傷與燙傷，一副有炸彈在背上爆炸的慘狀。

「發生什麼事了……」

米麗安呆愣地低喃。

嗯，我心裡有點頭緒。

應該說那肯定是我剛才狠狠射出的黑色光束害的吧？

雖然當時被巨大水柱與波浪擋住看不見，但我猜應該是黑色光線直接擊中水龍了。畢竟神祕聲音其實好像有在關注我們的一舉一動，搞不好真的是為了我們而瞄準了那艘船。

即使強悍如水龍，面對那招光線恐怕也不堪一擊。反而應該說只是受重傷而已，還活著已經算很厲害了。

「王姊！我們趕緊前往港口吧！」

「嗯，妳說得對。」

就這樣，當我們讓水龍艦進入軍港時，民眾發出了熱烈歡呼。

原來在場所有人都是追隨賽麗梅爾挺身而戰的民眾。

米麗安找出部下問了一下狀況，聽說當他們抱著必死決心到達軍港時，國王軍已經幾乎全軍覆沒了。半數以上似乎是死於大爆炸，或是被爆炸造成的大浪吞沒，其餘士兵也因為恐懼與混亂而完全不聽指揮。

這時民眾一鼓作氣襲擊並俘虜了士兵們，然而他們面前出現了一個不合常理的狀況。

人稱海國守護神的水龍艦與水龍模樣淒慘地被沖上岸邊，旁邊還躺著個長相眼熟的昏倒男子。

「而此人就是蠢王兄了，是吧。」

「是！正是如此！」

據說之後民眾一氣之下，就將蘇亞雷斯綁起來吊掛在這裡了。至於這麼做的原因，是因為方便拿石頭丟他。

當我們把他從滑輪上放下來時，他全身都被石頭丟得青一塊紫一塊，臉孔也腫到認不出來。

好吧，其實我沒親眼見過他，只是聽米麗安這麼說而已。

我還聽說蘇亞雷斯這人傲慢至極，絕不可能向他人道歉，但當我們救下他時，他哭著向我們道謝。看來被數千人百般咒罵，又被不斷丟石頭的這段時間，把蘇亞雷斯這個男人的內心完全擊垮了。

「葉、葉爺裡們……葉爺裡們～～！」

他哭著向米麗安低頭道謝。

怎麼在我們不知不覺間，大魔王已經被打倒，還改過自新了？

那個黑光束雖然是我射的，但實際上又不算是我做的。

總覺得莫名地難以釋懷。

就在這時，賽麗梅爾走到了民眾面前，然後緩緩開口：

「各位——」

就在那一瞬間。

民眾的喧鬧聲戛然而止，寂靜支配了現場。

「國王已經被擊敗了。」

賽麗梅爾一邊這麼說，一邊走到米麗安面前。

「那些與他同流合汙的人，也已經受到米麗安將軍親手掃蕩了。」

賽麗梅爾如此說完，執起米麗安的手，彷彿公開表揚般將她的手高高舉起。

民眾一看，都出聲支持米麗安。

她似乎很受到女性歡迎呢，聲援當中有不少尖叫聲。

「此外，在我國面臨危難之際，菲利亞斯王族的各位人士也伸出了援手。我的性命之所以安然無恙，也都是因為有他們幫助。」

這番話說完後，福特與薩蒂雅優雅地鞠躬。

不愧是王族，真是有模有樣。

民眾當中也傳出熱烈的掌聲。

這下不但成功宣揚了錫德蘭與菲利亞斯的友好關係，想必也不再有雷鐸斯王國介入的餘地。

「不只如此——」

接著賽麗梅爾這麼說，往芙蘭這邊走來，眼睛明顯是看著芙蘭。

咦？照這樣看來，該不會——

賽麗梅爾直接來到芙蘭面前，輕輕摟住她的肩膀。

然而，芙蘭大大地搖頭，然後用手比了個叉叉。

「！」

「我不喜歡引人注意。」

賽麗梅爾聽到這聲低喃，好像很驚訝地睜大了雙眼。對於像她這樣自幼就慣於暴露在眾人眼光之下的人來說，或許很難以置信吧。

不過，賽麗梅爾似乎願意尊重芙蘭的意願。

她就這樣不動聲色地離開了芙蘭身邊。

「不只如此，我國的戰士們也憑著他們的勇猛威武，為我開拓了道路。」

卡拉等戰士團人員高吼勝利，民眾們聽了，也發出更大的歡呼聲。

『這樣好嗎？本來從明天起就是英雄了耶。』

（不用，我只是幫助朋友而已。）

『這樣啊，說的也是呢。』

（嗯。）

對芙蘭來說朋友似乎是第一優先，拯救國家只是順便。

唔嗯，很像是芙蘭的作風。

「最後——請容我向最偉大的功臣們表達謝意。」

最偉大的？誰啊？民眾當中發出這種聲音。

喧鬧聲平息不下來，反而還漸漸擴大。

不過，賽麗梅爾彷彿在等待自己的話語滲入人心一般，依然閉口不言。

「會是誰啊？」

「不是米麗安殿下嗎？」

「可是——」

她的這副模樣，讓民眾開始有點心急。

就在這時。

賽麗梅爾當場深深一鞠躬，雙手放在膝蓋上，彎著腰遲遲沒挺起來。

所有人視線集中在她頭部對準的男性身上，但他急忙揮手否認。

「這份感謝，獻給最偉大的錫德蘭子民。獻給拯救祖國，靠自己的力量推翻昏君，值得讚賞的各位！」

就在賽麗梅爾抬起頭來，做出這番宣言的瞬間。

宛如天搖地動一般，唔喔喔喔喔！現場爆發出一陣歡呼。

所有民眾無不握拳朝天，互相讚頌大家的勝利。

喜悅之情轟動現場，彷彿永遠不會結束。

而不知道是誰，開始跟大家一同唱起錫德蘭的國歌。

這是首喜氣洋洋的歌曲，簡直就像海盜們在船上歌唱的，對海洋、天空與夥伴的讚頌之歌。

在場所有民眾無不面帶笑容，不停歌唱。

賽麗梅爾與米麗安也在拍手。

芙蘭也微微搖晃著身子，神情穩重地聆聽著歌聲。

歌聲非但不知結束，還逐漸往周遭擴散。

不知不覺間，不只是港口，從住宅區、貴族區與貧民區……舉國上下都開始傳出人們的高亢歌聲。

所有人無不勾肩搭背，不停高唱喜悅之歌。

那副景象，恰似象徵了這個國家今後的光明未來。

終章

摘錄自高等精靈族的歷史研究者維洛．馬格納斯的著作《海國記》。

三六二七年三月二十九日

這天，第一公主與支持她的民眾，推翻了惡政擾民的蘇亞雷斯國王，為錫德蘭海國的史籍寫下了新的一頁。

當時恐怕並未發生能稱為戰爭的大戰，畢竟是一日之內分出勝敗的內亂。

不過令人驚訝的，是從揭竿起義到終戰的時間之短。前文當中我寫作一日，但實質上大約只有半日。

是革命軍太過驍勇善戰嗎？不，經過調查，並沒有那樣的事，反而有許多時候是順其自然。歸根結柢，就連起事的關鍵似乎都出於偶然。

那麼，是蘇亞雷斯國王軍太過愚鈍了嗎？不得不承認確實如此。

革命當天，保護國王的士兵人數明顯太少。這形成了革命成功的一大主因，但原因是什麼？其實由於蘇亞雷斯國王徵收的重稅，使得大量民眾逃離國土，一時淪為海盜。而為了取締海盜，眾多海軍兵士忙得焦頭爛額。當時王宮當中似乎只剩下少數戰士團，以及錫德蘭本島的守兵。

即使如此，應該尚有數千士兵駐留於王宮才對。然而他們面對起義民眾，連像樣的抵抗都做不到，就被擊潰得作鳥獸散了。是他們太弱小了嗎？抑或是革命軍太強大了？

從結論而言，只能說士兵們是注定敗北。

的確，士兵的武裝強過民兵，但在士氣方面卻大不如他們。

歸根結柢，這時追隨國王的士兵們，大多不是想跟著權臣坐收漁利，就是認為與其受人欺凌還不如當士兵，大多數的人都實在稱不上士氣昂揚。因為有骨氣直言犯上的士兵，不是早已被逼退，就是已經主動退伍。長期以來的政治貪腐又導致士兵的訓練強度低落，沒有能力與士氣旺盛的革命軍正面交戰。

王宮抵擋不了革命軍，僅僅一天就宣告淪陷，也可說是理所當然的結局。

經過進一步調查，又發掘出了各種不同的傳聞。

有的說法描述當大多數冒險者都忍受不了蘇亞雷斯國王的蠻橫行徑而離開國內時，有一位冒險者為賽麗梅爾公主提供了力量，但也有荒唐無稽的謠言，說看到一道光柱自王城升起，眾說紛紜。由於其中也包括了疑似來自賽麗梅爾公主一方的傳聞，由此可以看出官方也在試著掩蔽特定情報。這點或許也在暗示我們，革命並非以單純的力量所成就，背後其實曾經有過種種暗鬥。

在國王遭到逮捕後，國內很快就進行了賽麗梅爾公主的加冕禮。從菲利亞斯王國的王族也參與了儀式這點來看，也可以猜測這個與雷鐸斯王國為敵的國家或許介入了此一問題。不過既然當事人不曾講明，一切終究不過是推測罷了。

在這謎團重重的革命當中，唯一可以肯定的是，賽麗梅爾公主的加冕受到許多國民的歡迎，並因此進一步鞏固了日後的政權基礎。

賽麗梅爾公主在民眾的擁戴下坐上王位後，秉持仁民愛物的施政精神，以無人料到的驚人速度，復興了先王時代百廢待舉的錫德蘭海國。

女王勤政愛民，民眾勤奮努力，以身報國。

貪腐的軍方高層或官僚，由賽麗梅爾廣為人知的心腹米麗安將軍掃蕩一空，專為榨取民脂民膏而訂立的種種稅則或法令也都逐一遭到廢除。

革命時期追隨賽麗梅爾公主的貧民們，則直接被錄用為士兵，逐漸成為捍衛國家的關鍵力量。

賽麗梅爾女王的治世，在錫德蘭海國的悠久歷史當中，被認為是最和平、最繁榮，也最強盛的時期。她作為君王步上的道路，或許正是從這一天，與人民分享喜悅的瞬間開始。

「就快到嘍！」

「喔喔——這麼快？」

「是啊，憑著水龍艦的速度，這點程度是理所當然。」

「真不愧是水龍艦耶。」

「是呀，真的好快。」

這天，錫德蘭海國的騷亂已經告一段落。我們搭乘米麗安的船艦出航，正在前往當初的目的地——巴博拉。

想不到如果加快速度的話，竟然只要一天就能從錫德蘭抵達巴博拉，實在太厲害了。比一般船隻快了將近十倍。

想都沒想過能趕上月宴祭，因此就連福特王子他們似乎也很感動。

「水龍艦好厲害。」

「是吧？很厲害吧？」

聽到芙蘭他們這樣說，米麗安自豪地挺起胸脯。

她在昨天就已經獲得賽麗梅爾正式任命為水龍之主了。

聽說這好像是她從小到大的夢想。由於昨晚芙蘭聽她講了半天她有多想當水龍艦的艦長，因此我非～～常清楚。米麗安按照約定帶了她愛吃的島莓來，但芙蘭一邊吃，她一邊在旁邊講水龍艦的事講個沒完，大概是真的太高興了吧。她還提到水龍艦被格拉迪歐搶走的事，這可能就是米麗安與格拉迪歐之間結下的宿怨了。

「嗯嗯，我的！我的阿裘斯真是了不起！」

「咕喔喔喔～～」

「嗯～～好乖好乖，你這可愛的傢伙！」

好啦，真羨慕妳跟水龍這麼如膠似漆的。

「不過，這下就得跟你們告別了……」

其實她們已經邀請了芙蘭好幾次，問她願不願意在錫德蘭成為騎士。

而且福特王子與薩蒂雅公主一聽，也嚷著「都只有錫德蘭在講，不公平。」「要不要成為菲利亞斯的騎士？」對芙蘭窮追不捨，昨晚鬧得可凶了。當然，只要芙蘭說想留下來，我是打算要答應喔，但芙蘭回絕了所有的延聘。

芙蘭這次跟巴魯札交過手，似乎更加強了她對強悍實力的憧憬。

「無論是力量還是技巧，都需要進一步修練。總之要先去烏魯木特的地下城。」

芙蘭是這麼說的。不過我也覺得芙蘭不適合當官，這樣做應該是對的。

「我會再來的。」

「真的嗎？」

「嗯。」

「真的是真的嗎？」

「嗯，我不會對朋友說謊。」

對芙蘭來講，米麗安似乎也算是朋友。搞不好她連賽麗梅爾都當成朋友看待。

不過，米麗安不再像初次邂逅時那樣，搬出身分貴賤的問題罵她了。

「朋友啊……哎，沒錯，我們是朋友嘛。」

「嗯，所以我一定會再來。」

「好，我等妳。」

「嗯。」

「哎呀，那我們呢？」

「也是朋友。」

「呵呵，我好高興喔。哥哥也好像很高興呢。」

「唔，我、我才沒有高興——」

「都這麼熟了，何必害羞呢？」

「我才沒有害羞！」

「呵呵。」

「呵哈哈哈，看來福特閣下也拿薩蒂雅閣下沒轍呢！」

不過，這次交到了好多朋友啊。多虧於此，讓芙蘭在人格層面有了大幅成長。

如果可以，真希望今後也能像這次這樣，與形形色色的人事物產生邂逅。

（師父。）

『怎麼了？』

（好期待到巴博拉，對吧？）

『是啊，聽說那是個很大的港口，一定有很多好吃的東西喔。』

（嗯，而且不知道會有什麼樣的人，好期待。）

『哦，講得好。不過，妳說得對。邂逅是一種很重要的緣分呢。』

芙蘭果然長大了不少，她以前只會期待看到食物或怪物，倒不曾對人產生興趣。能來這個國家真是太好了。

只是可以肯定的是，由於她對人產生了興趣，因此離別也就變得更依依不捨。

我知道她昨晚在床上偷哭了一下下。

不過，這種邂逅與離別才能夠讓人成長。我希望能讓芙蘭跟更多更多、各色各樣的人互相接觸。

還有，講到昨晚，我還有一件大工程沒做，就是必須向芙蘭解釋那個神祕聲音是誰。但我也不知道那是誰。

她問我，我也不可能答得出來。

因此我向她解釋，我的體內除了我以外還封入了某種東西，同時也封印著某種危險的存在，希望她能明白。不，與其說是明白，不如說請她放過我比較正確。

還有，我也問過她今後還要不要繼續使用我。因為我這把劍裡可是封印著某種可怕的東西喔，這種劍誰用得安心啊？換作是我的話才不要呢。但我一說出這句話的瞬間，就挨芙蘭揍了。力道大到我的狼形雕飾凹了一點點，芙蘭揍我的拳頭也出血了。然後，她不苟言笑地對我說了：

「我相信師父，不管發生什麼事，我都不會離開師父，絕對。」

『可是啊……』

「不要緊。」

『不，可是……』

「沒事，下次師父如果變得不對勁，我會阻止師父。所以，請師父把我鍛鍊到可以阻止師父，好不好？」

說完，芙蘭緊緊抱住了我。

這樣我如果再廢話連篇，就不算魔劍了！

『知道了，那我今後會更嚴格地鍛鍊妳。所以，今後也請妳多關照嘍。』

「嗯！沒關係，我們是最強的搭檔。不管發生什麼事，一定都沒問題。」

就在我回想起昨晚的這段對話，稍微沉浸在感動之中時，米麗安的聲音在甲板上響起：

「看到巴博拉了！」

「喔喔──在哪裡？」

「真的嗎？」

「這麼快就到了呀。」

芙蘭與王子他們感情融洽地並肩站著，從甲板邊緣凝視米麗安手指的方向。

「就在那裡！」

在米麗安視線前方的半島，可以微微看到一座城鎮。

的確好像是座大城，那一定就是巴博拉了。

好了，這次會有什麼樣的冒險在等著我們呢？

『嗯──我興奮到都心跳加速了呢！』

（師父也是？）

『芙蘭也是嗎？』

（嗯！）

就像芙蘭說的一樣，我們搞不好真的是最佳拍檔喔！

後記

大家好，我是棚架ユウ。
我想初次接觸本書的朋友應該不多，如果有的話，第一、第二集也請務必多多指教。
各位老朋友也是，半年沒跟大家相見了。
抱歉，讓大家久等了。
不過相對地，這次全新創作的部分非常多，我想即使是讀過網路刊載版的讀者，應該也能夠以新鮮的心情閱讀本書喔。
雖然是慣例了，不過最後還是容我進入謝詞的部分。
感謝允許我出版第三集的Micro Magazine出版社，以及當作者苦於作品難產時，幫我加油打氣的I編輯。多虧有你們，我才終於能夠寫完本書。
感謝るろお老師繪製了最棒的插畫，這部作品少不了您！
最後是參與出版、執筆，為我提供幫助的所有人士，以及各位支持我的讀者。
真的很謝謝大家。
漫畫版已經開始連載，《轉生就是劍》的世界正在逐漸變得更寬廣遼闊，還望各位今後能夠繼續不吝指教。

那麼，我們第四集再見了。
謝謝大家讀到最後。

特別獻稿
異世界妄想in市鎮
原作／棚架ユウ
漫畫／丸山朝ヲ
太火辣啦!?
好讚的歐派…
歐派？
不，沒什麼…
好險…明明是在芙蘭的面前，差點…
雖然因為是劍，不會有那種慾望…但生前喜歡的東西現在也是喜歡呢…
但這些獸人族…尤其是肉食系的有好多前凸後翹的辣妹啊…
芙蘭該不會以後也會變那樣吧…
妄想～～

嗯…♥
師父是…好棒的…劍…
太…太不應該了！
爸爸不允許妳變這樣喔！看我把妳塞進腦內的淫邪妄想資料夾裡！
淫邪妄想？
平如石板
驚
啊啊…還是這樣讓我比較放心。
沒事…芙蘭就這樣繼續秉持著石彈術的精神就好了…
開個玩笑。
……？今天的師父好噁心。
……
警惕在心吧。
END

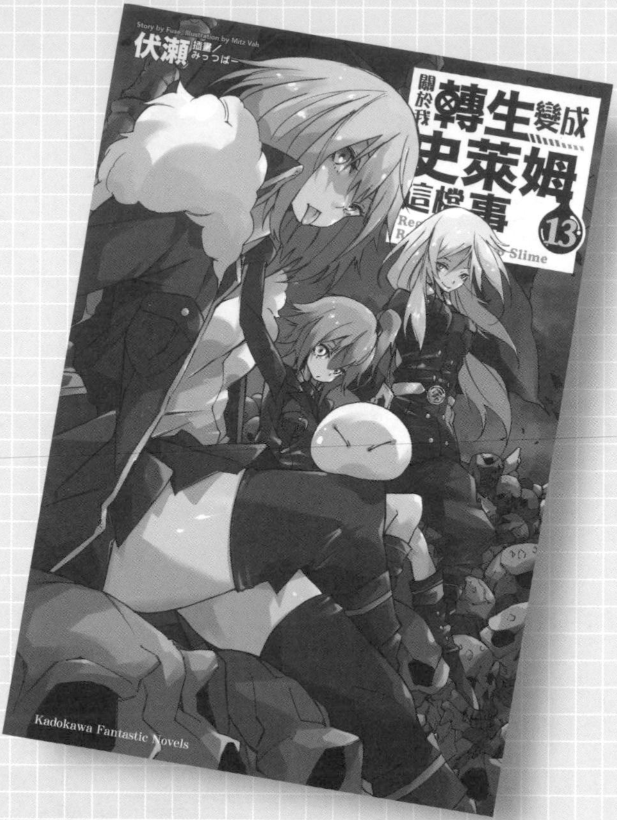
Story by Fuse, Illustration by Mitz Vah
伏瀨
插畫／みっつばー
關於我轉生變成史萊姆這檔事
13
Kadokawa Fantastic Novels

29歲單身漢在異世界
想自由生活卻事與願違!? 1~9 待續

Kadokawa Fantastic Novels

作者：リュート　插畫：桑島黎音

取回力量的大志和眾老婆甜密地
重建家園後，要開掛勇闖敵國雪恥啦！

大志外掛般的力量回歸，並平安回到了老婆們身邊，然而遭受侵略的勇魔聯邦卻問題如山高！他先是擊退敵人又為俘虜建宿舍，還向鄰國要求援助。緊接著帶上只會給予痛楚而不會死的魔劍，前去肅清動亂元凶——戈培爾王國，破壞敵城上前踢館去！

各 **NT$180~220/HK$50~68**

怕痛的我，把防禦力點滿就對了
夕蜜柑
[插畫] 狐印
3
Kadokawa Fantastic Novels

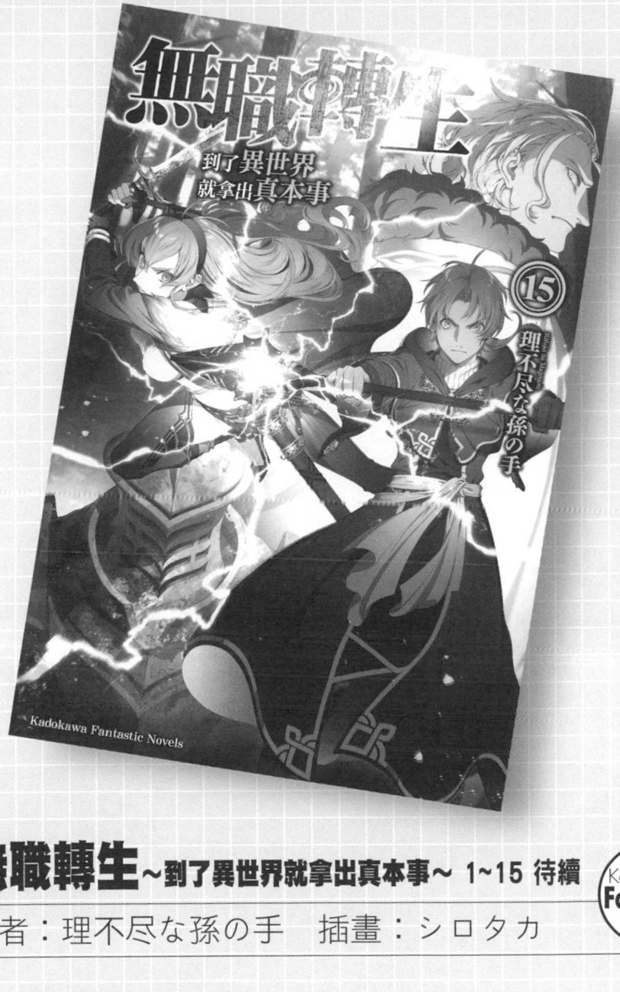

無職轉生~到了異世界就拿出真本事~ 1~15 待續

Kadokawa Fantastic Novels

作者：理不尽な孫の手　插畫：シロタカ

為了守護家人的未來——
魯迪烏斯決定挑戰「龍神」奧爾斯帝德！

魯迪烏斯遇見了從未來進行時光旅行來到現代的年邁自己。然而，未來的自己走的卻是一條喪失所有重要之人的路線。魯迪烏斯為了迴避這個未來，決定接受人神的提案，打倒奧爾斯帝德。在準備期間，魯迪烏斯決定寫信寄給五年前不告而別的艾莉絲——

各 **NT$250~270/HK$75~90**

國家圖書館出版品預行編目資料

轉生就是劍 / 棚架ユウ作 ; 可倫譯. -- 初版. -- 臺北市 : 臺灣角川, 2019.03-

冊 ; 公分

譯自 : 転生したら剣でした

ISBN 978-957-564-828-2(第2冊 : 平裝)

ISBN 978-957-743-354-1(第3冊 : 平裝)

861.57 108000627

Kadokawa
Fantastic
Novels

轉生就是劍 3

（原著名：転生したら剣でした 3）

2019年11月11日 初版第1刷發行
2022年11月17日 初版第2刷發行

作　　者：棚架ユウ
插　　畫：るろお
譯　　者：可倫

發 行 人：岩崎剛人
總 編 輯：蔡佩芬
副總編輯：朱哲成
美術設計：莊捷寧
印　　務：李明修（主任）、張加恩（主任）、張凱棋

發 行 所：台灣角川股份有限公司
地　　址：104台北市中山區松江路223號3樓
電　　話：（02）2515-3000
傳　　真：（02）2515-0033
網　　址：www.kadokawa.com.tw
劃撥帳戶：台灣角川股份有限公司
劃撥帳號：19487412
法律顧問：有澤法律事務所
製　　版：巨茂科技印刷有限公司
ＩＳＢＮ：978-957-743-354-1